제9회 김만중문학상
소설 부문 금상 수상작

제9회 김만중문학상

**소설 부문
금상 수상작**

누가 그 시절을 다 데려갔을까

신말수 장편소설

책과나무

| 목차 |

박쥐 문양의 들쇠

어슴새벽, 다녀간 꿈자리를 버릇처럼 더듬어 본다. 그러나 중길 씨 담배 연기처럼 가물거릴 뿐, 뭐였을까. 잡으려 안간힘을 쓰면 그것들은 설레발을 치며 달아난다.

그 꿈길로 되돌아가는 통로를 찾아내려는 듯 아양댁은 힘주어 눈을 감는다. 그냥 안타깝기만 하다. 뭐였을까. 희붐한 안개 속 같은 화면에 뭔가가 움직였는데……. 잡으려 애를 쓰면 쓸수록 그것들은 아득하게 멀어져 간다. 그러나 꿈의 흔적은 마음을 찔러 대는 갈고리처럼 편치 않다.

슬며시 눈을 뜬다. 방 안은 여느 때와 다를 게 없다. 밤새 잠투정 부리던 막내 명덕의 숨소리가 나직나직 들렸고 남편 중길 씨는 어제의 그 자리, 똑같은 앉음새로 담배를 물고 있었다. 중길 씨의 들숨은 비교적 길다. 양 볼이 오므라들도록 힘껏 연기를 빨아들이는 볼은 마치 이 빠진 늙은이 같다.

아양댁은 윗목을 더듬어 경대를 잡아당긴다. 허엽스레한 거울 속에 낯익은 얼굴이 먼저 들어와 앉는다. 분결같이 흰 얼굴, 갓 시집왔을 때 마을 사람들은 그녀를 마늘각시라 불렀다. 거울 옆자리에 반이나 잘려 나간, 남편 중길 씨의 얼굴이 담겨든다. 떠듬떠듬 읽는 순덕이 국어책만 한 거울이 달린 경대는 중길 씨가 구해 온 것이다.

거울을 들어내면 불쑥 드러나는 장방형 공간은 실꾸리며, 바늘겨레를 넣어 두는 바느질함으로 사용한다. 날개가 길쯤막한 박쥐 문양의 들쇠가 박힌 서랍은 빗접으로 쓰기에도 좋다. 그 서랍을 둘러싼 매끈한 동자 모양을 따라 내려오면 고명한 조선시대의 품격을 말해 주는 듯, 온몸으로 무게를 받쳐 주는 날렵한 받침대가 깔끔하게 끝맺음을 한다. 띄엄띄엄 박힌, 냉소적인 풍혈의 장식 못이 아양댁 눈길을 부담스럽게 잡아끌기도 하지만.

"박쥐는 복을 불러들인다는 뜻이제."

결혼한 몇 해 후였다. 중길 씨가 대처 나들이를 다녀온 후 밀가루 부대에 싼 경대를 풀어내며 한 말이었다. 부산 자갈치 시장에 피난민들이 내놓은 경대 두 점을 발견했노라, 했다. 수밀도와 박쥐 문양의 들쇠였다고.

수밀도 문양은 어딨는데? 불현듯 튀어나오는 그 말을 참았다. 왜 그렇게 묻고 싶었는지, 제 마음을 미처 알 수 없었다. 여인의 풍만한 몸매처럼 매끄럽게 빠져내려 갔을, 그 수밀도 문양을 그려 보았다. 얄궂게도 그 문양에 자꾸 집착이 갔다.

들쇠를 당겨 서랍 속을 더듬는다. 손에 잡힌 빗치개로 가르마를 바로 세운 후, 군빗질로 대강 머리칼을 다듬는다. 윗목에서 밤을 샌 몸뼤와 저고리를 끌어당겨 그것들을 주섬주섬 껴입었을 때, 중길 씨 손에 잡힌 담배는 벌써 반 이상이 재로 사라진 후다. 중길 씨가 불어넣는 숨결로 생명을 얻은 담뱃불이 마치 어둠별처럼 반짝거린다.

문고리를 잡아당긴다. 중길 씨는 엉덩이걸음으로 아양댁이 지나야 할 만큼만 길을 터 준다. 그런 중길 씨의 움직임 또한 어제와 하나 다를 게 없다.

"채봉골 논에 피가 대중없던데……. 중참 때쯤 마산 가야 하고."

닫아부친 문밖으로 중길 씨의 혼잣말이 쪼르르 따라 나온다. 앞머리가 생략된, 중길 씨의 두 마디 그 말쯤이야 이미 해독을 끝낸 후다.

채봉골 논의 대중없는 피는 아양댁 몫으로 하달된 지시이다. 아침 중참 때 가야 하는 마산은 물론 중길 씨 제 하루에 대한 보고임에 틀림없다. 아양댁이 쓸고 지나는 치맛자락에 중길 씨는 제 하루는 물론 아양댁 것도 함께 묶어 혼잣말로 뇌까린다. 어제, 오늘도 그랬고, 내일 아침도 그럴 것이다.

아침을 먹은 후, 중길 씨는 발동선에 어장막의 마른 멸치를 싣고 마산으로 갈 것이다. 중길 씨가 지시한 채봉골 논배미의 우쭐우쭐 고개 처든 피는 해거름녘 잠깐 품을 팔아도 될 일이다. 그것 말고는 아무것도 달라진 게 없다. 뒤숭숭하게 여운을 남긴 새벽녘, 그 꿈 말고는.

방문 밖에서 아양댁은 버릇처럼 치맛자락을 털어 낸다. 치맛자락에 묻혀 따라나선 냇내 흔적은 바깥바람에 맥을 놓고 만다.

마루 끝에서 버릇처럼 샛비재와 눈을 맞춘다. 시커먼 짐승처럼 웅크리고, 짙은 허리 안개를 두른 태가 심상찮다. 비가 오려나.

신발을 신다 말고 담 너머 옥련네 집을 살펴본다. 아무 기척이 없다. 엊저녁 그렇게 난리를 쳤으니 그럴 만도 하다. 술에 취해 날뛰던 시동생 횡포에 뜬눈으로 밤을 샜을 옥련네. 요즘 부쩍 심하게 옥련네 속을 썩이는 봉구 씨다. 개망나니, 그 포만무례한 주정 다 받아 주면서 함부로 내색 안 하는 옥련네 그 속이 오죽할까.

옥련네와 마당의 경계로 그어진 죽담 아래, 두 집의 절구통은 약속이나 한 듯 나란히 앉아 있다. 옥련네와는 절구질로 찰같이 눈이 맞은 이웃이다.

옥련네의 아침이 사뭇 늦다. 담 너머, 마당을 기웃거리는 아양댁 맘을 샛비재가 슬쩍 넘보는 것 같다. 옳게 숲을 이루지 못하고, 막 머리칼 돋는 아이처럼 드문드문 애솔을 세우고 앉은 샛비재, 그 돌박산이 키만 멀쑥한 노송 한 그루를 데뚝 세워 두었다. 오만가지 역경을 겪으면서 허우대 멀쩡한 그 나무만 살려 둔 이유는 아무도 모른다.

새녘을 지키는 그 노송에 해가 걸리면 마을엔 비로소 고즈넉한 아침이 열린다. 샛비재에서 시작한 해의 자릿길은 들일을 잡거나, 잠깐 들놓거나, 들 갈망을 하거나, 마을은 그런 적절한 때를 가늠하는 시간의 지시로 알아듣는다.

참꽃 흐드러지게 피어나는 보릿고개, 찔레꽃머리 여름날 아침이나, 게으른 머슴처럼 느지막이 일어서는 겨울날 아침도 모두 샛비재, 노송에 걸리는 해가 주도한다. 해가늠으로 아침을 먹고, 아이들은 책가방을 챙기고 어른들은 하루 채비를 서두른다. 마을 사람들에게 주저앉아 버린 그 든버릇은 오늘도 그랬듯, 내일도 그럴 것이다.

잠시 넋을 놓은 틈에 담 너머에 기척이 인다. 옥련네다. 아양댁은 발돋움으로 옥련네와 눈을 맞춘다. 저만치 뒤로 물러앉은 때꾼한 눈의 옥련네 얼굴은 핼쑥하다.

"괜안나?"

"그라몬 우짤끼고, 드러눕겄나. 내 손에 매달린 입이 몇 갠데."

"날마다 우짠다고 그라노, 옥련 저거 삼촌은?"

"낸들 아나."

기운을 차리고 절구질을 하는 옥련네를 보니 이제 일이 손에 잡힐 것 같다. 정지간에서 바가지를 챙겨 나온다.

잠포록한 날씨가 아무래도 수상하다. 한줄기 비를 쏟아 낼 것 같다. 아양댁은 곳간 앞으로 걸어간다. 곳간 문을 건드리자 너덜해진 문 한쪽이 털썩 주저앉고 만다. 녹이 슨 탓이다. 양철문 한 짝을 들어 벽에 기대 놓고 바가지 가득 보리를 담아낸다. 절구에 보리쌀을 대끼다 잠시 숨을 돌리자, 기다렸다는 듯 까치 울음소리가 요란하다. 이마를 훔치며 올려다보니 미루나무 우듬지다.

'반가운 손님이 오려나.'

속뜨물이 나온 보리쌀을 한데 아궁이에 걸린 오가리솥에 안칠 때 중길 씨가 들어선다. 신작로 건너 덕재 씨 집을 둘러 왔을 것이다. 어험, 기침 소리만으로 밤새 서로의 안녕을 확인하는 그들은 자치동갑이며 고추 친구이다.

곳간 문을 살피던 중길 씨가 연장통의 가위로 낡삭은 문짝을 도려낸다. 그 자리에 새 양철 판을 덧댄 후 다시 돌쩌귀를 달아내자 문짝은 순식간에 탄력을 되찾는다. 몇 번 앞뒤로 밀어 본 중길 씨는 비로소 안심한 듯 연장통을 제자리에 챙겨 넣는다.

· 아양댁이 불쏘시개에 성냥을 긋자 삭정이로 옮아 간 불길은 화르르 맑은 불꽃을 지어 올린다. 타닥타닥, 불꽃 소리가 마당 안의 아침을 이리저리·깨우며 돌아다닌다.

아양댁이 하루의 빗장을 걸 때쯤이면 낮새껏 하늘을 건너간 해도 옥여봉에 털썩 주저앉는다. 제 앉은자리에 벌건 불거지를 풀어 놓고, 옥여봉은 샛비재의 몸을 탐욕스럽게 훑기 시작한다. 옥여봉 노을에 몸을 윤간당한 샛비재는 그 수모를 견디며 벼름벼름 아침을 기다린다.

버덩에 선 노송 우듬지에 해를 높이 걸어 두고 옥여봉을 향해 눈심지를 돋우는 샛비재. 늘 앙숙처럼 서로를 쏘아보며 눈겨룸 하는 동안, 낮이 지나고 마을엔 밤이 내려앉는다. 그들이 맞바라기 하는 중간쯤에 마을이 있고, 그 둘이 적대적이건 우호적이건 마을 사람들은 별로 관심 없다. 되풀이되는 시간이 만들어 내는 하루, 그런 삶에 익숙해진 마을 사람들의 중독이다.

아궁이의 삭정이를 추스르던 손을 멈추고 문득 눈을 돌린다. 뒷간 지붕 위의 박꽃이 눈부시다. 새벽이슬로 피어난, 까만 루핀 바닥에 함초롬하게 피어난 박꽃, 아양댁 가슴에도 뭉클 하얀 꽃이 피어난다.

이파리 속에 간간이 자리를 틀고 앉은 연둣빛 박, 얼추 속이 여물어지면 하루 날 받아 걷어낼 참이다. 톱질로 양쪽을 갈라내어 삶아 속을 파먹은 후, 그늘에 잘 말려 걸어 두면 내년 모심기 때 모둠밥을 담아내기엔 맞춤한 그릇이 될 게다.

아침 밥상을 물린 후, 중길 씨는 담배 한 대를 말아 피운다. 두어

모금 째 연기를 뱉어 내던 중길 씨가 뭐 필요한 거 없느냐고 묻는다. 뭍으로 나갈 참이면 으레 묻는 말이다. 아이들은 기다렸다는 듯 주절주절 읊어 댄다. 신발이 다 낡았다는 둥, 머리핀이랑, 서울 사탕이며……. 암말 없이 듣던 중길 씨는 아양댁을 바라본다.

"사분이 없네예."

"무슨? 세수사분, 빨래사분?"

"둘 다예."

"알았다. 다른 거는 떨어진 기 없고?"

"야."

"아부지, 나도 따라가몬 안 됩니까?"

중길 씨가 일어서자 느닷없이 순덕이 아버지 가랑이를 잡고 늘어진다. 읍내 뱃길에는 더러 태워 데리고 다니던 터다.

"가스나가 몬 하는 말이 없다. 그가 어데라고 따라나설라 카노?"

아양댁 나무라는 말에 앵 토라진 순덕의 숟가락 문 입이 툭 튀어나온다. 중길 씨는 아양댁 말에도, 순덕의 억지에도 코대답이 없다. 그냥 채비를 서두르던 중길 씨가 한마디 툭 던져 놓는다. 순덕과 아양댁이 둘 다 함께 들으라는 듯.

"갈라카몬 빨리 옷 입고 챙기라."

"뭐하러 데불고 갈라고요?"

중길 씨는 뛸 듯이 좋아라, 날뛰는 순덕이 옷을 입을 때까지 마루 끝에 앉은 그대로다. 결국, 중길 씨는 순덕을 앞세우고 대문 밖으로 걸어 나간다. 혼자 남은 점덕의 심통은 여간 아니다. 오늘 명덕을 제

힘으로만 건사해야 한다는, 그게 더 약이 올랐을 게 뻔하다.

겨우 종짓굽이 떨어진 명덕이 걸음발이 못 미더운지 점덕은 아예 동생을 등에 업고 돌박들로 나갔다. 종일 소꿉을 살 심산으로 깍정이 가득 담긴 살림살이 주머니를 챙겨 들고는.

아양댁은 아래채로 내려간다. 순덕이 어질러 놓은 쪽소매책상 위와 바닥에 나뒹구는 옷을 털어 걸었다. 쏙, 몸만 빠져나간 이부자리를 개켜 댓고리 위에 얹고 십자수 고운 대처네로 잘 여미 덮는다. 실퇴로 앉힌 들마루를 내려와 옆방 문고리를 잡아당긴다.

베틀 방이다. 원래는 고팡으로 쓸 목적으로 개흘레로 달아낸 곳이다. 베틀을 앉힌 갠소름한 방은 사람 서넛 누워도 낙낙할 만큼 앞자리가 남아돈다. 문 옆에 색연필로 방의 임자를 써 붙여 놓은 순덕의 글이 보인다. 아양댁이 유달리 베틀 방을 좋아한다는 걸 아는 순덕이 맘이다. 이제 깐깐오월도 지났으니 베틀에 앉을 때가 눈앞에 와 있다.

얼마 전 중디짓골 삼밭의 삼은 다 베어 냈다. 한데우물 옆 도랑에 푹 담가 둔, 잎을 훑어 낸 대마는 해마다 삼곳으로 정해 둔 텃마당의 드럼통에 차례로 쩌 낸다. 품칼로 겉대를 벗기는 동안 필구네 제사음식으로 남정네들은 거나하게 술판을 벌인다. 떡 부스러기며 전 몇 점으로 입을 다신 아낙들은 벗긴 대마를 널고 가리고 빨고, 또 널고 물에 적시고 또 널어 말린다. 얼레빗으로 쩬 삼은 여름 그늘에 부지런히 삼아서 물레에 얹어 실톳을 만들 것이다. 길쌈질에 드는 손품은 백 가지도 넘는다. 돌꼇에 올려 양잿물에 삶고, 삼 때가 빠질 때까지 씻어 헹구고, 다시 돌꼇에 내려 실을 사렸다가 바디에 꿰어 베를 맨다음 베틀에 올려야 한다.

길쌈이 시작되면 무릎노리는 벌겋게 부어오르고 손가락 끝마다 트지만 맘은 고달프지 않다. 뭔가에 열중한다는 것은 행복하다. 길쌈중 어느 것 하나 중요하지 않은 과정이 없지만 특히 베틀에 앉을 때면 맘이 차분히 갈앉는다. 베틀을 밟고 품을 팔아야 하는 오른쪽 다리는 쉴 틈 없이 쑤셔 오지만 씨실을 풀어내는 북의 움직임을 주관하는 손과 마음은 잡다한 시름을 물러가게 한다. 부티를 허리에 두르고 앉을깨에 엉덩이를 맡기고 바디 사이로 오가는 북이 엮어 내는 올은 베가 아니라 아양댁이 차지하는 마음 밭의 면적이기도 하다. 베틀 방에 들어가 문을 닫으면 바깥과 차단된, 아양댁만의 사늑한 세상이 만들어진다. 그곳에 들어앉아 베를 짜면 엄마 배 속이 그럴까, 마치 누에고치 속의 애벌레처럼 안온한 기운이 온몸을 에워싼다.

빈 베틀에 앉아 본다. 부티를 메고 앉을깨에 엉덩이를 걸치고 북을 들어 오른쪽 발을 당겼다 펴기도 한다. 찬바람이 몰려오기 전에 마무리 지어야 하는 게 길쌈이다. 찬바람이 나면 베가 터져 바디를 오르내리기도, 북을 넣기도 힘들기 때문이다.

먼지를 털고 걸레질을 하던 중, 용두머리 등골에 먹은 벌레퉁이가 눈에 띈다. 아양댁은 후후 입바람으로 삭은 가루를 털어 내고 뜨거운 촛농 몇 방울을 떨어뜨린다. 잉앗대며, 눈썹노리며 그 외 다른 것들은 손을 보지 않아도 쓸 성싶다. 선반에 얹어 둔 빈 북을 닦아 북바늘을 단정하게 끼워 놓는다. 바디집의 바디를 꺼내어 이모저모 살펴본 후 들마루를 내려선다. 아양댁은 닫던 문을 멈추고 벽을 살펴본다. 찬바람 날 때까지 기거할 베틀방 옆벽에 '우리 옴마 방'이란 순덕의 글씨를 다시 본다. 입가에 싱긋 웃음이 매달린다.

중길 씨가 던져 놓은 지시, 채봉골 논배미 피 뽑는 건 저녁겹두리쯤에 해냈다. 찌물쿠는 날씨 탓도 있었지만 해거름녘에 어떡쳐도 너끈할 일이었다. 아닌 게 아니라 핏대는 우후죽순처럼 벼논 위를 웃자라 있었다. 맨발로 첨벙 뛰어든 아양댁은 우뚝우뚝 고개 쳐든 핏대를 순식간에 다 해치우고 말았다.

한낮 동안 하늘을 돌던 지친 해가 제 앉을 자리 옥여봉 산마루를 힐끗거렸다. 아양댁은 고운 등겨 두 바가지와 돼지물을 들고 바깥을 나선다. 신작로 건너편 남새밭은 원래 구렁논이었다. 벌창 진 논에 흙을 들어부어 남새 키워 먹을 만한 밭을 일구었다. 거름을 부지런히 넣은 덕에 남새들은 외 붓듯 가지 붓듯 잘도 자랐다.

그 안쪽, 을모진 귀퉁이에 돼지우리도 한 채 앉혔다. 얼마 전 어미가 새끼를 일곱 마리나 쳤다. 아양댁은 자투리 시간만 나면 돼지우리로 쫓아 나갔다. 날로 튼실해지는 새끼들 등날을 지켜보는 재미가 여간 아니다. 새끼달이를 끝내면 돼지 가족들은 제각기 갈 길이 다를 것이다. 어미와 새끼 네 마리는 흥정을 끝낸 후다.

아양댁은 그 돈으로 아래채를 수리하고 싶은데 중길 씨는 주낙 장비를 구해서 장어잡이를 시작해 보겠다고 한다. 머구리 마을 배서방이 주낙으로 짭짤한 수입을 올린다는 소문이 퍼진 후부터다. 낚싯줄을 사려 통에 담고 바늘에 일일이 미끼로 토막 생선을 끼우는 일이며……. 배서방댁은 아예 함께 배를 타고 바다로 따라다녔다. 중길 씨가 주낙에 맘을 두는 건 잡다한 운반으로 돈을 만지던 발동선이 큰 배에 밀려날 것 같다는 소문이 돌고 나서부터다. 마산으로 직행하는 여객선이 생긴다고 했다. 그러면 멸치 운반은 운임이 값싼 그쪽을 이용하는 게 당연할 터다. 그 수입으로 논밭 장만하고 별 어려움이 없이 살아온 중길 씨다.

여물바가지를 든 채 돼지우리 속에 빠진 눈을 거두어들이지 못하는 아양댁을 부르는 소리가 들린다.

"뭘 그리 디다 보요?"

동네 구장 필구 아범이다. 필구 아범이 펄쩍 도랑을 뛰어 남새밭으로 건너온다.

"앗따나, 새끼를 마이도 쳤네. 언제 이리 커 뿌렸노."

우리 속을 들여다보던 필구 아범은 우적우적 핏줄 돋은 손등을 뒤집어 아림장 한 장을 빼낸다. 부역 날짜가 잡혔단다.

"뭔 부역이 또 돌아왔어예?"

"아따, 나도 모리겠소. 그놈의 부역 날은 없는 집 제삿날 맹크로 우째 그리 빨리도 돌아오는지."

언제 봐도 수부덕한 필구 아범은 하는 일이 많다. 동네 구장은 물론 집 매매를 거간하기도 한다. 아주 드문 일이지만 집을 팔거나 구해야 될 일이 있으면 필구 아범을 찾는다. 그래서 구장 말고도 집주름이란 별칭을 갖고 있다. 그러나 정작 동네 사람들은 그를 송낙뿔네 아저씨라고 부른다. 몇 년 전 어렵게 암소가 새끼를 쳤는데, 그 새끼가 자라면서 공교롭게 옆으로 꼬부라진 뿔 두 개를 달아 올렸다. 마침 송씨인지라 송낙뿔은 자연스레 붙여진 별명이다.

"순덕이 아부지는 오늘 멸치 싣고 나갔십니꺼?"

"야, 아침 절에 나갔십니더."

필구 아범 우멍눈 속에 아직 돼지 새끼들이 잠겨 있는 것 같다. 나머지 아림장을 바투 끼고 필구 아범이 펄쩍 도랑을 건너뛴다.

"부역 자리는 작년하고 똑같지예?"

"그라몬요. 동심원 그 앞자리 맞을 끼요."

골목으로 몸을 숨기던 필구 아범이 돌아서서 큰 소리로 대답한다. 아양댁은 다시 돼지 새끼들에 정신을 빠뜨린다. 검은 등에 드문드문 하얀 점이 박힌 놈들은 제 아비를 닮은 것들이다.

암샘이 난 돼지를 점순이네 집으로 몰고 갈 적에 무던히도 애를 먹었다. 막상 신방에 넣고 보니 무슨 심사인지 또 버티기부터 했다. 짝을 지어 준 신부가 첫날밤에 온 힘으로 투그리니 결국 흘레틀을 동원할 수밖에 없었다. 그렇게 암구던 적이 엊그제 같은데 새끼를 치고 어미가 되더니 걸귀 들린 듯 먹어만 댄다.

밑깔이짚을 던져 넣고 여물 한 바가지를 더 퍼 담아 주려던 참이었다. 그때 흙버더기가 더께처럼 앉은 버스가 탈탈거리며 지나간다. 언제 적 물구덩이에 빠진 몸을 여태껏 씻지도 않고 달리는 버스다. 탈타리 버스의 태깔이며, 짓까부는 태가 별스럽게 요란해서 젖을 물고 있던 새끼 일곱 마리가 자지러지듯 울음을 토해 낸다. 그 바람에 어미 돼지 목뒤털이 곤추섰다. 성이 났다는 제 주장이다.

저놈의 버스가.

어미 엉덩이 뒤로 숨어드는 새끼들을 살피며 아양댁은 여물바가지를 휘둘러 댄다. 그녀 심기야 어떻든 엉덩이에 짐짝을 가득 실은 탈타리 버스는 서커스 하듯 아슬아슬 달려간다. 곡식자루며, 도매상에서 떼 옴직한 점방주의 물건들이 산더미같이 매달려 있는 막차다.

마을을 버린 버스가 산허리를 파낸 가풀막 길을 느릿느릿 올라간다. 힘이 부치는 모양이다. 생치골이 가까워지자 버스는 헉헉거리며 안간힘을 써댄다.

버스가 힘겹게 오르는 생치골 너머엔 생을 마감한 사람들만 모여 사는 공동묘지가 있다. 사람들은 그 공동묘지를 새름묏동이라 부른다.

까마귀 울음이 음산하게 하늘을 휩쓸고 지나 후면 곳집의 문은 활짝 열린다. 상여를 꺼내어 먼지를 털어 내고 거풍을 시키고 또 귀면을 맞추는 건 상여꾼들의 몫이다. 동네 아낙들은 마루 너른 점순네 집에 앉아 밤새 꽃을 만든다. 넓은 습자지를 반듯하게 잘라 어긋나게 접고 또 접어서 가운데 굵은 실로 묶어 낸다. 그것들을 하나하나 펼쳐 꽃잎으로 세워 올리면 대접만 한 상여꽃이 활짝 피어난다. 때로는 물감을 후후 뿌린 꽃을 만들어 어린것들의 넋을 위로하기도 한다.

화려한 만장을 앞세우고 거창하게 행차하던 상여도 그 생치골에서 우선 한숨을 돌린다. 눈 아래 모여 있는 마을을 향해 정중히 하직인사를 한 후, 앞소리꾼의 지시로 쉴 곳을 향해 뒤도 돌아보지 않고 발걸음을 재우치는 곳이다.

흙내를 맡아 보라색 열매를 쑥쑥, 매달아 내는 가지를 따서 바가지에 담는다. 그리고 챗국 좋아하는 중길 씨를 위해 채마머리까지 넝쿨손을 들이미는 오이 두 개도 따 넣는다. 고추 고랑 사이에 노가리로 뿌린 상추가 제법 잎을 튼실하게 달아냈다. 됨새를 보니, 갬상추로 자리 잡을 날이 얼마 남지 않은 듯하다. 부룻동이 올라오기 전에 생멸치를 졸여 옥련네와 입이 벌어지도록 쌈을 싸 먹어야겠다고 아양댁은 그런 생각을 한다.

장독간 옆, 뾰주리 감나무 밑에서 물 한 바가지로 낯을 헹구고 돌아서니 낯선 얼굴이 대문을 들어선다. 아이를 등에 업은 여자다.

먼 데서 온 여자

먼 데.

분명했다. 먼 데서 온 여자임에.

피로가 더께처럼 눌러앉은, 그래서 지치고 힘들어 뵈는 얼굴이다. 민낯이었어도 피부색은 곱다. 때꾼했지만 눈빛도 선하고 쪽 지어 올린 머리는 감태같이 검다. 구겨진 모시 적삼에 맞단추가 앙증스러운, 그랬어도 아직 깔밋한 풀새 흔적이 배어 있는 입성이다.

섬 것들의 상스러움은 전혀 눈에 띄지 않는다.

먼 데.

그 막연한 느낌은 불안을 안고, 아양댁 가슴에서 새끼를 치기 시작한다. 여자는 어디쯤에서 기차를 탔을 것이고, 이 섬에 실어다 주는 유일한 탈것인 여객선에 몸을 실었을 것이다. 그리고 금방 지나간 막차가 부려 놓은 다릿목 차머리에서부터 저 대문을 찾아왔을 것이다.

"여기가 강자 중자 길자, 강중길 씨댁이 맞는가요?"

대문간에 선 여자가 먼저 말문을 연다. 단정한 말투다. 입을 열어 소리를 내뱉을 때 가지런한 이빨들이 별개의 생명체처럼 살아 움직이는 것 같다.

"야, 맞는데, 와 그라는데요"

엉겁결에 뱉은 자신의 말투에 아양댁은 괜스레 열없어진다. 여태껏 써 온 말이 남과 다르다는 것을 알지 못했다. 더구나 그 말에 수치심 같은 건 필요하지 않았다. 지금껏 불편 없이 쓰던 말이었고, 의아심 없이 듣던 따뜻한 섬 말이었다. 그런데, 아양댁은 제 쓰는 말투가 갑자기 누더기처럼 누추해지는 것 같다.

여자는 예의를 갖추어 또박또박 대처 말을 썼다. 뭔가 달랐다. 딱히 집어 가려내자면 뭍이었다. 여자는 뭍에서 왔고 먼 데, 라는 말의 해답이었으며 그건 섬과 뭍의 엄연한 차이였다.

남편 중길 씨와 연결된 고리 하나를 갖고 있는 게 분명하다. 그건 그냥, 느낌이다. 구렁이처럼 친친 몸을 감고 맘을 옭아매는, 어쩌면 자신의 것보다 더 질기고 튼튼한 고리일지도 모른다는, 불길한 짐작이 앞선다.

강자, 중자, 길자, 란 이름을 가진 사람을 찾아내기 위해 여자는 무작위로 몇 사람의 걸음을 붙잡았을 것이다. 그녀에게 선택된 가납사니들은 이렇게 대답해 주었을 것임에 틀림없다.

'신작로를 죽 따라가면 점방집이 나오고, 조금 더 가몬 갈대밭이 보일 낍니더. 그게서 카부를 돌면 데뚝하게 솟은 기와집……. 아무튼 유리창이 많이 달린 기와집은 그 집뿐잉께.'

손바닥만 한 마을, 어느 누구네 정지간 숟가락 숫자까지 훤히 꿰고 사는 이웃들이다. 길갓집 사람들 얼굴을 떠올려 본다. 말질할 게 없으면 입이 궁금해서 못 견디는 물집 옥이네. 아, 그리고 점방집 상률네 얼굴도 떠오른다. 남편과 여자를 한데 묶은 온갖 추측들이 날매처럼 동네 골목을 쓸고 다닐 게 뻔하다. 비로소 입가에 슬며시 노여움이 스며든다.

"그분은 지금 출타 중이신가요?"

"야, 출타 중이 맞는데 와그라십니까?"

"네. 그러시군요."

나긋나긋한 말로 아양댁에게 공손하게 수긍한다. 그러나 아양댁은 제 묻는 말을 싹둑 잘라먹었다는 걸 뒤늦게 알아챈다.

"그런데 와 그라십니까?"

오기이기도, 노여움이기도 하다. 그런 아양댁이 재차 묻는다. 그걸 눈치 챘을까, 여자는 다소 자세를 낮춘다.

"들어오시면 말씀드리겠습니다."

어디 한구석 맘 놓고 티를 잡을 데 없는 단정한 말투다 '오시면 말씀드린다'는 여자와 말을 터면 틀수록 주눅만 들고 만다. 예사롭지 않은 여자의 출현, 불가물 때 기승부리는 맨땅처럼 그녀 맘에 균열이 일기 시작한다.

뭘 하려고 했나. 도무지 두서도 잡히지 않는다. 머릿속엔 온통 여자만 들어앉는다. 이러다간 결국 머리가 부풀어 뻥, 소리 내어 터져버릴 것 같다. 그때 담 너머로 옥련네가 얼굴을 내밀었다. 구원병처럼 반갑다. 우선, 여자에게 밀린 위기감에서 벗어날 수 있는 기회이다. 얼마나 혼자씨름을 했는지 옥련네 얼굴은 팔초하다.

"와, 손님이 왔나?"

마음 주고받는 이웃이니 말 안 해도 속속들이 짐작 훤한 옥련네다.

아양댁 얼굴빛만으로 옥련네는 단김에 눈치 챘을 것이다. 지금 아주 불편한 손님을 맞고 있다는 것과, 그 손님이 중길 씨와 예사롭지 않는 관계라는 것도.

"와 얼굴도 안 비치더노? 얼굴색이 말이 아이다. 종일 뭐 했더노?"

"그냥, 생치골 너머에 좀 앉아 있다 왔다."

"그 게는 또 뭐하로 갔더노?"

그렇게 뚱딴지같이 나무랐지만 옥련네 그 마음 누구보다 잘 안다. 속이 부글부글 끓을 때면 친정 집 식구가 묻힌 새름뭿동을 찾는 옥련네다. 조실부모하고 오빠 밑에 자란 옥련네, 유일한 피붙이인 그 오빠마저 문둥병으로 제 목숨 끊고 말았으니 위안받을 곳은 그곳밖에 없다.

"그라모 밥도 몬 묵은 거 아이가? 옥련 저거 삼촌은?"

"밤새 지랄을 그리 떨었는데 그 낯짝을 들고 우째 다닐 거고, 방문 열어 보이 오데로 갔는지 없네."

"그냥 장가들여서 살림 내보내면 좀 안 낫겠나?"

"올라카는 처자가 있어야 내보내제. 술주정뱅이 날건달한테 누가 살자고 덤비겠노. 넘우새스라봐서 죽겠다. 월명시 되몬 옥련 저거 아부지 뵈기 민망코, 나는 마 인자는 살고 집은 생각도 별로 없다."

"뭐라카노? 무신 그런 말을 하노?"

"정말 넘부끄러 봐서 죽어삐모 차라리 맘이나 안 편하겠나."

여자에 대한 언급을 삼킨 채 옥련네 등은 정지간 속으로 숨는다. 참 야무지고 속이 깊은 여자다. 그런 옥련네가 한 동네에 사는 봉필 씨와 혼인을 했다. 그런데 알고 보니 시동생 봉구 씨가 처녀 적 옥련네를 맘에 두고 있었던 모양이었다. 그러더니 두 사람이 그렇고 그런 사이였다는 둥, 희한한 소문이 나돌았다. 그 켯속은 뻔하지만 소문이란 게 옥련네 편을 들어주지 않았다.

배움술이 허술한 봉구 씨가 술사를 자주 부렸다. 속에 술만 찼다 하면 눈에 뵈는 게 없다. 얼마 전부터는 그 술버릇으로 살림살이까지 손을 대기 시작했다.

마루 끝에 둔 여물바가지를 덥석 손에 쥔다. 아무래도 물부터 마셔야 정신을 차릴 수가 있을 것 같다. 장독간 뒤로 돌아간다. 검푸른 물독 속엔 푼푼한 이파리를 매단 감나무 가지가 고요히 멱을 감고 있다. 괜스레 물독 속의 그 고요함에 심통이 치솟는다. 바가지를 첨벙 담근다. 독 속에 잠겨 있던 나무 이파리들이 심하게 흔들린다. 바가지를 물속 깊이 넣어 휘젓는다. 갈팡질팡, 두서없이 허둥대는 나뭇잎들이 바가지에 담겨 든다. 그 바가지 속에 얼굴이 잠길 듯 묻고 물을 들이킨다. 고요 속에 빠져 노닥거리던, 물살에 밀려 허둥대던 감나무 이파리들도 함께 목을 타 내려가는 듯하다.

물맛이 요상하다. 뭘까, 쿠더브레한 물 냄새의 출처는 남새밭에서 쥐고 온 돼지 여물 바가지였다. 구지렁물 배인 바가지를 본 순간, 비위가 약한 아양댁은 막무가내로 토악질을 해댄다. 그러나 미끄러지듯 넘어간 물은 목을 거슬러 올라오지 않는다.

그런 그녀를 마루의 여자가 빤히 지켜보고 있었다. 얼른 얼굴을 털어 내어 눈돌림질로 돌아서는 아양댁을 불러 세운 건 여자다.

"언제쯤 오실 건가요?"

"누가 말이요?"

능청이었다. 어쩜 그런 능청부릴 생각까지 했을까. 아양댁은 뻔한 물음에 음흉맞게 응수한다.

"강자, 중자 길자, 되시는 분 말입니다."

"언제쯤 오실란가는 잘 모리겄고요, 아무튼 간에 오늘 저녁에는 들어올 끼요."

"어디 멀리 가셨어요?"

"야. 어데 먼 데로 좀 행차했소."

참 인내가 많이 필요한 게 말이다. 허긴 말이 사람 마음이니 오죽할까. 그러나 마음을 다 드러내지 못하고 겉만 빙빙 도는 자신의 말에 부아가 난다. 맘 같으면 어디서 온 누구냐, 왜 왔느냐, 왔으면 왔지, 남의 서방 이름을 왜 동네 개 이름 들이대듯 하냐…… 맘에는 그렇게 줄지어 선 말들이 많다. 솔직히, 그런 뻔한 말로 여자에게 행짜라도 부려 보고 싶었다. 그러나 저 먼저 겁을 집어먹은 보짱이 줄행랑을 친 채 도무지 도와줄 생각을 안 한다.

여자가 품에 안은 아이를 힐끗 쳐다보았다. 아래위가 붙은 매미옷 차림에 가랑머리는 양쪽 어깨 위에 얌전히 쉬고 있다. 어른스러우면서 어쩌면 어려 보이는 무구한 눈빛, 그 속을 따라 들어가면 마루에 앉은 여자의 비밀도 쉬이 풀어낼 것 같다. 그 깊은 눈빛이 맘 한쪽에 갈고리가 되어 쑤셔 댄다.

어디서 봤더라.

그 낯익은 눈빛은 정지간을 들어서는 발길에까지 자꾸 밟힌다. 낯선 곳, 낯선 사람에게 놀란 듯 뚜릿뚜릿 살피다간 경계심으로 아예 눈빛을 접어 버리는 아이. 그런 아이를 안고 여자는 마루 끝에 살포시 앉는다. 앉으라는 말에조차 인색했던 자신이 살짝 미안하다.

"물이라도 한 사발 줄까예?"

"네."

아양댁 복잡한 마음에 비하면 훨씬 간단한 대답이다. 정지간 양철 동이에서 물 한 대접을 담아 마루 끝에 갖다 놓는다. 여자는 아이의 입을 축인 후, 물 한 사발을 죄다 마셔 버린다.

물 사발을 밀어 놓는 손은 가는 베 낳겠듯, 결이 곱다. 허드렛일에 덤벼 본 적도 없을 것 같이 희고 긴, 마치 섬에 어울리지 않는 섬약한 중길 씨 손과 닮았다. 물을 먹인 아이의 등을 가만가만 두드려 주는 여자의 손을 힐끗 훔쳐보며 아양댁은 제 손을 치마 밑에 묻고 만다. 별스럽다. 일에만 쫓아다닌 손이 뜬금없이 부끄러워졌는지, 참 얄궂은 일이다.

아이는 뭐가 두려운지 몸을 옹송그려 여자의 품속으로 자꾸 파고든다. 그러지 않아도 보잘것없는 몸피다. 살아 있음의 증거를 눈으로 다 말하고 있는 듯하다. 동공이 까만 그 눈이 아양댁 맘을 꿰뚫고 구석구석 뒤지는 것 같다. 그 눈이 마루의 괘종시계를 훔쳐본다.

마침 시계가 6시를 알리려던 참이었다. 달가닥, 태엽 푸는 소리로 준비를 서두르던 시계가 그예 무뚝뚝한 소리를 쏟아 내고 만다. 소리에 놀란 아이는 그 큰 눈을 감고 여자의 품속에 얼굴을 깊이 묻는다.

"저놈의 시계가."

엉겁결에 튀어나온 말이다. 시계를 나무라던 말끝을 흘리며 부지 깽이로 하릴없이 아궁이를 헤집는다. 슬쩍 눈을 돌리니 시계가 여섯 개의 소리를 다 쏟아 낼 때까지 아이는 꼼짝 안 했다.

시계를 등지고 앉은 여자의 얼굴에 나른한 설어둠이 매달렸다. 약 간의 빛과 어둠이 교직된 여자의 옆모습이다. 반듯한 콧볼 밑에 매달 린 야무진 입술, 눈여겨 살피지 않아도 미인이다. 모시 저고리 소매 끝에서도, 단정하게 오므려 세운 치마 속 두 다리에서도, 함부로 대 할 수 없는 기품이 숨어 있다. 함부로 대할 수 없는……. 스스로 지어 낸 그 말이 가슴에 체증처럼 걸려들고 만다.

'결코 남정네를 후릴 요사스러움은 뵈지 않는데.'

어디를 훔쳐보아도 그런 냄새는 묻어나지 않는다. 혼자 그런 키질 을 하며 마음을 할퀴어 상처를 만들어 댄다.

아궁이 속에 불쏘시개 한 주먹 넣고, 부지깽이로 불꽃을 일으켜 세 운다. 밥 뜸을 들이기 위한 불김이다. 그러면서 손을 물끄러미 바라 본다. 일에 부대끼어 거칠고 볼품사납지만 알맞은 양을 가늠하는 데 는 누구 못지않은 손이다.

'알맞게'

그녀의 손이 잘하는 건 그것밖에 없다. 뭐든 한 번의 손놀림으로 소용되는 양을 집어내었다. 아침마다 바가지에 담아 대끼는 보리쌀 도, 된장이나 간장 등, 모든 장건건이를 털어 내는 손은 저울이다. 그 렇도록 미더운 손이었는데…… 그랬는데, 그 손이 자꾸 구차스럽게 느껴진다.

솥 안, 밥물 받은 알뚝배기에서 구수한 된장 냄새가 흐른다. 한소 끔 뜸을 들여놓으면 푹 퍼진 보리쌀은 주걱질에 찰밥처럼 엉켜들 것 이다. 그리고 중길 씨가 좋아하는 챗국을 만들기 위해 두 손으로 오 이 껍질을 쓱, 쓱 문질러 댄다.

저녁놀은 점점 더 요란을 떨어 댄다. 옥여봉 해 앉은자리에서 시작 한 놀은 하늘가에 점점이 떠 있는 구름까지 옷을 입히고 만다. 술 취 한 듯 벌건 놀 옷을 입고 꼼짝없이 붙잡혀 앉은 구름들.

'와 이렇게 시간이 더디 가노.'

분명 시간은 어제와 같은 걸음으로 지나고 있을 터이다. 그런데도 움직이지 않는 시간의 포승에 묶인 듯 마음이 답답하다. 마치 감옥에 갇혀 함부로 운신할 수 없는, 아무래도 중길 씨가 돌아와서 풀어 줘 야 할 포승이다.

마루 끝에 앉은 여자를 혼자 두고 나무대문을 밀쳐 낸다. 중길 씨 가 심심하면 쨈빛으로 켜 바른 콜타르 반지르르한 문은 기다렸다는 듯 재빠르게 열린다.

그때, 제법 걸음발을 타기 시작한 명덕을 앞세우고 점덕이 들어선 다. 돌박들에서 종일 늑놀던 점덕이다. 쌩하니 찬바람을 일으키는 아 양댁 서슬에 점덕이 멈칫 몸을 사린다. 암말 없이 실골목을 타고 나 선다. 옥련네 사립문이 양쪽에 끼고 앉은 강담에서 시작된 골목이다.

"순덕이 아부지 아즉 안 왔는가 베요?"

"야. 저녁은 잡샀십니꺼?"

'대한민국 한포생' 씨다. 두껍다리 너머 마당에서 도끼질을 하던 한포생 씨가 아양댁 걸음을 붙잡는다. 아무리 봐도 무룡태처럼 순한 사람인데 그를 모두 '대한민국 한포생'이라 부른다. 그냥 이름만 부른다면 무슨 탈일까. 사람들은 약속이나 한 듯, 두 손을 크게 벌려 만세삼창까지 민망하게 곁들여 내놓는다. 그래도 한포생 씨는 헤벌심 웃기만 한다. 만세를 부른 사람도, 받는 사람도 언짢은 맘 없이 끝맺음을 하니 굳이 시비 걸 일은 아니다. 그가 도끼모태에 탁, 소리 내어 도끼를 꽂고는 허리를 죽 펴 올린다.

"오겠지요."

"야, 오겠지요."

한포생 씨도 이미 알고 있다는 눈치다. 벌써 입줄로 이어진 소문은 한 바퀴 빙 돌아 한포생 씨 집 앞에서 짐을 풀었나 보았다. 허긴 발은 없어도 천 리 간다는 게 소문이다. 괜히 맘 상할까 봐 염려하는 한포생 씨 앞을 얼른 벗어나기 위해 걸음을 재촉한다. 그런데 또 그의 목소리가 아양댁 뒷덜미를 낚아채고 만다.

"아지매, 그라지 말고 회나 한 점하고 가이소. 후릿그물에 도다리가 걸렸다 아입니꺼. 소주도 됫병짜리로 받아 놓았응께."

"괜찮십니다. 장에는 잘 다녀왔십니까?"

"야, 오늘은 아양골 장에 갔다 왔십니다. 몇 건 하고 왔지예."

한포생 씨 직업은 장주릅이다. 장마다 찾아다니며 흥정을 붙여 주고 얼마간의 구전을 받는, 거간꾼인 셈이다. 그 뜬벌이로 살림 보탬을 제법 했다. 그런 한포생 씨가 아양댁 마을 장에 다녀왔다고 넌지시 고해 온다. 소주까지 들이미는 한포생 씨의 호의를 거절하고 돌아서면서 식 웃는다. 대한민국 한포생 씨 또한 중길 씨 고추친구이다.

"하도 후라이가 세서 그란다카이. 포새이가 대포라카몬 소포이고, 호랑이면 앵구 새끼쯤인 기라. 인자 한포새이가 후라이 치몬 모두 불알, 자지 다 떼어 계산하고 나몬 생각해 봐라 남는 게 뭐 있겠노. 터렁구뿐이라 캉께."

"그런데 대한민국 만세는 왜 부르는대요?"

"후라이 급수가 국보급 수준이 되다 보니 자연스레 붙은 말이제. 지도 좋다카이 그리 대접해 주는 기제."

그랬어도 그런 한포생 씨가 밉지는 않다. 가끔은 뜬개말을 주워 와 혀까지 꼬부려 가며 유식함을 드러내려 하는 그 애태움이 도리어 재밌기만 하다. 엉성한 미꾸라지수염을 뭔 상표처럼 코밑에 발라 두고, 도나캐나 허허, 그렇게 말 받아 주며 가시를 빼고 사는 그가, 어쩌면 세상을 무던하게 잘 사는 게라고 생각한다.

점순네 대밭 숲을 지나 바닷길로 들어선다. 바닷바람으로 자라는 둥구나무 맞은편은 종기네 어장막 벽이다. 콘크리트로 하늘처럼 높게 올린 창고는 왜정 때를 거쳐 온 적산 건물이다. 그 너른 벽에는 늘 대중없는 아이들 낙서가 허벅지게 그려져 있다. 걸음을 멈추어 서툴고, 조잡한 글씨들을 읽어 나간다. 색연필로 쓴 무지개빛깔 글씨들이 오구작작 떠들어 대는 아이들 소리처럼 어지럽다. 그 글씨들 속에 순덕이 이름도 숨어 있다.

'선재와 순덕이 연애한다.'

'선재랑 순덕이 가스나가 입 맞추는 거 봤다.'

그 밑, 손톱괄호 안에 '알나리깔나리'라는 익살 묻힌 글이 묶여 있다. 누가 썼는지 눈에 선하다. 저잣거리에 사는 시망스럽기 짝이 없는 춘구란 녀석이다. 쇠가 난 머리통에 뻘건 약을 뒤집어쓰고 콧물을 손등으로 훔치는 춘구란 놈, 짚으로 생선 뭇을 끼워 시장 통에 쭈그리고 앉아 파는 그의 어미도 안다. 까무잡잡하고 명씨가 박이어 닷곱장님이 된 여자다. 어판장의 생선을 받아 소매로 되팔아 연명하는 과부댁 아들, 춘구가 꽤나 헤살을 부린다며 순덕이 밥상머리에서 노래를 불렀다. 아이들도 좋아하는 것, 미워하는 것 골고루 나누고 부대끼면서 커야 속이 깊고 넓어지는 법이야, 아양댁은 벽 앞에서 그렇게 혼잣말로 중얼거린다.

어장막 벽을 지나니 들바람이 볼을 어루만진다. 든바다는 벌써 물참 때를 맞고 있다. 아이들에 시달리던 감풀의 모래톱도 밀물에 잠겨 들었다. 넉넉하게 물을 메운 바다는 고기잡이를 마치고 돌아오는 배들을 품어 안는다. 긴 물띠를 꽁지에 매달고 연안으로 들어와 물나들에 제 목을 매달기 시작하는 고깃배들.

둥구나무 등에 기대앉아 가지 끝을 쳐다본다. 덕재 씨 팔뚝만큼 튼실하게 뻗어 나간 가지 중동에 파인 홈, 정신이 부실한 사람을 매단 흔적이다. 언제부터, 누구에 의해 전해진 처방인지 모른다. 정신이 부실한 사람을 높가지에 매달아 빙빙 돌렸다. 둥구나무에서 얼마만큼의 사람들이 제정신을 찾아냈는지 전해진 근거는 신통찮았다. 그러나 마을 사람들은 이 나무가 부실한 정신을 찾아 준다고 오래전부터 믿어 왔다. 그래서 둥구나무는 돌림나무라는 다른 이름을 얻게 되었다.

에두르고 있는 산의 녹물들을 다 훔쳐 먹은 탓일까, 여름 바다는 온통 갈매빛만 빠져 허우적인다. 뉘를 품지 않는 여름 동안의 바다는 비교적 유순하다. 바다는 어떤 모양이든 눈가를 갈쌍하게 물 어리게 한다. 바다가 물려준 상처 하나씩을 간직한 섬사람들의 선천적인 지병일 것이다. 눈가를 쓱 손등으로 문지른다.

중길 씨가 타고 올 배는 아직 얼굴도 내밀지 않는다. 통통거리는 소리가 유난스러운 중길 씨 배를 타고 읍내 길을 가 본 적이 있었다. 자칫 바람이 고개만 들어 올려도 배는 파도에 쓸려 멀미를 둘러쓰게 했다. 그러나 순덕은 겁도 없이 잘 타고 다녔다.

그 배로 중길 씨는 돈을 짭짤하게 챙겼다. 총각일 적에도 그랬고 결혼을 하고 나서도 중길 씨는 발동선 하나로 여러 곳을 다녔다. 욕지도에서 오키나와 고구마를 실어 오고, 섬의 멸치를 싣고 멀리는 속초나, 청진까지 오갔던 중길 씨는 안팎장사꾼이었다. 고장의 특산물을 몽땅 사들여서 다른 고장에 되팔고 그 돈으로 사 온 물건을 다른 고장에 풀어 이익을 남기고, 말하자면 소규모이긴 해도 무역상이었다.

사업 수완이 뛰어난 중길 씨는 큰댁에 재산을 불려 놓고 분가해 나왔다. 인물도 빠지지 않고, 그러니 자연히 여자들은 늘 주위를 서성거렸다.

그런 것도 다 알았다. 그러나 여느 여편네처럼 언선스럽지도 못하

고, 그렇다고 외고 펴고 하는 주제가 못되어 가슴만 끙끙 앓았다. 그
러나 이렇게 여자를 집으로 들이는 건 처음이다. 불안으로 가슴이 화
드득거린다.

뱃가락을 부리며 상률네가 중길 씨 발목을 붙잡는 것쯤이야 동네방
네 흩어진 소문이다. 비 오는 날은 비가 온다고, 추우면 춥다고, 누가
와 있으니, 그런 핑계모를 내세워 술꼬를 트는가 하면, 피천으로 벌
린 화투판에까지 불전을 챙기는 그 수작도 이미 알고 있다. 행동거지
조신하지 못해 동네 남자에게 퍼 흩는 논다니 여편네이거니 하는 생
각으로 치밀어 오르는 울화병을 눌러 다스리기도 했다.

남들은 아양댁이 알고도 모른 체 덮어 두며 이해하는 게라고 짐작
한다. 그러나 부처도 돌아앉는다는 시앗에 그녀인들 이해가 쉬울까.
여느 여자와 다를 것 없이 상률네가 거느리고 다니는 여우같은 그 꼬
리를 단칼에 베어 버리고 싶은 마음이야 사실 굴뚝같았다.

"니는 속이 그리도 없나?"

큰동서 구촌댁이 노래처럼 부르는 말이었다.

"그냥, 그냥 벼르는 참이라예."

"벼르기만 하다가, 그 새 얼라 놓고 시집 보내겄다."

"그라몬 우짤깁니꺼. 확실히 잡은 것도 없는데."

"뭐라고? 니 겉은 등신, 씨할라 캐도 없을 끼다. 참. 세상이 다 아
는 사실인데, 우짠다고 그렇게 강 건너 불 보디끼 하노?"

"……."

"그라다가 홀라당 서방 뺏길끼다, 그 매구 겉은 년한테."

"행님도 참. 설마 그랄까 봐 예?"

"참, 니 그런 우렁이소가지는 짐작을 해 볼라 캐도 힘이 부친다. 바보 겉은 기, 설마가 사람 잡는다 카는 소리 못 들어 봤나?"

동서 구촌댁에게 말은 그렇게 했지만 사실 중길 씨와 상륜네가 그런 관계라는 것은 이미 알았으며, 잡아 둔 증거도 있다. 중길 씨도 알았다. 상륜네와 중길 씨가 붙어먹는 것을 아양댁이 두 눈으로 확인까지 했다는 것을.

중길 씨도 훤히 알고 있는 일을 새삼스레 상륜네 머리끄덩이를 잡고 늘어지기도 뭣했다. 그 속을 남편 중길 씨가 알고 있다, 그것만으로 충분했다.

나뭇가지를 주워 모래바닥을 툭툭 쳐 본다. 그러면서 곰곰 생각을 거슬러 올라가 봤다. 미루나무 우듬지에서 유난스레 까치가 울었다. 그리고 꿈이었다. 갑작스레 그 꿈이 머릿속에 선연하게 떠오른다. 아침 내내 이부자리 안에서도 잡혀지지 않던 안타까운 꿈이었다.

아버지였다.

아버지가 생시처럼 선연하게 내몰리고 있었다. 여권을 낳고 엄마가 후더침으로 세상을 떠난 후, 그 어린것을 추렴젖으로 키우며 엄마 빈자리에 새사람 들이지 않고 여생을 보낸 아버지였다.

그 아버지가 사람들 속에 둘러싸여 있었다. 가운데 몰려 고립된 아버지를 향해 사람들은 삿대질을 해댔다. 아버지의 얼굴은 벌겋게 물들어 갔다. 장작개비를 들고 식량을 내놓으라며 위협하는 사람들의 얼굴은 험상궂었다. 그때 누군가 밀가루 자루를 터뜨렸다. 뿌연 밀가루가 아버지 얼굴 위로 날아들었다. 뿌옇게 흩어지는 가루, 가루들. 싸개통을 당하는 아버지는 사람들이 내두르는 발길질에 가려 보이지 않았다. 사람들을 마구 뜯어내었다. 그 틈을 비집고 아버지가 갇힌 중심으로 들어가려 했다.

아버지는 밀가루 속에 묻혀 가고 있었다. 밀가루 속, 아버지 누운 자리는 점점 거불져 올랐다. 그러다가 끝내는 그 속에 형체도 없이 묻혀 갔다. 사라지는 아버지. 그 아버지를 애타게 부르다가 깨어난 꿈이었다.

꿈 한 자락을 붙잡기 위해 내내 끙끙거렸던 아침이었다. 그 꿈이 비로소 생생하게 나타났다. 꿈에 아버지가 나타나는 날이면 하루를 조심스럽게 보내곤 했다. 조심하라. 아버지의 지시였다.

바다는 점점 어둠을 풀어놓는 중이다. 검푸른 물결 위로 뒤늦게 닻터로 돌아온 고깃배가 뒷질로 엉덩이를 출렁이고 있다.

아무래도 중길 씨 발동선은 늦을 모양이다. 굼뉘도 일지 않는 순한 바다를 두고 온 길을 되돌아 나온다. 신작로 초입에서 또 '대한민국 한포생' 씨와 재장구를 치고 만다.

"아지매, 서울에서는 난리가 났다 카네요."

"와요?"

중길 씨는 선소리에 응수 말라 하지만 한포생 씨와 이야기를 하면 그냥 웃음이 나온다. 악의 없는 그 헛장에 빠져드는 재미다.

"라디오 뉴스에 나왔십니더. 버스 한 대가 뒤집어져 갖고 사람이 억수로 죽었다 카네요. 죽은 사람이 암캐도 2백 명이 넘고 다친 사람은 말도 몬하게 많타 카네요."

한포생 씨의 전국 뉴스다. 도대체 대처 버스는 얼마만하기에 그만큼 죽고 다친 사람이 더 남았을까, 고개를 갸웃거리며 집 안으로 들어선다. 언제 따라붙었는지 막내동서 수원댁이 등에 묻혀 달래달래 대문 안으로 들어선다. 시골구석에 재빠른 것은 소문뿐이다. 어디서 급하게 주워듣고 달려왔는지 수원댁은 숨 가쁜 듯 마루에 털썩 주저앉는다.

"오매, 오데서 온 손님인데요?"

꼬리를 치켜올리는 말투에 흥까지 매달린 수원댁은 얼마나 바삐 달려왔는지 고무신 콧잔등에는 밭에서 끌고 온 황토가 벌겋게 묻었다.

막내동서는 수원댁을 고수하기 위해 고군분투했다. 썩어도 준치라더니, 수원을 제 고향으로 삼은 동서의 마음 밑에는 섬에 대한 진저리가 깔려 있었다.

뒤듬바리 같은 섬 것들.

언젠가 솥전에 행주를 돌리던 동서의 혼잣말이었다. 등 뒤에 서 있는 아양댁에 놀라 안절부절, 제대로 변명도 늘어놓지 못하던 터였다.

제 고향이 수원이라는, 동서의 선전이 터무니없는 말은 아닌 듯했다. 아무튼 돌쪼시인 선조가 수원성 쌓는 데 참여했다는 역사적인 증거까지 들이미는 데다 누가 본 것도 아니니, 척척 맞아떨어지는 고리에 그냥, 믿는 시늉만 할 뿐이다.

그런 막내동서이니 섬을 벗어나려고 무던히 몸부림쳤다. 제 서방 엉덩이를 쑤셔 보았지만 배운 거 탐탁하지 않은 섬사람이 고등어 배

타는 것밖에는 할 게 없는 처지였다. 결국 애만 태우다 섬에 주저앉으면서 결국 자신이 그렇게도 경멸하던 섬 뒤듬바리로 옳게 자리 잡았던 것이다.

"오데서 온 손님인데요?"

대답이 없자 재차 묻던 수원댁은 아예 나란히 붙어 앉았다.

"얼라가 나이는 들어 뵈는데……."

여자가 방어하듯 아이를 안고 등을 돌린다. 등만 멍히 바라보던 수원댁이 여자의 정면으로 자리를 바꾸어 잡는다. 막무가내다. 뒤가 늘어지는 성미 때문에 좀체 앉은자리를 털고 못 일어나는 동서를 여자가 어찌 감당하랴.

"얼라 몸이 많이 부실한 걸네요."

참 주책이다. 그러나 동기간 의초는 여간 아닌 수원댁이다. 어떤 때는 천군만마보다 아양댁에게 힘이 될 때도 있다. 앞뒤 안 가리고 우리 형님을 뭘로 보노, 하며 상륜네 그년 머리채를 잡아 뜯던 날, 아양댁 눈에 눈물이 미어져 나오는 것 같았다. 어서 정지간으로 불러들이려는 아양댁 손짓은 아예 거들떠보지도 않는다. 부지깽이 쥔 손으로 동서의 눈에 맞추려 용을 쓰지만 허사다.

아이를 품으로 쓸어안던 여자가 정지간에 흘깃 눈치를 보낸다. 마치 말해도 되는지 허락을 받아내려는 양.

"멀리서 왔는가 베요?"

쉬이 물러날 기세가 아님을 눈치 챘을까, 여자는 체념한 듯 말문을 열기 시작한다. 아양댁은 두 사람이 주고받는 문답놀이에 쫑긋 더듬뿔까지 달아 놓고 귀를 기울인다.

"대구에서 왔어요."

예상 밖의 도시 이름과, 음전한 말투에 수원댁이 한 방 먹은 듯 머뭇거린다. 수원댁인들 별수 있을까, 간단하게 주눅 들고 만다. 그러나 쉬이 물러설 수원댁이 아니다. 잠시 흐트러진 정신을 수습하기 위해 흠흠, 하고는 헛기침까지 뽑아낸다. 그러나 대구라는 여자의 말에 납득이 쉽지 않은 모양이다.

"대구 말씨가 아인데요? 고향이 대구는 아이지예?"

"네."

"대구에서 올 사람은 없는데."

"속춥니다. 속초에서 대구로 내려와 살다가……."

"속초라고예? 아, 그라몬 그렇제. 인자 알겠네. 결국 그기구만."

"……."

"그라몬 이 얼라는?"

여자가 고개를 돌린다. 여자의 고개 돌림과 마루에 손바닥을 친 동서의 탁, 소리가 약속이나 한 듯 동시에 맞아떨어진다.

"아이고 우짤꼬, 우리 행님 우짤꼬, 기여이 일 터지고 말았네."

혀까지 차며 정지간으로 들어오는 동서를 애써 외면하고 만다. 아양댁은 솥뚜껑을 꽝, 소리 내어 뒤집는다. 그 속에 된장 한 주먹을 던져 넣고 멸치젓을 붓는다. 잘 달구어진 무쇠 솥뚜껑은 못 견디겠다는 듯, 허연 김을 토해 낸다. 듬성듬성 썬 파와 소쿠리에 받쳐 놓았던 갈파래를 넣고 한 손으로 주물럭거린다. 성질 드센 파래는 열기에 점점

기가 죽어 간다. 손끝이 확 달아오른다. 뜨겁다. 가슴도 함께 뜨겁다. 뭔가가 자꾸 그 가슴속에서 부글거린다.

"여자 정말 야무지게 생겨 묵었다. 아주범 눈은 한정도 없이 높아 갖고는."

눈치도 없는 동서다. 자꾸 심기를 갉아 댄다. 암말 없이 손끝에 힘을 주어 파래만 주물러 댄다. 손이, 파래를 무치는 그 손이 아릿해 온다.

"씰데없는 소리 물고 다니지 말거라이. 너그 아주범 아직 안 왔다. 와 봐야 판결이 나겄제."

"판결 날 거 뭐 있소. 맞네 뭐. 해방 전, 아주범 속초 왔다 갔다 하던 총각 시절부터 떠돌던 말인데 뭐. 그때는 과수댁이라 캤는데 오늘 보이 젊다. 인물이 고와서 그렇나."

"시끄럽다. 입 좀 몬 다물것나."

"아이 행님도, 이 판에 입 다물고 말고가 뭐가 그리 중요하요, 이제 동네 소문 다 돌았을 낀데. 맞소 마. 속초서 왔다 카몬. 저 얼라 눈 좀 보소. 아주범 큰 눈하고 천상 한통속이랑께."

그 눈이, 저렇도록 큰 눈이 맘에 걸렸던 건 사실이었다. 말타박을 맞으며 동서가 그렇게 일러 주지 않아도 그 눈이 아양댁 가슴을 자꾸 찔러 오는 것 같다.

남편을 처음 만났던 그 첫날밤에 슬쩍 훔쳐본 눈이었다. 눈이 깊고 선량했다. 자신을 포근하게 감싸 줄 것 같았다. 그 눈에 안심했으면서 얼마나 그 눈을 두려워했던가.

무친 파래 무침을 한입 넣어 간을 본다. 아양댁 심사처럼 간새가 말이 아니다. 대중없이 쏟아 넣은 멸치젓이며 된장도 그랬다. 된장 덩어리가 숭숭 무늬처럼 박힌 파래무침을 쓱쓱 주걱으로 훑어 내어 양푼에 담아낸다. 솥 안 밥을 주걱질로 끌어올린다. 계란 노른자처럼 가운데 모여 있던 허연 읍쌀은 물컹해진 보리 속으로 몸을 숨기고 만다.

그때 보자기를 들고 끙끙대며 순덕이 들어온다. 발동선이 온 모양이다.

"아부지는?"

"종기 오빠 저거 집에 뒤셈하러."

훤한 절차다. 운반을 부탁한 주인집에서 결산을 보고 올 거라는 것은.

마루로 올라선 순덕이 뜻밖의 손님에 움칠 놀란다. 여자는 이제 안심하는 눈치다. 강자, 중자, 길자 이름을 가진 남자가 올 시간이 되었다는, 그런 안도감일 게 분명하다.

"멀미는 안 했더나?"

"내가 누군데 멀미를 하노."

"맞다, 순덕이는 발동선 선주 큰딸 아이가. 그라몬 멀미는 해서 안 되제."

수원댁과 순덕이 늘 주고받는 말주벽이다. 여간해서 멀미도 않고 배를 잘 타는 순덕이 제 아버지 닮아서 그렇다고 수원댁은 침이 마르도록 읊어 댄다.

옷을 갈아입기 위해 단추를 풀던 순덕이 살금살금 정지간 문을 들어선다.

"옴마 누군데?"

"순덕아 우짜몬 너그 작은 엄마……."

"고만 몬하나, 아아들한테 몬하는 소리가 없다. 씰데없이."

약간 높아진 언성에 샐기죽해진 수원댁이 입을 삐죽 지어 올린다. 아양댁 서슬에 기가 죽은 수원댁이 발소리를 죽여 집 밖으로 나간다.

"빨리 밥 묵을 준비해라."

순덕이 명덕을 안고 슬그머니 장독간 뒤로 돌아 나간다. 물독에서 물을 퍼내어 명덕과 점덕을 씻기고 방으로 몰고 가는 순덕이. 딴에는 마루에 앉은 손님이 맘에 걸리는 모양이다. 이제 겨우 여덟 살이지만 먹은 나이 넘게 철이 들어 제법 어른싸한 순덕이다. 여섯 살 점덕과 두 살 명덕을 손에 놓지 않고 돌보는, 그런 순덕이 늘 미덥다. 뭐든 맡겨 놓으면 한번 해 볼 양으로 애를 쓰는 것도 그렇다. 일손 딸릴 땐 만만한 게 순덕이다.

몸을 헹군 순덕이 쪼르르 방으로 들어간다. 제 동생 옷을 챙겨 입히고 나면 마루에 밥상을 펼 것이다.

"옴마, 점덕이 칸당쿠(원피스) 입히까?"

순덕이 닫던 문을 잡고 다시 얼굴을 들이민다. 금방 씻은 얼굴엔 물방울이 맺혀 주르르 떨어질 것 같다.

"낯이나 칼컬이(깨끗하게) 닦아라."

눈치차림이 유난스런 순덕이 입이 금방 벌어진다. 낯 닦으라는 말로 조금 늑줄을 준 아양댁 말뜻을 대뜸 알아들었기 때문이다.

얼마 전 오복조르듯 하는 수원댁 손에 붙들려 도붓장수가 풀어놓은 보따리에서 옷 두 벌을 샀다. 무새 포플린 바닥에 꽃무늬가 자잘하게 박힌 옷이었다. 목의 동그란 깃도 앙증맞고 초롱소매에다 제법 멋을 부린 옷이었다. 가을에 쌀말이나 퍼 줄 요량으로 덥석 손에 쥐었다. 순덕인 크게 좋은 건 아니었어도 새것을 마련해 입히지만 점덕인 옷물림만 당했다. 새 옷 한 번 차지한 적 없이 헌것만 단물나도록 물려 입었다. 아래위가 붙은 게, 치마저고리에 비하면 거추장스럽지 않은 신식 옷이었다. 순덕이 그 옷을 동생에게 입히고 싶어 하는 맘을 알았다. 아양댁 또한 쉬이 허락한 이유도 순덕 맘과 같다. 마루에 앉은 아이의 차림에 두 사람이 함께 신경을 모으고 있었기 때문이다.

"니도 입으라모."

"옴마, 나도? 정말로?"

순덕이 웃는 얼굴이 함박꽃처럼 피어난다. 추석에나 입을 옷인 줄 알았던 모양이다. 허긴 추석 하루를 위해 애를 태우기엔 옷값이 아까웠다.

마당 가운데 앉은 풍로에 재를 긁어낸다. 불쏘시개로 마른 솔잎 한 줌을 깔고 말려 두었던 바구니의 깜부기숯을 넉넉히 얹는다. 솔잎에 성냥불을 갖다 대고 몸을 낮추어 입 풀무질을 하니 너울너울 타오르기 시작한다. 숯을 건너간 불길은 벌써 벌겋게 달아오른다.

양면 석쇠에서 물기를 뺀 간고등어를 얹는다. 불 땀 좋아진 풍로 안에 몸을 던지는 소금물이 자지러지듯 진저리를 친다. 그 소리에 따리를 틀고 누웠던 마루 밑의 고양이가 슬슬 몸을 뒤척인다. 아양댁이 미리 휘두르는 부지깽이와 눈이 마주친 고양이는 다시 몸을 웅크린다. 장독간 옆, 해마다 제가 뿌린 씨앗으로 싹을 틔우고, 또 꽃을 피우는 터앞의 봉숭아꽃도 간고등어가 지어 올리는 노릇노릇한 기포에 꿀꺽 도리깨침을 삼킨다. 그에 알맞춤하여 중길 씨가 대문을 밀고 들어선다.

건드릴 수 없는 세월

중길 씨 얼굴은 불콰하다. 마치 옥여봉 산자락에 깔린 불거리를 퍼온 얼굴색이다. 짐작대로 길목에서 상륙네에게 발목을 잡힌 게 뻔했고 그 점방에서 걸친 술로 중길 씨 기분은 더없이 좋아 보인다. 그 여편네, 얼마나 간살을 떨었을까. 족히 쥐를 댓 마리쯤 잡아먹었음직한 벌건 입술로 중길 씨 턱밑에서 욜랑댔을 것이다. 고놈의 계집년, 하는 짓마다 얼마나 색정스러운지, 아양댁은 가시눈을 세우고 솥뚜껑을 소리 내어 열어젖힌다.

아양댁 복잡한 맘을 아는지 모르는지 감정을 함부로 싣지 않는 중길 씨 눈이 동전처럼 동그래졌다. 중길 씨 놀란 두 눈은 금방이라도 한쪽 발을 걸친 댓돌 앞에 뚝, 소리 내며 떨어질 것 같다. 입술에다 생엿을 붙였는지 그렇게 엉거주춤 제자리에 장승처럼 붙박여 선 중길 씨를 먼저 구해 준 쪽은 여자다. 아이를 안은 채로 마루 끝의 여자가 다소곳 일어서는 걸로 인사를 대신한다.

"우째 여까지 기별도 없이 왔노? 전보나 치던지 하제."

중길 씨가 힐끗 정지간 아양댁을 훔쳐본다.

'흥, 딴에는 눈치가 보이는 모양이제.'

솥 안에 대고 퍽퍽, 주걱질에 힘을 준다. 불편한 심기를 죄다 짊어진 주걱은 버거운지 밥알을 담아내지 못하고 비실비실 헛지랄만 떨어 댄다. 아무래도 하루 이틀 묵을 손님 같지 않아 시렁에 쌓아 둔 사기 그릇 한 벌을 꺼내었다. 초록 테두리에 목숨 수(壽)자가 그려진 그릇에 두 사람 몫으로 감투밥으로 채운다. 후후 불면 금방 날아가 버릴 듯, 가벼운 아이의 몸피에 따로 밥그릇이 가당찮을 것 같다.

손가방을 풀어 벽장에 넣은 후, 중길 씨는 다시 마루 끝 모녀 앞으로 걸어간다. 그리고는 여자의 품에 안긴 아이를 뺏어 번쩍 안아 올린다. 새종치처럼 보잘것없는 다리며, 아이는 마치 깃털 몇 점의 무게처럼 가볍게 느껴진다. 새알꼽재기 같은 몸피, 동서 말이 맞다. 나이만큼 제대로 자란 아이는 아니다. 그 생각에 이르자, 아양댁 맘에 얽혔던 매듭 한쪽이 눈곱만큼만 풀려 나간다. 병신자식, 위안으로 내세우기엔 제법 빌밋하다.

조심스레 아이를 내려놓은 중길 씨는 수건을 목에 걸고 장독간으로 돌아간다. 그런 중길 씨를 못 본 척 정지간에서 왜각대각 그릇 부딪치는 소리를 대놓고 낸다. 그 바람에 실금 간 종지 하나가 쨍그랑, 깨어지고 말았다. 그 요란한 소리의 의미를 모를 리 없는 중길 씨다. 중길 씨는 정지간 앞을 피해 마당 가장자리를 밟고 마루로 올라간다. 목에 걸었던 수건으로 얼굴을 훔치며……. 의뭉스러운 중길 씨 얼굴은 그 수건 속에 다 가려졌다.

종일 벽에 기대섰던 두리반 펴는 소리가 달그락거렸다. 둥근 가장자리에 알루미늄 테를 두른, 가운데는 목단꽃 한 송이가 너부죽하게 피어 있는 상이다. 순덕은 그 상 위에 숟갈을 손님 몫까지 반듯하게

차려 놓는다. 투정부리는 명덕을 달래는 소리, 그런 순덕이 옆에서
여자는 제 아이를 앉혀 놓고 반찬 정리로 거들기 시작한다.

"옴마, 와 숟가락 한 개가 모자라노?"

"모자라는 기 아이다."

"아이다, 하나가 없다."

"아이라 캐도. 너그 옴마는 안 묵을 끼다. 안 묵어도 배가 불러 죽
겠다."

엄마 심기가 여느 날과 다르다는 것을, 그리고 그 이유가 낯선 손
님 때문이라는 것을 모를 리 없는 순덕이다.

"숟가락 가져오너라. 온 식구 안 굶길 거면."

여전히 목에 수건을 두른 채, 약간 위압적인 중길 씨 목소리다.

'뭐 낀 놈이 성낸다 카더만은, 되트집 잡는 꼴이라니.'

정지간을 나온 아양댁은 밥상 앞에 앉으며 구시렁거린다. 코를 박
고 꾸역꾸역 밥만 퍼 넣는 밥상 앞은 모두에게 송곳자리일 뿐이다.
맘들은 어디로 마실 보냈는지 허수하기만 하다. 눈빗질로 살피니 아
이를 무릎에 앉힌 여자도 마찬가지다. 제 숟가락 밥으로 아이와 나누
어 먹는, 그런 낯선 모습을 순덕, 점덕이 숟갈을 쥔 채 눈질에 바쁘
다. 아양댁이 잔널은 밥알을 입에 넣어 주자 명덕은 제비 새끼같이
오물거리며 맹꽁징꽁, 알아듣지도 못할 소리만 해댄다.

여느 때 같으면 아이들 소리로 시끄러울 밥상 앞이다. 마산 장에
다녀온 순덕이 제 동생들 머리핀과 양말 사 온 얘기며, 언니 대신 명
덕을 업고 지낸 하루를 으스대며 고할 점덕도 입을 꼭 다물었다. 먹

는 입만 있을 뿐, 말하는 입은 잠시 숨고 없다.

속내를 드러낼 처지가 아닌 중길 씨 또한 마찬가지다. 아양댁은 숟가락이 퍼 올린 밥알을 억지로 입에 넣어 데시기는 짓만 계속한다. 해 질 녘 나타난 그 손님이 몰고 온 것임에 틀림없는, 밥상 앞엔 괴이쩍은 침묵만 넘놀고 있다.

그날 밤 여자의 잠자리는 아이들이 쓰던 아랫방에 마련했다. 저녁을 먹은 후에도 중길 씨는 별말이 없었다. 물론 마음이 편치 않았던 아양댁 또한 그런 중길 씨와 눈 맞추고 싶지 않았다. 서슬 퍼런 아양댁 마음을 눈치 못 챘을 리가 없다. 그러나 중길 씨는 그런 맘을 터보려는 의중도 뵈지 않았다.

아랫방에 새 이부자리를 펴 놓고, 아예 중길 씨 베개까지 갖다 놓았다. 어쩌나 두고 보자는 심산이었다. 그 베개 때문이었을까, 중길 씨는 담배 한 대를 다 태운 후 그 방으로 들어가고 말았다.

약간은 각오했지만 한 대 맞은 듯 멍하다. 살을 섞고 살았던, 그 몇 년의 세월이 그 아랫방 앞에서 모래 무더기처럼 무너져 내린다. 아무것도 아님을 절실하게 느꼈다. 아양댁이 남편 중길 씨와 몸 나누며 살았던 시간들은.

중길 씨는 아주 당연한 걸음으로, 어제도 그랬던 것처럼 천천히 문을 열었고, 뒤도 한 번 돌아보지 않고 그 문을 닫아부쳤다.

정지간 안에서 중길 씨의 그런 모습을 훔쳐보았다. 부뚜막에 앉아 닫아부친 그 문을 한참이나 노려보았다. 먼 데서 온 여자와 중길 씨, 두 사람이 보낸 세월은 수원댁 말처럼 만만하지 않은 것임에 분명하다.

오래, 라는 그 말에 맥이 풀린다. 주제넘게 간여할 수 없는 그 두 사람만의 궤적이 그려진 시간들이다. 그런 세월이 어디 상률네 점방에 진열된 그렇고 그런 물건이기라도 하는가. 아양댁은 알고 있다. 사람과 사람이 부대낀 시간의 깊이와 무서움에 대하여.

남편, 중길 씨가 그어 둔 금 밖으로 밀려나 있는 자신을 돌아본다. 말할 수 없이 추레하다. 여자와 아이를 위한 새로운 금을 만든 중길 씨는 그들의 편이 되어 그 속으로 몸을 숨겼다. 뒤를 돌아보는, 단 한 번의 망설임도 없었다.

아이는 앉은뱅이였고 바라보는 중길 씨 눈길엔 애운한 뭔가가 있었다. 순덕을 그리고 명덕과 점덕을 보던 그런 눈빛과는 다른 무엇이다.

물론 그 아이를 드러내어 특별히 대한 건 없었다. 그렇지만 충분히 느낄 수 있었다. 그들은 서로의 맘을 감지하는 더듬뿔을 지녔거나, 특별한 암호 같은 것을 사용하고 있다는 것을……. 별스런 말이나 행동이 없어도 서로를 읽어 낼 줄 아는, 우연만한 사이에 절대로 존재할 수 없는 예민하고 날카로운 촉수를 갖추고 있다. 그것들이 아양댁 맘에 섬뜩하게 잡혀 든다.

엉금엉금 기어가는 몸피는 보잘것없지만 그 아이가 처음 세상을 본 시간은 순덕이보다 훨씬 앞섰다는, 그건 물론 남편과의 세월을 단호하게 알려 주는 징표이기도 하다. 골난 얼굴로 엉겁결에 쫓겨 올라온 순덕과 점덕이 이불 밑에 몸을 숨긴다. 복어처럼 부풀어 오른 아이들 볼을 못 본 채 아양댁도 그 옆에 발을 뻗는다.

잠이 올 리 없다. 눈썹씨름을 해 보았지만 여자의 옆모습에서 훔쳐본 날 선 콧날이 어둔 방 안 한쪽에서 귀신처럼 돋아난다. 콧날은 벽장 옆 문짝에 붙어 섰다가, 어둠 진 그림자로 속으로 숨어든다. 그러다간 한데우물 속처럼 깊은 아이의 눈빛으로 가만가만 살아난다. 그 눈 속에 모든 것이 잠겨 있었다. 그 눈 속으로 조용히 헤엄쳐 들어가면 아양댁이 찾아내려던 세월이 실타래처럼 풀려나올 것 같다.

얼마나 오래되었을까, 남편과 그 여자의 세월은?

그 실없기만 한 궁금함이 자꾸 허공에 부서져 흩어진다. 그게 지금 무슨 소용에 닿는 일인가, 그러면서 그 숫자에 자꾸 집착하는 제 맘을 이해할 수가 없다.

순덕과 점덕을 그리고 명덕을 낳은 아양댁 세월은 그 여자 앞에서 하찮은 숫자에 지나지 않음을 알았다. 정말 하찮음이다.

눈을 감는다. 앞에 놓인 모든 것에서 잠시 물러나고 싶다. 그러나 눈어리게처럼 화면은 점점 선명하게, 거슬러 오르기 시작한다. 생치골로 올라가던 버스, 나무대문을 밀고 들어서던 여자, 아이, 그리고 남편 중길 씨, 그녀의 하루를 혼란으로 몰아넣은 얼굴들이다. 그들은 지금 아랫방에 모여 있다.

지금 뭘 할까, 그들은 정말 뭘 하고 있을까.

마음은 그 아랫방에다 똬리를 틀기 시작한다. 생각은 더 이상 발을 내디딜 곳이 없다. 결국 막다른 골목, 그 아래채에 내몰리고 만다.

유난히 살색 고운 남편의 벗은 몸. 그리고 그 몸을 기꺼이 받아들이는 여자의 숨소리가 나직나직 들려오는 것 같다. 몸의 피들이 머리를 쳐들기 시작한다. 그 피들이 온몸에 뜨거운 열을 실어 나르기 시작한다.

작년, 요 무렵에도 그랬다.

상률네와 남편이 그렇고 그런 사이라는 왜자한 소문이 동네 한 바퀴를 다 돌고, 지친 듯 아양댁 앞에 털썩 주저앉았을 때였다. 물론 남편의 외도를 눈치 챈 건 이미 오래전이었다. 누가 일러 준 것도 아니었다. 막연했지만 분명했고, 잡히지 않았지만 늘 가까운 데서 그녀를 괴롭혔다.

여름 달밤이었다. 습기를 쓸어안은 여름 달은 아주 낮은 곳으로 내려와 마음을 자주 건드렸다. 휘저으면 손 안 가득 젖은 달빛들이 잡혀 들 것 같은 밤이었다. 그런 밤이면 늘 앓았다. 그 앓음이 어느 방향에서 오는지 알 수는 없어도 그 시원(始原)은 어렴풋하게나마 짐작은 되었다.

그 밤, 남편은 들어오지 않았다. 아양댁은 버릇처럼 한데우물을 찾았다. 고수버들 밑, 앉을깨처럼 한 사람 엉덩이에 맞춤한 돌뿌다귀가 있었다. 한참을 앉아 있으면 허수한 맘이 위로를 받곤 하던 곳이었다. 그랬어도 시원찮았다. 체증처럼 뭉쳐 있던 것들이 수월해질 것 같지 않았다. 돌박들 길을 향해 하염없이 걸었다. 그냥 걸었다. 무논의 악머구리들이 자지러지듯 울어 댔다. 논틀길에서 묻혀 온 이슬은 치맛자락에 칙칙 감겨 왔다. 그렇게 미친년처럼 헤매다 내려오는 길이었다. 그 한밤중, 누가 그녀를 떠밀었을까, 상률네 점방 앞이었다.

귀신에 홀린 듯 생각지도 못한 곳에 발이 멈추었다.

도랑 위에 얹힌 다리를 건너면 아귀가 맞지 않아 찡찡거리는 유리문이 있었다. 그 유리문 안, 점방을 지나면 상륜네 방이었다. 어둠뿐이었지만 그 속에 분명 움직임이 숨어 있는 듯했다. 발걸음은 누구에게 끌린 듯 뒤란으로 돌아가고 있었다. 언젠가 와 본 적이 있는 것처럼, 그 기억을 더듬는 것처럼 걸음은 아무런 의심 없이 남새들이 자라는 상륜네 뒤란 앞에 멈추었다.

뒷문은 활짝 열려 있었다. 그 웃음소리가 걸음을 그렇게 집요하게 붙들었던 모양이었다.

중길 씨는 발가벗은 몸이었다. 그 여자, 상륜네도 알살을 다 드러내고 있었다. 은은한 달빛은 두 몸을 휘감고 있었다. 마치 보잇한 쌀뜨물로 멱을 감는 듯했다. 중길 씨는 상륜네 몸을 씻기고 있었다. 반듯하게 서서 남편의 손길을 받아들이는 달빛 젖은 상륜네 몸은 요염했다. 남편의 눈과 손은 서로 질세라 앞다투어 몸을 더듬어 나갔다. 달빛 바람으로 그들을 지켜보는 제 여편네도 알아보지 못한 채.

남자의 두 손은 여자 가슴 앞에서 멈추었다. 길고 흰, 그래서 시골과 타협하지 못했던 그 손이 여자의 가슴을 으깨지도록 움켜쥐었다. 아픔에 비명을 지르던 여자가 간드러지게 웃었다. 그리고는 못 견디겠다는 듯 몸을 뒤틀었다. 중길 씨 손은 그런 여자 몸 아래를 향해 천천히 내려가는 중이었다. 두 다리가 헤어지는, 드디어 야릇한 구덩이 앞에서 손이 멈추었다. 중길 씨는 그 앞에서 정중하게 무릎을 꿇었다. 그리고 얼굴을 묻었다. 결국 무너진 여자의 몸은 장독간 바닥에 쓰러지고 말았다. 여자를 덮친 남자의 허연 몸은 달빛에 슬프게 반사되었다.

머리끄덩이를 잡고 투기를 해야만 했다. 그러나 몸은 그 마음을 배반하고 있었다. 그들이 쏟아 내는 교성이 귓가를 어지럽게 아물거렸다. 물 밖을 나온 물고기처럼 팔딱거리는 두 몸을 놓치지 않고 눈에 담았다. 눈빛이 점점 무너져 내리기 시작했다.

한참 동안 그들은 떨어질 줄 몰랐다. 상륜네, 그 맨몸이 중길 씨를 덮쳤다. 감투거리를 하는 두 남녀, 허공에 눈을 박은, 포만한 중길 씨 몸은 더없이 행복해 보였다. 그는 주체할 수 없는 육체의 만족에 내내 입을 다물지 못했다.

끝까지 지켜보았다. 처음으로 남편에 대한 절실한 욕망으로 부르르 몸이 떨렸다. 아랫도리가 축축하게 젖어 갔다.

한참 뒤, 중길 씨는 상륜네 남새밭을 걸어 나오고 있었다. 뒷문 앞에 쭈그리고 앉은 아양댁을 힐끗 쳐다보았다. 그리곤 앞만 보며 내쳐 걸었다. 아양댁은 중길 씨가 버린 발자국에 발을 포개 밟고 뒤따랐다. 달떠 오른 그녀의 몸은 식을 줄 몰랐다. 견딜 수가 없었다. 불현듯 앞서 걷는 남자를 패대기쳐 길바닥에 눕히고 싶었다. 그의 몸을 감싸고 있는 구차스런 옷을 죄다 찢어발긴 후, 하얀 맨살을 덮치고 싶었다. 상륜네가 그랬던 것처럼 중길 씨 몸을 허기진 아귀처럼 깡그리 먹어 치우고 싶었다. 그런 욕구가 끝없이 그녀를 괴롭혔다.

앞서 걷던 중길 씨는 아무렇지도 않은 듯 대문을 열었다. 중길 씨는 뒤따르는 그녀를 본체만체 발걸음질만 했다. 하루 일을 마치고 들어서는 남정네처럼 태연히 신발을 벗고 마루에 올라섰다.

중길 씨가 닫아 버린 방문을 노려보았다. 몸이 끓어올랐다. 노여움
이었을까, 욕정이었을까, 아니면 투기였을지도 몰랐다. 그렇게 여러
모양의 불꽃이 매달린 몸이 점점 버거웠다. 신발을 벗어 던졌다.

방문을 열었을 때 중길 씨는 러닝셔츠를 벗는 중이었다. 하얀 맨살
의 가슴이 어둠 속에 조용조용 움직여 나갔다. 그리곤 아래 속옷을
훌훌 벗어 던졌다. 우두커니 섰던 맨몸의 그가 이불 밑으로 미끄러져
들어갔다.

멍히 서서 그런 남편을 노려보았다. 저고리 단추를 풀었다. 치마를
끌어 내렸다. 그리고 마지막 고쟁이까지 벗어 던졌다. 어둠 속의 중
길 씨는 물끄러미 그녀를 노려보았다. 발가벗은 몸으로 멀거니 서 있
었다. 중길 씨는 한참 동안 아양댁 맨몸을 지켜보았다. 남편 중길 씨
는 아양댁을 암말 없이 품어 주었다. 처음이었다. 남편에게 기꺼이
그런 몸으로 뛰어들었던 것은.

그날 밤, 용의 환영 없이도 남편을 맞을 수 있었다. 용이 도와주지
않아도 힘찬 남편의 그것이 밀고 들어와도 큰 고통이 없었다. 몸은
미친 듯 남편을 탐했다. 아무것도 눈에 보이지 않았다. 오직 허연 맨
살로 누운 남편의 몸밖에는.

그 밤처럼 홧홧거리는 몸을 감당할 수 없었다. 노여움일지, 욕정일
지도, 어쩌면 끓어오르는 투기일지도 모르는 붉은 꽃들이었다. 그것
들 때문에 우뭉자뭉, 잠을 이룰 수가 없었다.

자리를 차고 일어났다. 문고리에 놋숟가락이 걸린 창호지 문 앞에

멍히 앉는다. 창호지 그 얇은 두께 너머에 분명 아랫방은 있을 것이다. 그 문을 열고 댓돌 위의 신발만 신으면 아랫방은 금방 앞에 놓일 것이다. 그러나 문고리에 걸린 놋숟가락을 쉬이 걷어 낼 수가 없었다.

'불은 꺼졌을까. 호야도 닦지 못한 남폿불을 넣어 주었는데.'

뜬금없는 생각이었다. 그 밤에 그을음 낀 호야는 왜 앞을 막아서는 것일까. 일찍 일어나 호야를 닦아 놓지 않은 순덕을 호되게 나무랐던 걸 떠올린다. 두 팔을 있는 대로 다 벌리고 갈개잠을 자는 순덕을 힐끗 쳐다본다.

'죄 없는 애만 잡아 놓고.'

순덕을 나무라던 목소리에 주체할 수 없는 노여움을 담아냈다. 애꿎게 야단만 맞은 순덕이 눈에 눈물이 그렁그렁 고였다. 순덕이 명덕을 안고 방으로 들어간 후에도 아양댁은 자꾸 구시렁거렸다.

'지금 뭘 하고 있을까.'

우두커니 문 앞에 앉아 밖을 살핀다. 중길 씨가 풍년초 한 대로 새벽을 맞아들이던 방문이다. 그가 피워 올리는 맵싸한 담배 연기가 문살 속에 어른거리면 아양댁은 눈을 떴다. 그리고 자갈치 시장에서 구했다는, 박쥐 문양의 들쇠를 지닌 경대에 얼굴을 담아 매만지고, 그래서 하루의 시작을 준비하고…… 중길 씨 담배 연기 없이, 그 거울 속에 얼굴을 담아낼 수가 있을까. 정말 그의 기침 소리 없이 자리에서 일어나 방문을 열고, 바가지에 보리쌀을 담아 절구통 앞으로 걸어갈 수가 있을까.

차마 덧댄 유리 쪼가리에 눈을 들이댈 수 없었다. 있는 그대로를 담아내는 냉정한 유리 조각이 두려웠다. 그 유리를 피해 창호지 문살에 가만 눈을 갖다 대어 본다. 너무나 얇은 막의 경계이면서 쉬이 뵈지 않는 아득한 두께. 검지에 침을 묻혀 낸다. 그리곤 침이 묻은 손가락을 남의 것이듯 무심히 바라본다.

그 손가락 속에 허연 두 몸이 어른거린다. 맨몸이었다. 길고 허연 남자의 손이 더듬어 나가는 여자의 몸, 결국 서로 엉켜드는 둘 …….

맘과는 달리 신작로 쪽으로 난 창문으로 걸어간다. 문을 열어젖힌다. 길가에서 머물던 더운 기운이 문안으로 왈칵 몰려들어 온다. 열 아흐레쯤 될까, 신작로엔 창백한 달빛이 하염없이 나뒹굴고 있다.

신작로를 끼고 도는 도랑 너머 벼논에서 밤샘하는 개구리 울음소리만 요란하다. 안개를 거느린 여름 달밤이 세상을 뿌옇게 가두고 있을 뿐이다.

용과 몸을 섞던 날도 달밤이었다.

남편과 함께 잠자리를 하면서 한 번도 용을 떠올리지 않은 적이 없었다. 그녀를 짓누르는 남편의 몸이 힘들 때마다 용을 가만 불러 보았다. 몸을 더듬는 손길에서, 깊숙이 파고 들어오는 남편, 그 고통에서 벗어나기 위해 용의 숨소리에 귀를 기울였고, 힘차고 깊숙이 차고 들어오던 용의 몸을 생각했다. 그렇게 안간힘을 쓰고 나면 용은 남편의 숨소리에, 남편의 몸에 배어 짜릿한 흥분으로 돋아나곤 했다.

창가에 턱을 고이고 섰다.

달빛 사이사이에 숨어든 적요가 신작로 건너에 아득하다. 멀리 선당산목이 어슴푸레 제 모양을 드러내는 들판.

무엇에 홀린 듯 방문을 열어젖힌다. 아랫방은 깜깜한 어둠에 잠겨 있다. 어둠이 말해 주는 그 훤한 의미를 감당할 수가 없었다. 멍하니 서서 한참이나 방문만 노려본다.

'뭘 그러고 섰니?'

누군가가 말했다. 단호한 목소리다.

얼른 맨발로 달려가 그 방문을 힘껏 열어젖혀 보라고, 여자의 머리끄덩이를 잡아 보기 좋게 마당에 패대기치라고 소리친다. 벌거벗은 남편의 맨살 앞에서 옷을 활활 벗어 던지라, 한다. 그래서 허연 알몸에 불끈 돋아난, 한없이 부드럽고 더없이 강직한 남편의 그것을 제 몸에 소중히 받아 넣어라, 한다.

누군지 모른다. 아니, 저녁 내내 아랫방을 향해 돋아나던 그 더듬뿔의 짓일 것이다.

그렇게 서서 한참이나 유혹에 시달렸다. 그러나 등을 돌린다. 나무대문을 밀어낸다. 나무대문은 주저 없이 그녀를 바깥으로 몰아내고 만다.

용의 바다

고샅을 빠져나온다. 구렁논 볏모개의 씨알 앉는 냄새가 달콤하다. 길게 늘어선 춘자네 울타리를 지나 탁 트인 들판을 걸어 나간다. 젖은 달빛 속에서 끝없이 펼쳐진 벼논. 그 사이로 뱀의 몸처럼 숨어든 논틀길을 허청대고 걷는다. 중디짓골로, 채봉골로, 어디든 발 가는 대로 걸음을 옮긴다. 달은 중천을 건너고 있다. 한데우물가에 앉아 늘어진 고수버들을 멍히 바라본다. 그 밑에 돋아난 돌뿌다귀가 아양 댁을 청한다. 그랬어도 허우룩한 바람만 몰려드는 가슴을 안고 돌아선다.

신작로에 발을 내민다. 희붐한 달빛에 잠긴 신작로에서 발길은 한없이 막막하다.

어디로 이 발을 떼어 옮길 것인가.

앞을 가로막고 선 건 그 막막함뿐이다. 다릿목을 향한다. 달빛을 얹은 정수네 루핀 지붕을 허벙저벙 제치고, 상률네 점방도 미련 없이 버린다. 도깨비 나온다며 순덕이 호들갑을 떨던 갈대 기슭이 다가왔다간 물러간다. 발걸음은 어떤 힘에 끌린 듯 거침없이 앞만 내디딘다.

탈타리 버스가 사람을 풀어놓고 목 쉰 소리를 내며 생치골로 몸을

틀던 다릿목이다. 다릿목 앞의 길 갈림은 사람들 걸음을 저울질하게
한다. ㄱ자로 매몰차게 꺾인 길을 타면 갯가 머구리 마을이다. 곧장
앞만 내처 걸으면 사생결단이라도 낼 듯, 버스가 헉헉거리며 오르는
생치골이다. 에굽은 신작로 허리에서 왼편으로 달려 나간, 염알이꾼
이나 숨어들기 좋은 길 하나가 짐승의 꼬리처럼 희미하게 숨어 있다.
샛비재 길이다.

아양댁은 미리 염두에 둔 듯, 덥석 샛비재 길 꼬리를 밟고 만다. 금
방 무너질 듯, 샛비재를 등 뒤에 숨겨 둔 오두막 한 채가 그 길에 그림
자를 깔아 두었다. 겁도 없이 오두막이 내린 그림자 속으로 달려든다.

'이까지로, 죽기 아니면 살기 것제.'

다짐처럼 지어낸 그 말은 발길을 거침없게 한다. 죽는다는 것, 그
게 끝이라는 것을 아양댁은 안다. 죽으면 이 세상의 인연을 다 두고
등을 돌리는, 그 끝이 주는 아픔도 안다. 그런 세상에 미련을 버린다
면 아무것도 무서울 게 없다.

투사처럼 의연히 그 길을 헤쳐 나간다. 모든 게 하찮아 보인다. 중
길 씨가 문을 닫고 들어간 아랫방도, 샛비재에 대한 무섬증도, 돌아
보니 눈에 뵈는 건 아무것도 없다.

한낮에도 오르는 게 힘든 샛비재는 험한 바윗길이다. 어둠은 바위
뒤에 숨어 발길을 낚아채겠다고 보챘다. 그녀를 시험하듯 곳곳에 함
정을 만들어 함부로 발부리를 건드린다. 산 기운은 제법 산산하다.

무논에서 그렇게 목 놓아 울던 악머구리들 기척도 점점 아득해져
간다. 마치 삶의 끝에 다다른 듯, 그 소리들이 사라졌을 때 가슴은 잠

시 먹먹함에 휩싸인다. 뒤돌아서서 자신이 버렸다고 생각한 마을을 바라본다. 마을은 어슴푸레한 달빛에 잠겨 있다. 마당이 유난히 긴 큰댁을 지나 물집 옥이네, 한데 우물 길의 춘자네 초가지붕을 건너면 데뚝한 기와지붕이 보인다. 그 아래채, 비교적 나긋한 번새가 눈짐작으로 희미하게 잡혀 든다.

아랫방.

그 방 사람들은 지금 뭘 하고 있을까. 상률네에게 그랬듯 남편 중길 씨는 희고 가느다란 손으로 여자의 가슴을 꽉 움켜쥐고 있을까. 색정으로 몸을 떠는 여자의 젖가슴을 움켜쥐고 점점 아래쪽으로 미끄러져 내려올 중길 씨의 손.

어디에서 끌어온 힘인지 몰랐다. 밤이면 중길 씨 힘은 활기차고 대단했다. 어둠을 매개로 발효하는 물질처럼 전혀 다른 모습으로 변하는 중길 씨의 밤일이었다. 여자는 그런 중길 씨 밤을 기꺼이 맞아들이고 있을 것이다. 그 생각에 이르자 마음에 알 수 없는 불씨가 타오르기 시작한다. 그 욕정에서 벗어나려는 듯 등을 돌린다. 눈이 아프도록 더듬던 마을도, 아래채 지붕도 시시부지하게 등 뒤로 물러서고 말았다. 변변한 나무조차 세워 두지 못한 샛비재 산길을 톺아 오른다. 달빛은 길바닥 군데군데 시들픈 그림자를 깔아 놓았다. 간간이 우짖는 산새들 소리가 그녀의 길을 붙들고 늘어진다. 발길에 걸리는 소리가 애달프다. 잠시 걸음을 멈추고 귀를 내밀어 본다. 어디에 숨어 있을까. 필경 새는 그녀를 보고 있을 것이다.

용도 그럴까. 용도 저 새처럼 어딘가 숨어 있을까. 이렇게 허우적이며 바위를 타는 그녀를 지켜보고 있을까. 목이 메어 온다. 어디인가 용이 있을 것 같다. 그 생각 때문에 새소리처럼 엄습하던 무섬증이 잠깐잠깐 물러서곤 한다.

한참을 그렇게 걷기만 했다. 갑자기 앞이 훤하다. 어둠을 둘러쓴 노송이 헌칠하게 서 있다. 샛비재 버덩이다. 눈 아래 바닷물은 해안을 할퀴고 있다. 그 바닷속에 달이 빠져 허우적이고 있다. 달 물결을 일으키는 바다, 용이 제 목숨을 놓아 버린 바다다. 그 바다 가운데 어둠을 삼킨 흔적처럼, 검측측한 섬이 떠 있다. 아양댁이 늘 원망을 퍼붓던 섬, 지심도이다. 난바다를 허우적이던 용의 몸 하나 추슬러 주지 못한 매몰찬 섬이라고.

늙은 소나무 등에 풀썩 기대앉는다. 땀이 밴 삼베 적삼이 찰싹 등에 달라붙는다. 등 뒤에 손을 넣어 적삼을 들었다 놓았다 해 본다. 바람이 스며들어 등이 서늘하다. 아양댁은 마치 계획된 절차를 치르듯 엉엉 소리 내어 울고 만다.

용아!

용아!

그녀의 피맺힌 고함 소리에 바람 소리가 대신 대답한다. 용의 영혼이 바람에 실려 그녀의 뺨을 어루만지는 듯한다. 그 젖은 눈으로 바다를 살핀다. 어디에서인가, 그의 목소리가 들려올 것 같다.

여분아, 울지 마라.

여분아 울지 마라. 내가 죽더라도 울지 마라.

용이 남긴 말은 그것뿐이었다. 용은 여분의 기나긴 눈물을 미리 알고 있었던 것이었을까, 그는 그 말밖에 아는 것이 없는 듯, 울지 말라는 말만 했다.

전쟁은 깊은 원한 없이도 용을 죽일 수 있었다. 전쟁은 보도연맹에 기록된 이름들을 잘도 찾아냈다. 용의 무리들이었다. 지하로 숨어든 그들을 족집게로 찍어 내듯 찾아내어 제거하기 시작했다. 동족끼리 총을 겨누었던 그 전쟁이 역사 속으로 꺼묻어 들지 않았더라면 용은 살아 있었을까. 용은 또 어떤 모습으로 그녀 곁에 있어 주었을까. 세상에 대한 편견으로 몸부림쳤던 용이 한 여자의 남편으로 다가온 제 삶을 고분고분 받아들였을까. 그 전쟁이 없었다면 용은 아이들의 아버지로 찔레꽃머리엔 두렁감기에 바쁘고, 햇곡머리엔 물꼬를 조절하고, 해질녘이면 산국 몇 송이 매달린 지게를 지고 사립짝을 밀고 들어서는…… 그런 남자로 살아가고 있었을까. 굵은 땀방울을 흘리는 그의 등마루에 물바가지를 끼얹고 시원한 웃음 담아내는 용의 얼굴, 여분은 그런 삶을 원했다.

용은 해방을 맞으면서 변했다. 아니, 어쩌면 아버지가 눈을 감은 그날부터 용은 세상을 보는 마음의 방향을 결정했는지 몰랐다. 여분은 똑똑히 그날을 기억했다. 용이 변화된 세상으로 걸어가던 그 모습을.

해방은 여느 날 아침 햇살처럼 찾아왔다. 여분은 아침 먹은 그릇을 정갈하게 씻어 건졌다. 처맛기슭에서 미끄러져 내린 다부진 볕살이 마당 가득 내려앉았다. 어리 안팎을 들락거리던 병아리들은 어느새 등마루가 토실토실한 어미 닭을 닮아 갔다. 모이 한 줌을 마당에 뿌리자 마당 구석구석 흙을 쪼아 대던 닭들은 여분의 발길에 앞다투어 몰려들었다. 여분은 정지간으로 들어가 아궁이 깊숙이 불당그래를 밀어 넣었다. 금방이라도 푸슬푸슬 바람이 되어 날아가 버릴 것 같은 묵재가 걸려들었다. 아침에 맘먹고 넉넉하게 짚단을 땐 아궁이였다.

시룻방석 위에 등겨와 모래 몇 줌도 얹어 둔 터였다. 그 위에 조심스레 짚재를 들어붓고 물을 조금씩 퍼 넣었다. 잿물은 가만가만 시루를 빠져 내렸다. 떨어지는 잿물 소리는 언제 들어도 맑았다. 마루에 널린 빨랫감을 통에 담았다. 목데기 다루는 걸 즐겼던 아버지가 만들어 내는 맨드리 중에 넓둥글한 통은 빨랫감을 담그는 데 유용했다.

아버지는 크건 작건, 나무로 만든 용기는 무조건 통새끼라 불렀다. 아버지가 그 통새끼 한 개를 만들어 내는 시간과 정성은 대단했다. 우선 먹줄을 놓아 결 고운 목데기를 골라 고만고만한 크기로 잘랐다. 그것들은 돌배나무 그늘에 가지런히 서서 제 몸의 습기를 알맞게 뱉어 냈다. 그런 후, 대패질로 우선 겉면부터 도시어 나갔다. 그 겉면을 아버지는 '등'이라 말했다.

"등은 좀 굽은 디끼, 안쪽 배는 좀 홀쭉한 디끼, 그런 모양새로 다듬어야 멋스런 통새끼가 되제."

그 배와 등을 칭칭 감는 대나무 테를 아버지는 허리띠라 불렀다. 대패질이 끝나면 끌을 사용해 배 속을 다듬는 일을 시작했다. 배 속을 알맞게 파내는 땀질은 시간이 좋이 걸렸다.

그렇게 많은 날을 바친 후면 드디어 통새끼를 껴 맞추는 날이 다가왔다. 그 조각들을 창창한 대나무 허리띠 속에 짯짯이 세우는 일이었다. 몇 번을 끼워 맞추고 또 으그러지고, 아버지의 인내를 시험하듯, 목데기들은 쉬이 제자리를 찾아 서지 못했다. 아버지의 끈기와 조바심으로 모든 조각들이 쪼로니 제자리를 찾아 앉으면 알맞게 잘라 맞추어 놓은 밑바닥 판을 깔았다. '통새끼'란 모양이 만들어지면 물이 새어 나오지 않도록 조각이 맞물린 틈 사이에 잘게 부순 끌밥을 이겨 넣어 마무리 지었다.

한 바가지 퍼낸 잿물에 등겨를 넉넉히 섞었다. 빨래에 잿물이 골고루 배게 밟은 후, 점심나절에 아시빨래와 누임을 한 후 헹구어 널면 오늘 몫의 손질은 대강 마무리될 것 같았다. 풀을 먹이고 다듬잇살을 넣는 건 내일 할 셈이었다. 그럴 요량으로 여분은 나갈 채비를 서둘렀다.

아양골 들판은 모개에 맺힌 벼이삭이 내뿜는 구수한 냄새로 넘쳐났다. 여분은 손빗으로 벼를 쓸어내렸다. 부드러운 감촉이 손끝에 간지럽게 와 닿았다.

당목의 장터를 가로질러 나갔다. 그렇게 붐비던 장터는 적막하고 을씨년스러웠다.

지난 장날, 여분은 온갖 피륙을 펼쳐 놓은 드팀전을 지나 방물장수 헛가게 앞에서 바느질 도구를 고르던 참이었다. 그때 잡살전 앞에서 두리번거리는 나미코와 마주쳤다.

"무슨 씨앗 사러 왔는데?"

"아니."

"와?"

"너 만날 것 같아 나왔어."

"그라몬 집으로 오몬 될 거 아이가."

"집으로 안 가도 이렇게 만나잖아. 내 미리 알았지."

허긴 그랬다. 장날이 오면 여분은 바로 집 앞 장터에서 종일 살다시피 했다. 사립짝을 빠져나와 찬새미 왼쪽 길로 곧장 나아가면 바로 장터였다. 장마철에 비구름 몰려오듯, 장터엔 장꾼들이 들끓었다. 여분은 그 북새통을 비집고 다니는 걸 좋아했다. 쌀이며 생선, 죽순, 뻥튀기 장수에다, 비단 옷가지들, 큰북을 둘러메고 약을 파는 약장수, 하릴없는 맥장꾼까지 덤짜로 몰려드는 장터였다. 머리빗이며 머리핀, 무명에 수를 곱게 놓은 손지갑이며, 특히 방물장수가 풀어놓은 헛가게 앞에 엉덩이를 놓고 앉아 거두어들일 줄 몰랐다. 그 장날에 여분은 벼름벼름했던 생필품을 다 장만했다. 쌀이며 고추, 모든 잡곡까지도.

"내일 뭐 할 건데?"

"큰집 제삿날이라서 그게 가 봐야 하는데, 와?"

"아, 각다귀네 집?"

나미코의 말에 큰 소리로 웃고 말았다. 한 살 아래인 사촌 형구는 각다귀처럼 유난히 입이 뾰족하게 튀어나왔다. 형구는 제가 각다귀로 불리는 줄도 모르고 나미코에게 능글맞게 굴었다.

"와? 무신 일이 있나?"

"아니, 아무것도 아니야. 그냥."

그냥 그렇게 헤어졌다. 간단했다. 별로 달라진 것 없는 말투였지만 어쩐지 여운이 남았다. 결코 예전과 같지 않은, 나미코의 말이 걸려 맘에 남았다. 여분은 그녀가 남겨 둔 말의 뜻을 흩어 놓았다가 다시 껴 맞추어 보고, 그러다가 제사 때에 맞추어 큰댁에 갔다. 여전히 나미코에 대해 은근하게 캐묻는 형구에게 지청구를 실컷 먹였다.

제사를 모신 후, 큰엄마가 담아 주는 음식을 이고 형구가 비추는 빼대대한 대한등 불빛을 따라나섰다. 이웃집마다 반기를 돌렸을 때는 얼추 아침이 다 되었다. 엄마 없는 살림을 꾸려 가는 여분에게 큰엄마는 꾸미꾸미 제사 음식을 싸 주었다. 눈이 짓무르도록 우는, 거동이 불편한 할머니를 달래 놓고 여분은 집으로 돌아왔다. 그런데 오늘 아침, 뜻밖에 생계망게하던 나미코의 풀 죽은 얼굴이 떠올랐다. 그랬다. 그녀의 말투에 배어 있는 약간의 절박함과 불안, 그것들이 뒤통수를 치며 여분을 일깨웠다.

여분은 나미코를 만나기 위해 걸음을 서둘렀다.

당산 골짜기를 헤매던 바람이 몽돌해변에서 몸을 풀고는 숨을 죽였다. 순한 바람과 푼푼한 햇살과 맑은 바닷물에 멱을 감은 모오리돌에서 윤이 자르르 흘러내렸다. 그것들 사이로 바닷물은 장난치듯 쪼르르 달려왔다간 이내 빠져 내려갔다. 그 바다에 잠깐 넋을 놓았다. 눈을 돌리니, 얌전하게 입을 벌려 하품하듯 옥포만 입구가 눈에 잡혔다.

이순신 장군이 맨 처음 왜군을 물리친 바다야.

용이 으스대며 말하던 바다였다. 그 바다와 이순신을 입에 담을 때 용의 목소리는 사뭇 떨렸다. 용의 자랑인 그 바다를 건너 왼쪽으로 달려오면 막, 벼모개를 달아내는 들판이 한눈에 들어왔다. 어른들은 이 기름진 들판을 양양평야라고 불렀다. 그 들판 너머 외적이 침입하면 망을 보던 망재와 우산재, 크바재가 나란히 어깨를 겨루며 마을을 지키고 있었다.

몽돌해변을 지나 우람한 팽나무가 길목을 지키고 선 두몰목을 향했다. 나무는 언제나 넉넉한 그늘로 사람들을 품어 주었다. 먼 길에 지친 사람들도 그 나무 아래서 잠깐 숨을 돌리고 일어섰다. 평상에 앉아 노인들은 나무가 내린 그늘을 즐기곤 했다.

두몰목을 넘어섰다. 아양골 바다를 등 뒤에다 버리고 돌아서면 보릿자루처럼 마을에 푹 안겨 든 아늑한 장승골 바다가 다가왔다. 그 포구를 향해 내리막 신작로를 따라가면 멀리 왼쪽 시선에 검게 그을린 듯, 나무판자 벽과 위압적인 기왓장으로 덮인 지붕들이 눈에 들어왔다. 이리사 마을이다.

경술국치 이전부터 일본인들로 조성된 이주민의 집단이었다. 물론 나미코도 그곳에서 태어났고 자랐다. 여분은 이리사 마을을 향해 종종걸음을 쳤다. 멀리 우편소와 수협조합 건물이 눈에 들어왔다. 여느 때처럼 엿고리 앞에서 가위를 거머쥔 엿장수의 엿단쇠가 요란하게 들려왔다. 그 소리와 함께 이리사 마을이 점점 가까워졌다.

그 마을에 거주하는 일본인들은 낙후된 섬의 수산업을 점점 장악해 나갔다. 조선인들의 어업이란 게 어선부터 볼품없었다. 무동력으로 노를 젓거나, 돛으로 배를 움직이는가 하면 어구 또한 새끼 그물 끝에 불통만이 실그물이었다. 주낙이나, 갓후리, 방질 등, 조류에 따라 가두어 잡는 돌발이나 죽방염, 또는 지선에서 큰 줄에 새끼그물을 달고 바다 안쪽으로 뻗어 실그물에 고기가 들도록 한 주복이나, 정치망 시설들이 주류를 이루는, 중세적인 어업기술이었다. 일본인들은 발동선과 냉동선을 갖춘 근대적 어업기술로 원시적인 섬의 수산업을 잠식해 갔다. 용의 아버지 또한 그들에게 어장막을 고스란히 내주고 말았다.

"왜놈들은 망했어. 누부야 두고 봐라, 무슨 일이 일어날 낀가."

아침 밥상 앞에서 힘주어 말하던 여권을 떠올렸다. 밥숟갈을 떠올리는 그의 손에도 불끈 힘이 솟구치는 것 같았다. 여분은 여권의 그런 말들을 예사롭게 들어 넘겼다. 늘 가슴에 품고 다니던 여권의 분노였기에.

망하다니. 일본이 망한다는 걸 생각해 본 적도 없었다. 그렇다고 세상이 변할까, 그런 기대도 해 본 적 없었다.

두몰목을 지나 이리사 마을을 향하면서 비로소 여권의 말을 불러들이게 되었다. 그 말들의 뜻이 길가 구석구석 배어 있는 듯 수상했다. 눈으로만 보면 모든 것들이 어제와 다를 게 별로 없었다. 그렇지만 뭔가 달라지고 있다는 느낌만은 떨쳐 낼 수 없었다. 드러내지 않는 무엇, 그것들이 주도해 나가는 어떤 변화, 그런 조짐에 여분은 괜히 불안했다.

우편소 건물 앞을 지났다. 수협조합 건물도 왼쪽에다 팽개쳤다. 이리사 마을 초입, 그 앞에 서면 언제나 흑목 여관 이마에 걸린 현수막이 위엄 부린 낯으로 펄럭였다.

'장승포항이 바라보이는 전망과 아늑한 객실을 완비한 흑목 여관! 이 지역에서 1등 여관으로 각광받고 있는 흑목에서 새로운 꿈을 키우세요!'

일본식 2층 기와집인 그 흑목 여관이 추레한 현수막을 달고 은둔하는 도망자처럼 숨을 죽이고 있었다. 이리사 마을의 황제처럼 언제나 근엄하고 화려했던 곳이었다. 화치(華侈)하던 전깃불로 한낮에도 사람들을 끌어들이던 이리사 상점 역시 적막강산이었다. 그 골목에 둥지를 틀고 살던 당당한 일본인들은 초조하고 불안한 얼굴로 분주히 드나들었다. 많은 것이 달라진, 예사롭지 않은 분위기였다. 횡한 바람이 골목을 휩쓸고 다녔다. 그물이 가득 쌓여 있던 우물 옆에는 낡은 동동이가 몇 뒹굴고 있을 뿐, 을씨년스러웠다.

꼽추네 유리창도 길게 내린 커튼으로 침묵을 지키고 있었다. 나미코와 그 앞을 지날 때면 어김없이 창가 비스듬히 숨어 서서 여분의 등을 훑던 꼽추였다. 얼굴 하얀, 그 꼽추의 집에서 오른쪽으로 꺾어 돌면 나미코 집이다. 일본 사람들 발길로 번거하던 골목, 그러나 그곳은 장구 깨진 무당처럼 맥 풀려 있었다.

나미코의 집 앞에 섰다. 나미코네도 흑목 여관 못지않게 위엄 부리던 2층 주택이었다. 나미코의 집 역시 굳게 문이 잠겨 있었다.

일본은 망했다. 그래서 나미코가 떠났다.

간단한 답이었다. 그러나 세상은 그렇게 간단하지 않다는 것을 짐작하지 못했다.

우편소를 돌아 큰길로 향해 걸었다. 마침 사람들이 떼 지어 우르르 어디론가 몰려가고 있었다. 사람들이 몰려가는 쪽으로 여분은 발길을 옮겼다. 여분이 멈춘 곳은 소학교였다. 운동장엔 많은 사람들이 운집해 있었다. 쥘부채를 쥐고 선 사람, 맥고모자로 멋을 부린 사람, 언제 마련했는지 강단 위에도 낯이 익은 얼굴들이 앉아 있었다. 일본인 경찰서장이며, 동네 청년들이며……. 그 아래쪽에 용이 뭔 쪽지를 읽으며 바쁘게 쫓아다니고 있었다.

용아!

여분은 사람들 틈새를 비집고 들어갔다.

용아, 용아!

고함을 쳤지만 그 많은 인파들의 웅성거림에 용이 들어 줄 리 만무했다. 사람들에 밀려 용은 점점 멀어져 갔다. 부리나케 섬을 빠져나간 일본인들의 이유는 대한독립만세를 부르며 운집해 있는 운동장의 그 사람들이었다.

여분은 사부자기 운동장을 빠져나왔다.

"누부야, 사실은 해방은 어제 된 기야. 저놈의 왜놈들이 섬에 버티고 앉아 떠날 생각을 안 한 것이제."

여권의 말이 옳았다. 사실 15일에 된 해방이었지만 완전 무장한 일본군 서슬에 숨을 죽이고 있었다는, 여권의 말은 틀림이 없었다. 결국 섬은 하루 늦은 다음 날 오전, 거제 전매서에서 흘러나오는 단파방송으로 해방 소식을 정식으로 접수한 셈이었다.

섬사람들은 거제경찰서와 관공서를 접수한 후, 이젠 평화와 자유뿐일 거라 기대했다. 그러나 그 기대는 만만하지 않았다. 해방은 점점 섬을 혼란으로 빠뜨렸다. 그 혼란을 수습하기 위해 여권과 용은 손을 맞잡고 날뛰기 시작했다.

조선건국준비위원회 경남지부가 결성되면서 보안대는 자연스럽게 '치안대'라는 조직으로 운영되었다. 치안대는 경찰서를 접수했고 그 과정에서 그들 만행 또한 일본인들 못지않았다. 부역자를 찾아내기 위해 눈을 부라렸다. 생각하면 부역하지 않는 사람이 어디 이 땅에 있겠는가. 단지 모양과 색깔이 조금 다를 뿐.

일제 치하에서 목숨 붙들고 사는 것 자체가 부역 행위였다. 그 치안대에 용과 여권은 중심인물로 자리를 잡아 갔다. 물론 일본인들에게서 치안의 권리를 조선 사람이 되돌려받는다는 건 당연했고 그 목적에도 흠은 없었다. 한꺼번에 모든 것을 쟁취한 그들은 그 권리를 올바르게 사용하는 법조차 몰라 쩔쩔맸다. 옳은 방향도 모르고, 아버지 말대로라면 날뛰는 천둥벌거숭이에 불과했다.

아버지는 치안대 소속인 용과 여권을 못마땅해했다. 그러나 여권은 아버지의 말을 이해하고 따르기엔 그 젊은 피가 휘두르는 권력에 깊은 맛을 들이고 말았다.

아버지가 용을 못마땅한 이유도 그것이었다. 여권은 용을 맹신적으로 추종했다. 세상이 그렇게 호락호락하지 않다는 것을 알아내는 데는 그렇게 많은 시간이 소요되지 않았다.

아버지의 예견은 정확했다. 건국준비위원회의 정체가 드러나면서 치안대도 그 빛깔로 윤색되고 있었다. 엎치락뒤치락, 사태는 다시 돌변하고 있었다. 혼란은 끝이 없었다. 그 소용돌이 속에 용과 여권이 함께 휘말려 돌기 시작했다. 결국 줄을 잃은 용의 무리들이 슬슬 지하로 숨어들 때, 세상은 그들을 '보도연맹'이라는 기록으로 구제하는 척 손을 내밀었다.

전쟁이 발발했을 때 그들이 먼저 제거되어야 할 요주의 인물이 될 것이라는 건 아무도 몰랐다. 전쟁은 그들을 소탕하는 걸 우선으로 했다. 발 빠른 여권은 의용군으로 출정했다. 용이 여권처럼 그렇게 의용군이 되었다면 목숨이라도 부지할 수 있었을까. 비록 용이 그 전장에서 행방을 알 수 없더라도 생존의 끈 하나는 희망처럼 부여안고 있었을 것이다.

죽음은 인간의 인연 중에서 가장 마지막 단계이다. 그 뒤에 세워 둘 건 아무것도 없다. 죽음은 아픔보다, 절망보다 더 가혹했으며, 그건 없다는 것이다. 없다는 것, 그것만큼 참혹한 형벌이 또 어디 있을까.

여권과 용은 저들의 것을 이념이라고 말했다. 그것 때문에 모함이 난무했고, 함정이 곳곳에 돌부리처럼 고개를 쳐들었다. 용이, 여권이 말하는 이념이란 것은 충분한 원한 없이도 사람을 죽일 수 있는, 총칼보다 더 무섭고 잔인한 무기였다.

용이 죽을 무렵, 많은 사람들이 죽임을 당했다. 내 편이 될 수 없는 사람들은 적이었고, 그들은 하루아침에 파리 목숨처럼 사라졌다. 죽어 넘어진 송장 앞에 다시 송장이 넘어지고, 그 송장들은 제대로 된 흙이불도 없이 떼거지로 묻혔다. 무리죽음이었다. 그랬어도 땅 위의 주검들은 눈치껏 뼈나 추릴 수가 있었다. 그러나 용은, 용은 그러지도 못했다.

　삼베 치마를 뒤집어 콧물을 닦는다. 벌써 달은 이울고 있다. 이슬
에 축축하게 젖은 옷에 팃검불이 매달렸다. 엉덩이를 툭툭 털어 낸
다. 온몸은 엉겨 붙은 물것들의 흔적으로 가렵다. 정신을 가다듬는
다. 샛비재 아래의 마을은 여명에 잠겨 있다. 자처우는 닭 울음이 아
련히 들려온다. 날이 밝으려는 모양이다.

앉은뱅이 수지

그믐이었다. 칠흑 같은 어둠이 젖어 내린 바다였다. 그 바다에서 용이 헤엄을 치고 있었다. 혼자였다. 시퍼렇게 빛을 내는 시그리(燐光)가 그의 몸에 다닥다닥 붙어 있었다. 마치 빛 덩어리가 물결 속으로 숨었다간 떠오르는 것 같았다. 여분은 안타까웠다. 두 손을 입가에 모아 붙이고 용을 불렀다. 용은 다만 빛이었다. 그 빛으로 여분을 손짓했다.

여분은 옷을 벗었다. 맨몸으로 시그리 난무하는 어둔 바다로 뛰어들었다. 몸이 달아올랐다. 용을 향한 몸이 자꾸 뜨거워져서 주체할 수가 없었다. 헤엄을 쳤다. 그러나 용은 깊은 바다 쪽으로 점점 멀어질 뿐이었다. 그러다 물 위로 용이 떠올랐다. 물 밖에 얼굴을 내민 용의 몸은 쇠사슬에 묶여 있었다. 마치 굴비처럼 여러 머리들이 함께 묶인 몸이었다. 용이 버둥질을 해댔다. 버둥거릴수록 몸의 사슬은 조여들었다. 그 사슬을 풀어내기 위해 안간힘을 쓰는 용.

그때 어디선가 총소리가 들렸다. 콩을 볶듯 날아든 총알은 용의 가슴으로, 목으로 박혀 들었다. 용의 몸에서 점점 숨소리가 떠나고 있었다. 용이 잠겨 가는 바다에는 핏빛으로 벌겋게 물이 들었다. 꾸억거리는 소리로 용을 불렀다. 목이 메었다. 여분의 목구멍에 걸린 듯, 소리는 맘속으로 잦아들었다. 안타까움에 손만 휘저어 댔다.

여원잠에서 깨어나니 팔은 허공을 젓던 채로 멈추어 있고 눈가는 축축하게 젖었다. 창호지 문살엔 끄느름한 아침이 매달려 있다. 자리에 누워 가만 꿈을 더듬어 본다. 시그리를 둘러쓴 용이었다. 버둥질을 해대던 용은 굴비처럼 사슬에 묶여 있었다. 그것들이 환영처럼 눈에 어른거린다.

'누가 쳐들어올 사람이 있을 끼라고.'

방문 고리엔 어젯밤 공연히 걸어둔 놋숟가락이 그대로 꽂혀 있다. 문고리에 단단히 걸려 실없는 밤을 지켰을 숟가락이다.

여느 아침이었으면 중길 씨는 창호지 문에 덧댄 손바닥만 한 유리 조각에 눈을 맞추고 있을 터였다. 눈을 갖다 대면 담 밑, 심심한 절구통과 그 옆에 하늘로 쭉 뻗은 미루나무 한 그루가 바람을 달고 섰을 뿐, 어제와 다를 게 없는 바깥이었다. 그러나 중길 씨는 한 번도 거르는 일 없이 아침을 맞이하기 전에 그 유리에 눈을 맞추곤 한다. 그래서 아무것도 달라진 게 없는 바깥을 미리 살폈다.

그런 후, 알맞게 잘라 놓은 종이에 풍년초를 골고루 깔았다. 손가락 모두를 삯군으로 불러들인 중길 씨는 담배가루가 미어져 나오지 않도록 조심스럽게 말아 올렸다. 혓바닥 침으로 끄트머리까지 쓸어 낸 종이를 봉한 후 성냥을 그어 연기를 지어 올렸다.

몰몰 피어오르던 그 연기가 통로를 찾지 못해 창호지 문살을 헤매

고 있을 즈음 아양댁은 윗목의 경대를 잡아당겨 제 앞에 갖다 놓았
다. 섬사람에게 어울리지 않게 뽀얀 얼굴빛의 여자, 높진 않아도 아
담한 콧볼이며 쌍꺼풀진 눈, 그렇게 밉지 않은 얼굴이 그 속에 담겨
들었다. 찡긋, 콧살을 만들어 내면 콧등을 중심으로 얼굴의 모든 기
관이 찡그리며 모여들었다. 그 거울 속에서 군빗질로 다듬은 머리칼
을 비녀로 틀어 올리고 주섬주섬 머리맡의 옷을 껴입었다. 그런 후,
창호지 문살에서 두리번거리는 연기를 몰고 마루에 내려서곤 했다.

그러나 그녀의 하룻머리가 늑장을 부리려 한다. 이불 밑에서 미루
적거리는 몸은 마음과 야합한 듯 그 무게가 천근만근이다. 밤새 샛비
재에서 맞은 이슬에다, 풀떨기 속, 물것들에 뜯겨 긁어 댄 자국이 붉
은 밭을 이루었다. 헤벌심 입을 벌리고 돌꼇잠으로 밤을 보낸 순덕,
명덕이 서로 엇누워 있다. 몸부림 심한 순덕이 배를 타고 먼 곳 다녀
왔으니 지쳤을 법도 하다. 점덕이 배를 감은 순덕이 다리를 떼어 펴
주고 아양댁은 명덕이 볼을 잡아당긴다. 돌이 지나자 얀정 없이 젖을
뗐는데도 순한 명덕은 밥살이 붙어 옴포동이같다. 제가 눈칫밥 먹을
셋째 딸이라는 걸 훤히 알기라도 하는 양, 투정 없는 것도 기특하다.

살며시 방문을 열고 나와 샛비재를 향해 두 손을 모으고 마루를 내
려선다. 힐끔 쳐다보니 아랫방, 들마루 밑에는 여자의 고무신만 가지
런하다. 중길 씨는 아침 일찍 채봉골 논에 물꼬 살피러 갔을 것이다.
채봉골 야산을 일구어 마련한 밭떼기 맨 아래쪽에 풀어놓은 어레미
논이다. 강팔진 땅에 천둥지기인지라 나락이 펴오르는 요즘, 자주 수
멍에 신경 써야만 한다.

총각 시절엔 일바람까지 들어 집에 붙어있을 틈도 없었고 골골샅샅이 대처로 드나들며 중길 씨가 장사를 한 것은 동네가 다 아는 일이다. 젊어서 기반을 잘 닦아 놓은 편이었다.

밥은 안 굶길 끼다. 사람이 영리하고 앞을 내다보는 눈이 남달라서 모아 놓은 재산도 제법이라 카더라.

아버지의 말이 아니더라도 소문은 자자했다. 인물도 그만하면 괜찮고 성품도 얌전해서 어른들 눈에 난 게 없다고.

"순덕이 저거 아부지 바람 귀신이 붙었던 기라. 안 그라몬 역마살이 단단히 끼 있던지. 타관살이로 총각 시절을 다 보냈제. 근데 말이다, 각시가 좋기는 하나 보제. 장가가더니 먼 데 출입 딱 끊고 제자리만 빙빙 도는 거 보몬 말이다."

동서 구촌댁 말에 의하면 소학교 졸업하고부터 한 해도 집에 붙어있은 적이 없다고 했다. 제 목숨 하나 부지하기 어려웠던 험한 시절, 중길 씨 젊은 인생은 몇 번의 수치레를 겪었다. 사변이 났을 때도 그랬다. 용케 징집을 피한 것 또한 중길 씨에겐 천운이었다. 징집영장을 받아들고 순덕이 어린것 손잡고 적시던 눈시울이 채 마르기도 전에 휴전을 맞았다.

전쟁이 발발했을 때 섬은 실질적인 싸움터는 제공하지 않았지만 많은 피난민을 수용하면서 적극 동참했다. 날이면 날마다 군함이 토해내는 피난민들의 숫자는 섬 주민들 숫자를 훨씬 웃돌았다. 섬 인구 7만에 피난민들 숫자는 십만이 넘었다. 그뿐 아니었다. 맥아더 장군의 상륙작전이 성공하면서 터무니없이 늘어난 포로들이 문제였다.

부산 지역에 집결되었던 포로들을 한꺼번에 수용하기 위해 채택된 곳이 섬이었다. 수용소를 위해 고현을 중심으로 연초 땅이 징발되었다. 전쟁 다음 해, 본격적인 수용소 건설에 섬의 바다를 에워싸고 있던 고운 모래는 공출당하다시피 했다.

수많은 포로와 피난민으로 인해 섬은 몸살을 앓았고 휴전이 성립되는 동안 포로들의 난동으로 하루도 편할 날이 없었다. 수용소 안의 포로들은 그들 나름대로 작은 전쟁을 벌였다. 나중에 밝혀진 일이지만 친공 포로들은 섬을 장악할 계획까지 세웠다고 했다. 탈출을 시도하는 포로도 많았다. 그런 포로들에게 우호적이었던 섬사람들은 더러 도움의 손길을 내밀기도 했다.

수용소 안에서 살해당한 반공 포로들의 주검은 철조망에 빨래처럼 널려 있거나 토막 난 채 고현 앞바다를 떠밀려 다니기도 했다. 오물통에 묻혀 나온 시체들이었다.

그뿐 아니었다. 수용소 소장도 수시로 바뀌었다. 포로들에게 납치되어 세상을 떠들썩하게 한 도트 준장 때문에 연초 마을은 도떼기시장이란 유명한 장터가 태어나기도 했다. 포로들의 옷이나 미군들의 군복 등 주로 수용소 뒷문으로 빠져나온 물건들이 거래되면서 섬에는 가당찮은 양공주 마을까지 판을 쳤다.

섬은 그런 방법으로 전쟁에 협조했고 그로 말미암아 심한 열병을 앓기 시작했다. 마을마다 늘어난 건 피난민 수용소였고 고아원이었다. 아양댁 마을에만도 뜬금없는 고아원이 다섯 개나 되었다. 피난민들을 위해 우선 방 한 칸씩이라도 내놓는 것은 섬 주민들 나름의 애국심이었고 동족애였다.

여자의 고무신이 놓인 아랫방도 피난민이 기거했던 곳이다. 아양댁이 겪은 전쟁은 비교적 순탄했다. 함흥에서 왔다는 형제 둘을 위해 방을 내놓았고 그들은 채 석 달도 살지 못하고 간첩 사건에 연루되어 잡혀갔다. 인물도 좋고, 싹싹하고, 배운 티 나는 참 멀쩡한 청년들이었다. 그들이 거짓 형제 노릇을 한 것도 잡혀간 후 알았다. 그 후, 그 방에 묵은 사람은 따깨비모자를 쓰고 다녔던 홀아비와 아들이었다.

난리 통에 흔한 것은 간첩과 전염병이었다. 그것들은 한결같이 눈에 잡히지 않는 투명체처럼 맘대로 동네를 휘젓고 다녔다. 멀쩡한 사람이 어느 날, 간첩으로 내몰려 붙잡혀 가는가 하면, 그런 간첩보다 더 무서운 건 전염병이었다. 호열자가 휩쓸고 지나더니 폐병이며 나병들이 기성을 부렸다. 제대로 된 약 구하기가 어려웠던 전쟁 통이라 전염병으로 피난민들은 대책 없이 죽어 나갔다. 특히 연약한 어린이들은 더 심했다.

살기가 힘이 들고, 시절이 어려우면 마음도 피폐해지는 게 사람이라는 종자인가 보았다. 어려운 시절을 교묘하게 이용해 먹는 인간들이 널려 있었다. 효험이 있다는 끔찍한 약이 유행병처럼 꼬리를 물고 다녔다. 특히 나병은 더 잔인했다. 그 병에 어린아이 간과 날송장에 고인 물이 특효라느니, 소문은 날매같이 동네를 휩쓸었다. 전쟁 중에 흔하디흔한 추깃물이 만만했던 모양이었다. 어떻게 그것들로 돈 벌 생각을 했는지, 세상은 참으로 무섭게 변해 갔다.

두 번째로 아랫방에 기거한 피난민이 야반도주를 한 날이었다. 순경이 조사를 나오고 그 방을 뒤지고 난리도 아니었다. 막연히 대처로 볼일 보러 나간 줄 알았던 부자가 시체를 후벼 파는 그로범들이라고 했다. 그런 끔찍한 일로 돈을 벌었다니 말만 들어도 머리털이 주뼛주뼛 섰다. 그들은 아이들을 담아 묻은 항아리를 훑고 다니며 해골바가지에 고인 물을, 또는 날송장에선 신체 일부를 수거해서 암암리에 돈을 거머쥐었다고 했다. 물론 그것도 순경의 입으로 전해 들었다.

명지바람이 불어오면 참꽃이 흐드러지게 피어났다. 보리누름 때가 될 무렵, 문둥이들은 그때를 맞추어 떼 지어 출몰했다. 그들이 메고 다니는 오망자루는 사람들의 의심을 받는 데 충분한 빌미가 되었다. 그 자루에 아이들을 잡아 간을 빼먹어야 치유할 수 있다는……. 시절이 하도 어수선하니 얼토당토 않는 유언비어들이 판을 치고 다녔다. 문제는 그런 소문을 믿을 수밖에 없는 세상을 살아가는 사람들에게 있었다. 사는 게 절박하면 귀에 솔깃하게 박히는 게 어처구니없는 소문이었다. 산을 헤매며 참꽃이나 칡으로 배를 채우던 아이들이 보내야 하는 보릿동은 소문 속의 문둥이들 때문에 자유롭지 못했다.

그 아랫방에 세 번째 살림을 풀어놓은 사람은 어린 아들을 품고 나온 개성댁이었다. 개성에 잠깐 신혼살림을 차렸을 뿐, 본래 고향이 평안도인 여자였다. 개성댁을 만나면서 아양댁은 처음으로 노동을 팔아서 돈을 만져 본 경험을 했다. 개성댁 말로는 '뜨더국때기'라는 이름을 가진 먹을거리였다.

쌀가루를 빻아서 길고 둥글게 빚어 끓는 국에 뜯어 넣는, 사실 생떡국이란 말이 더 잘 어울릴 것 같았다. 그걸 만들어 피난 나와 당장

먹을 게 없는 사람들에게 팔았다. '뜨더국때기'는 날개 돋친 듯 팔렸고 늘 수요에 미치지 못했다. 절구에 찧고 맷돌을 돌려 가루를 내는 시간이 너무 많이 소용된 탓이었다. 남편 중길 씨는 못마땅해했다. 그러나 아양댁은 처음 해 본 장사라 재미있었고 수입도 짭짤했다. 배고픈 사람들을 상대로 한 장사이니 깔축없이 팔렸고 뇐돈으로 받아 챙겼지만 물건으로 바꿀 때도 많았다. 생전 보지도 못했던 비단이며, 털옷, 가끔은 작은 금붙이도 만져 볼 수가 있었다.

'뜨더국때기' 장사로 한몫 톡톡히 잡은 여자는 상률네였다. 그 장사로 집도 마련했고 한 밑천 톡톡히 잡았다. 얼마나 돈에 독이 올랐는지, 남편 전사 쪽지 받은 다음 날에도 툭툭 털고 일어나서 장사를 해 댄 여자였다. 아양댁은 개성댁이 아랫방에 기거하던 두 달만으로 장사는 끝을 냈다. 장사를 그만둔 개성댁은 큰골에 지은 피난민 수용소로 거취를 옮겼다.

무거운 눈꺼풀이 자꾸 처져 내려온다. 장독간으로 돌아 나가 물바가지로 눈가를 씻어 보았다. 조금 눈앞이 훤해지는 것 같다. 곳간 문을 열고 바가지 가득 보리쌀을 퍼서 담았다. 객식구까지 가늠해 바가지를 추슬러 본다. 얼추 됨직 하다. 손 넉넉한 아양댁은 밥 모자라는 건 질색이다. 식은 밥 한 덩이라도 남을 만치 안쳐야 직성이 풀렸다.

절구통 안엔 미루나무 이파리가 두엇 떨어져 누웠다. 아양댁은 이파리를 들어내고 담벼락에 걸린 숱진 솔잎으로 절구를 훑어 낸다. 말개진 절구통 안에 보리쌀과 물을 알맞게 쏟아붓고 절구질을 시작한다. 언제 날아왔는지 뒷간을 차고 오른 미루나무 우듬지에 까치가 날아들었다. 서로 울음을 주고받는 두 마리의 까치. 그 뒤로 하늘은 마치 가을처럼 높고 푸르다. 말복이 열흘이나 남았는데…….

아양댁은 이마에 맺힌 땀을 저고리 소매 끝으로 문질러 댄다.

담 너머 옥련네는 아직 기척이 없다. 사는 게 뭔 재미가 있을까, 아양댁은 그 어린 옥련이를 불러 아침이나 먹여야겠다고 생각한다. 절구질에 뽀얗게 대껴진 보리쌀을 장독간에 쭈그려 앉아 치댄다. 진한 뜨물을 두어 번 받아 내어 여물통에 부은 후, 아양댁은 똬리에 받친 옴박지를 이고 대문을 밀어낸다.

신작로를 에워싸고 흐르는 도랑을 건너 가장자리에 흐늑흐늑 술을 늘어뜨린 하늘 수박꽃이 허연 춘자네 울타리를 끼고 앉은 우물길에 들어선다. 벌써 우물가엔 사람들 기척으로 와자하다. 비비 꼬인 가지를 늘어뜨린 고수버들 사이로 보리쌀을 문지르고 있는 옥이네도 보인다. 그 옆에 송자네가 치맛자락을 쓸어안고 쭈그려 앉아 있다. 벌써 소문은 한 쉬움 돌려진 후인가 보았다. 속달거리는 것 없이 보리쌀만 빠닥빠닥 문지르는 모양을 보면……. 휴, 다행이다 싶다. 아양댁은 옴박지를 내려놓고 암말 없이 두레박으로 우물물을 퍼 올려 보리쌀을 헹구어 낸다.

"성님 손님 왔다카드만은."

예상했던 말이다. 옥이네가 말꼭지를 떼기 시작한다. 우물가에서 인사치레를 먼저 한 후 돌아 나가거나, 아니면 동네 한 바퀴를 돌고 우물가에서 후렴 잔치를 하는 게 소문의 거동이다. 맘을 크게 다져 먹고 그냥 귀넘어듣고 말 작정이었다. 아양댁은 온 입을 다 모아 침을 삼킨다.

"오데서 왔다카는데요?"

"……."

"아즉 안 갔지예?"

"와, 뭐시 그리 궁금하노?"

"그기 아이고, 그냥 마 손님이 왔다캐서."

"손님은 그래 왔다. 우리 집에는 손님이 오몬 안 되는 법이라도 있나?"

말새질에 부지런한 옥이네 입이 쏘옥 들어가고 만다. 두레박에 길어 올린 물로 보리쌀을 헹구던 송자네도 찌긋째긋 눈치를 보낸다. 아양댁 심기를 먼저 건드리지 말라는 신호다. 제바람에 날아갈 듯 까불던 옥이네 말투가 금방 재 너머 바람처럼 꼬리를 내린다.

"성님 그기 아이고, 얼라 딸린 아지매가 하도 강중길 씨를 찾아 헤매길래……."

얼라 딸린 아지매. 정면으로 찔러 보자는 말버슴새임에 틀림없다. 그냥 들어 넘기려던 아양댁 심기가 새끼줄처럼 비비 꼬이고 만다.

"모르면 물어보는 기 우선이고, 와 강중길 씨한테는 찾아오는 사람 있으몬 안 되는 기가?"

"맞지예, 모르몬 물어보고, 순덕이 저거 아부지 찾아오는 사람 없으란 법도 없지예. 성님 지가 뭐 별 뜻이나 있었건디요, 그냥 한 번 물어본 기제."

"알았응께 보리쌀이나 문때 갖고 퍼뜩 집에나 가거라이."

맘에 없는 말들이 가시를 돋우며 막막 튀어나온다. 아양댁은 뱉어 놓은 제 말에 더 놀라면서 숨을 가다듬는다. 방정 뜬 입들을 단속한 다는 게 좀 심했나 보다. 왜 이렇게 심기가 편치 않는지. 아마도 엊 저녁 밤새 이슬밭을 밟으며 모기에 뜯긴 탓일 것이다. 그것들이 말 마디마다 가시를 매달고 얼씨구나 함께 튀어나와 지랄을 떤다.

"옥이네는 왜 그리도 부지런노. 씰데없는 데 신경 쓰지 말고 퍼뜩 퍼뜩 보리쌀이나 헹구고 가거라이."

아양댁의 쫑한 맘을 읽었던 겔까, 송자네가 눈을 찔끔거리며 옥이 네를 나무란다. 이래저래 맘 앉은 자리가 바늘방석이다. 어제와는 사 뭇 다른 제 꼴에 짜증이 나고, 순식간에 자신이 동네 소문의 돌개바 람 속에 끼여 위태롭게 돌고 있다는 것이 부끄러워진다. 매사에 있 는 둥, 마는 둥, 소리 소문 없이 살고 싶었다. 그 맘과는 다르게 두루 마리처럼 제멋대로 풀린 시간들이 어제 저녁부터 닦아댄다. 절대 아 양댁 뜻은 아니다. 어느 목두기가 그녀의 삶에 끼어들어 훼방을 놓고 있는 게라고 생각한다. 앞으로 어떻게 이 옭매듭을 풀어 나가야 할 지, 아랫방 여자는 살아가는 날에 어떤 관계로 얽혀 들지, 머리가 지 끈지끈 아파 온다.

그때 큰동서 구촌댁이 양동이를 이고 우물로 온다.

"와 그리 기운이 없노?"

"그냥요."

"손님 왔다 카더만은 아즉 그대로 있나?"

"야."

아양댁은 머리 숙인 그대로 보리쌀만 헹구어 낸다.

"순덕 에비는 암말도 없고?"

"그라네요."

"빌어묵을 인간이다. 자초지종 이건 이렇다 하고 이바구라도 해 주야 속이라도 편할 낀데."

늘 아양댁을 감싸고 역성을 드는 구촌댁이지만 함부로 대할 수 없는 시가 식구인 중길 씨인지라 건넛산 꾸짖기일 뿐이다.

"이바구 할 거는 뭐 있노. 다 아는 사실 아이가. 순덕이 저거 아부지 총각 시절부텀 과부 붙어 묵은 거 동네 모리는 사람이 어딨노. 그 속초 과수댁 맞제?"

춘자네다. 춘자네가 아니었음 그런 말할 사람이 없다. 그리고 춘자네가 아니었음 구촌댁이 데퉁맞게 역성을 들지 않았을지도 몰랐다. 둘은 천적이었다. 그럴 수밖에 없었다. 정신을 놓치고 누워 있는 상길 씨는 춘자네 말에 의하면 천벌을 받은 거라 했다. 춘자네는 상길 씨의 귓속질로 제 남편이 죽임을 당했다고 찰떡같이 믿고 있었다.

구촌댁은 구촌댁 대로 피해자라면 피해자였다. 어느 밤, 영문도 모르고 끌려가 단지곰을 당하고 겨우 목숨만 건져 나온 남편 상길 씨였다. 그런 후, 밥숟갈을 입에 대지 못하더니 시름시름 앓았다. 밤마다 헛소리를 하는가, 하면 발가벗은 몸으로 부리나케 바깥을 달려 나가곤 했다. 정신까지 놓치고 만 것이다. 순덕이 할아버지, 영조 영감은 그런 아들을 곳간에 온돌을 깔아 거취를 옮기게 했고, 커다란 자물쇠들 매달아 놓았다. 그 자물쇠가 열리는 때는 하루 두 번, 끼니를 넣어 줄 때이다. 새알꼽재기만큼 목구멍에 넣는 끼니가 어찌 사람 모습을 옳게 부지할 수 있을까. 상길 씨 몸피는 먹는 것만큼 날마다 새털처럼 가벼워졌다. 그런 남편을 보는 맘이 오죽했을까. 구촌댁은 춘자네 앙심까지 묵묵하게 견뎌 내야만 했다.

누구누구 탓할 것도 없다, 다 세상 잘못 만난 탓이제.

곡자 할아버지는 그렇게 말했다. 눈먼 말이 방울 소리 따라간다고 섬에서 고기 잡아먹고 농사짓는 것밖에는 모르는 촌사람들이 오늘내일 미친 지랄하듯 뒤바뀌는 세상, 어디에다 장단을 맞출지 몰랐다. 그러니 부역자도 생기고 뜬금없이 빨갱이도 나타난 것이었다. 열 모로 쪼개어 보아도 모든 건 세상 탓이었다. 나라를 구했다고 외치는 애국자이든, 빨갱이든, 그것 또한 세상이 만들어 준 감투였다.

그게 세상 탓이라는 걸 인정하지 않고픈 사람은 춘자네였다. 그럴 수밖에. 이해는 했다. 동네 사람들이, 세상 사람들이 이해를 하고도 우수리가 남았다. 그러나 이해만으로 성이 안 차는 춘자네였다. 사람들은 그것조차 이해하려 했다. 그래서 춘자네 일이라면 모두 손품 파는 걸 아까워 안 했다. 어쩌면 춘자 아버지는 동네 모두를 대신해서 잡혀가 목숨을 잃었을지도 모르니까.

그리고 춘자네가 패악을 부리는 데는 숨기고 싶은 이유가 또 있었다. 춘자 아버지 용팔 씨가 총각 시절 영조 영감 집에 더부살이를 한 터였다. 용팔 씨의 그 더부살이가 구촌댁 집이었다는 건 치명적인 약점이었고 그걸 못 견뎌 했다.

그런 구구한 사연들 속에 속니를 갈던 춘자네는 묵혀 둔 감정들을 우물가에서 거침없이 끄집어내기 시작했다. 그것도 중길 씨에게 찾아온 한 여자를 빌미로.

"니는 무슨 말을 그리 하노. 우리 동서는 모리는 일인데."

"너그 동서만 모리는 거, 너그 동서가 좀 알몬 안 되나? 언제꺼정 쉬쉬할 끼고? 짝짜그르 소문이 나서 세상 사람들이 다 아는 사실로 갖고 말이다. 뭐 소문이 참 요상하데."

"저년이 뚫린 입이라고 몬하는 말이 없네."

"와, 틀리나. 그 과부년이 짐 싸 들고 아꺼정 업고 엊저녁에 쳐들어 왔담서?"

거기까지는 준비 과정이었다. 깊이 가라앉혀 둔 앙금을 젓가락 한 짝으로 휘젓는 시작에 불과했다. 철천지원수로 딱지가 붙은 두 사람이 우물 바닥에서 대판거리가 시작된 것이다. 언젠가는 고름 집을 째듯 손을 봐야 할 돌곪은 종기였다. 싸움을 끌고 온 고삐가 아양댁 아랫방 여자였지만, 그게 아니었더라도 묵은 실마리는 많았다.

"그래 니가 뭔데 퐅(팥) 나와라, 콩 나와라 지랄이고, 넘의 일에."

"그래 말 한 번 잘했다. 너그 서방은 와 말을 함부로 해 갖고 넘의 서방 잡았노? 입이 있으몬 말해 봐라."

찔러 댈 핵심을 갖고 먼저 대지른 쪽은 춘자네였다. 둘러선 구경꾼들의 짐작대로 척척 순서가 잘 맞아떨어졌다. 그리고 행동 개시를 먼저 한 것도 역시 춘자네였다. 가득 퍼 놓은 물동이를 힘껏 걷어차고 말았다. 그 바람에 아양댁 옴박지가 박살이 났다. 우물 바닥엔 온통 흩어진 보리쌀과 동이깨미투성이었다. 이미 싸움판은 제법 모양새를 갖추고 거나하게 벌어졌다. 구촌댁이 춘자네 악살을 대받았다. 두 싸움꾼은 만사를 다 제치고 악장치는 데 목숨이라도 내놓을 듯 서슬스러웠다.

"이년이 뭘 잘몬 묵었노. 왜 생사람 잡고 난리고, 언제 니가 봤더나. 우리 서방이 너그 서방 잡는 거로?"

"그리 안 하몬 그 밤에 뭐 하러 군인들 만나러 나갔겠노?"

"야 이년아 누가 만나로 갔겠나. 우리 서방도 잡히간 기제."

"그라몬 다 같이 잡히갔는데 너그 서방은 살아 왔고 우리 서방은 왜 총구멍에 생때 겉은 목숨 주고 왔노 말이다. 분명히 뭐가 있응께 그런 사달이 벌어진 거 아이가."

"솔직히 말해서 너그 서방은 유달시리 빨개이 짓 한 거 사실 아이가. 팔뚝에다 뻘건 쪼가리 칭칭 감고 부역자 잡아낸다 캄서 얼매나 설쳐 댔노? 그기 다 빨개이 짓인 기라."

"이 더런 년 봤나. 그기 빨개이라 카몬 너그 서방은 노랑수건이다."

"뭐라고? 이년이 넘우 서방을 보고 뭐라 카노? 그라몬 너그 서방은 빨간 수건이가?"

"깨놓고 말해 보자몬 그 짓 안 한 사람이 우리 동네서 몇이나 되노? 너그 서방은 가만있었나?"

"야 이년아, 우리 서방은 너그 서방 맹크로 함부로덤부로 덤비지는 안 했제. 사실 우리 동네서 너그 서방만치 그 짓 한 사람이 어데 있나, 눈깔 있으몬 비비감서 찾아봐라. 뭔 세상을 뒤집어 볼끼라고, 그런다고 머슴 놈이 하루아침에 상전으로 바뀐다 카더나?"

"뭐라고, 그기 언잣적 일인데 머슴, 머슴 카노? 그런 심뽀로 사니께 미치삔 서방 데불고 살제. 그래 머슴짓 안 한 너그는 다리 몽디 뻗고 잘 줄 알았더나."

"이년아 니 뭐라 캤노? 사람을 잡아 가다 놓고 문초를 그리하는데 무신 말을 몬하겄노, 없는 말도 지어낼 판인데, 너그 서방도 잡아 놓고 그리 달구치 봐라, 맨입으로 나올란가."

"죄를 받아 미쳤뻤제, 하늘이 가만 안 있은 기라. 죗값을 단단히 받은 기라."

"저년이 뭐라 카노, 째진 입이라고 니 나오는 대로 씨부릴래? 저 되모시년이."

"뭐라꼬? 나가 왜 되모시고? 니가 봤나?"

말주먹으로 시작한 판은 그예 육탄전을 불러들인다. 본디 춘자네는 용팔이가 타관 산판에서 잠깐 품을 팔던 때에 만난 뜨게부부였다. 한 번 이혼을 당한 후, 처녀입네 하고 시집 온 것이 어찌어찌 흘러든 소문으로 피새나고 만 것이다. 그래서 춘자네 별명은 되모시였다.

케케묵은 밑구멍까지 들추어진 춘자네가 가만있을 리 없다. 소매를 둥둥 걷어 올린 춘자네가 먼저 거머챈 건 구촌댁 머리카락이었다. 구촌댁 머리에서 비녀가 떨어져 나뒹굴면서 동시에 춘자네 머리카락도 구촌댁 손아귀에 와락 잡혀 들고 말았다. 개승냥이처럼 험한 얼굴로 맞붙은 두 사람은 저고리가 찢겨져 나가고 치마통이 엉덩이까지 내려가 맨살을 군데군데 드러내고 말았다.

아무리 말려도 소용없었다. 검뜯으며 엉켜든 두 사람을 떼어 낼 재간이 없었다. 그냥, 힘으로 싸우는 거라면 힘으로 말려 낼 수가 있었다. 그러나 두 사람은 악으로 싸우고, 한으로 싸우고, 지난 세월로 싸웠다. 악에, 한에, 세월로 벌려 놓은 그들의 노랑북새이다. 아무도 간여할 엄두를 내지 못했다. 머리가 헝클어져 귀신같았다. 입가가 불거지고 코피까지 터지니 그것도 아주 모양을 잘 갖춘 귀신이었다. 엎치락덮치락, 그 싸움판을 사람들은 눈치껏 구경으로 즐길 뿐.

"누구 좀 제발 말려 주소! 누구 좀요."

아양댁이 고함을 치며 발을 동동 구른다.

"판때리고 자시고 할 쌈질이 아이다. 말리지 말거라. 코피 터지도록 쌈질을 해야 해결 날 일이다. 넘들이 왕배덕배할 문제가 아이라캉께, 가만 내삐 놔둬라. 그래야 풀어질 일이다."

곡자 할아버지었다. 결 바르기로 소문난 곡자 할아버지의 한마디에 모두들 주춤 물러섰다. 빙 둘러선 구경꾼들은 두 싸움꾼을 중심에 몰아넣고 방관만 했다. 울며불며 싸웠다. 두 사람의 얼굴에는 눈물이 피와 범벅이 되어 흘러내렸다. 한참 후, 제풀에 지친 싸움꾼은 스스로 떨어져 나가고 말았다. 춘자네는 돌우물에 몸태질을 하더니 엉엉, 큰 소리로 혼자서 앵두를 따기 시작했다. 구촌댁은 넋을 놓고 춘자네 눈물을 멍히 바라보고 있었다. 그러다 입성을 고친 두 사람은 물 한 바가지씩 마시고 빈손으로 집에 돌아갔다. 우물가의 구경꾼들도 하나둘 물을 길어 고수버들을 혼자 두고 길을 밟았다.

아양댁은 흩어진 보리쌀을 주워 담으려 동이깨비들을 치워 내었다. 바닥을 훑어 내어 건진 보리쌀은 겨우 바가지 허리춤에 닿을락 말락 한다.

"형님, 우리 집에 삶아 건져 둔 기 많십니더."

막내동서 수원댁이다. 식식거리며 달려왔지만 막상 싸움판은 깨진 후다.

"고년을 그냥 막, 잡아 뜯어 삐는 긴데……."

싸움판을 놓친 것이 억울한지, 아니면 춘자네 머리끄덩이를 잡아 뜯지 못한 것이 분한지, 수원댁은 내내 식식거린다.

그 우물가 난리로 음아증 환자만 모여 사는 마을처럼 사람들은 한 동안 쉬, 쉬 입을 조심했다. 수원댁 말이 맞았다. 아랫방 여자가 중길 씨와 총각 시절부터 붙어먹었다는 과수댁이라는 것은.

뭐 그렇게 새삼스레 놀랄 일은 아니었지만 구촌댁과 춘자네가 벌린 싸움판이 거머리처럼 맘에 붙어 내내 떨어질 줄 모른다. 그게 밥 먹고 얹힌 것처럼 속이 더뿌룩하다.

오가리솥에 보리쌀을 안치고 마른 삭정이에 불을 붙이고 있을 때 여자는 문을 열고 나온다. 밤새 잠을 푹 잔 탓일까, 먼 길에서 묻혀 왔던 피로가 가신 얼굴이다. 말간, 티가 없는 얼굴이다. 머리매무새를 손빗질로 다듬던 여자는 정지간 문을 들어서며 뭔가 일거리를 찾으려는 듯 두리번거린다. 아양댁은 못 본 척 그녀에게 얼굴도 돌리지 않는다.

"저어……."

어디 깊숙한 데 숨겨 둔 심통일까, 아양댁은 머뭇거리는 그녀의 말은 외면하고 마루에서 훔치개질을 시작한다.

"저어 걸레질은 제가 하면 안 될까요?"

아양댁은 짐짓 귀머거리처럼 못 들은 척한다. 그렇지만 솥전을 넘치는 밥물처럼 부글부글 속이 끓어오른다. 나긋나긋한, 섬 것들과는 아주 다른 그녀의 말씨가 아양댁 심기를 또 건드린다.

'과수댁인 주제에.'

속말로 그렇게 비아냥거려 보지만 크게 위안이 되지 않는다. 당장 아양댁 저도 하룻밤 새 생과부로 전락하고 말았으니 제 얼굴에 침 뱉는 언사다.

밥 뜸들인 끝 불에 간고등어 두 마리를 구워 놓고 풍로에 깜부기숯을 채운다. 쟁개비에 된장국을 안쳐 놓고 아양댁은 고개를 젖혀 입풀무질을 한다.

그때 중길 씨는 물먹은 고무신 소리를 앞세우며 나무대문을 밀고 들어선다. 풀잎의 이슬을 다 감아 붙인 모양이다. 삼베바지가랑이가 흠씬 젖었다. 아무리 처신이 무거운 편이라도 그렇지, 중길 씨는 아랫방 여자에 대해서 함구(緘口)로 버틸 모양이다. 늘 그랬다. 상률네와 난리를 쳤을 때도, 중길 씨는 두 입술을 아교풀로 봉한 듯 일언반구도 없었다. 상률네와 내연한 관계를 끊지 못하면서 아랫방에 또 여자를 풀어놓고 말았다. 그런 중길 씨의 입에서 뭔 말을 기다린다는 건 어리석은 짓이다. 옹졸한 처신일까. 밖에서 자신을 보는 뭇시선도 그렇고, 자꾸 맘에는 노여움이 이글거린다.

"수지는 깨웠나?"

잠방이를 걷어 올려 발을 세숫대야에 담그던 중길 씨가 여자에게 말을 건넨다.

"아뇨."

"밥 묵거로 일나라 캐라."

여자는 대답 없이 아랫방으로 들어간다. 문이 닫힌 아랫방을 바라보며 아양댁은 배 속을 딸딸 차고 올라오는 뭔가에 시달린다. 불편하다는 아랫배의 신호다.

수지라, 했다. 수지라니. 눈만 한없이 큰, 남편 중길 씨를 쏙 빼닮은 그 아이의 이름이 수지라니.

아랫배가 연신 심상찮은 기별을 보낸다. 통증의 시작이다. 솥전 훔치던 행주를 쥐고 아궁이 앞에 쭈그리고 앉았다. 수지라니. 그 대처 여자 분위기와 너무 닮은 이름이다.

순덕, 점덕, 명덕을 떠올린다. 그 아이 이름들이 갑자기 걸레부정처럼 누추해지는 것 같다. 그러면서 아랫배의 통증은 참아 낼 수 없을 정도로 잦추 돌아온다.

사실 아이들 이름을 지을 때마다 중길 씨를 심히 못마땅해했다. 계집아이 이름은 얼굴이나 마찬가지라 생각했다. 돈 드는 것도 아니고, 미영이나, 지영이, 좀 듣기 좋은 그런 걸로 짓고 싶었다. 그러나 중길 씨는 한 번의 상의도 없이 맘대로 호적에 올려놓은 후, 그것도 며칠 후에야 옆집 강아지 이름 대듯 흘렸다. 그냥, 딸만 내리 셋을 낳은 죄이거니, 부아를 삼켰다. 그런데 수지라니……. 참을 수가 없다. 아양댁은 주걱질을 멈추고 뒷간으로 곧장 달려간다. 엊저녁부터 곪기 시삭한 통증이다.

"옴마 또 배 아푸나?"

급히 달려가는 아양댁 등에 상을 펴던 순덕이 고함을 친다.

"옴마 뭐 때미 그라노? 또 성났나?"

순덕이 구시렁거리는 소리가 뒷간 안으로 쫓아왔다. 한참 그렇게 쪼그리고 앉았다. 묽은 변이 주르르 흘러내린다. 그렇게 내려오는 사이사이 아양댁 통증도 함께 뒷간 속으로 가라앉고 있다.

뒷간에 쭈그려 앉아 엉성한 문틈에 눈을 갖다 댔다. 아, 세상에!

보잘것없는 그 틈이 담고 있는 세상은 엄청나다. 그 실틈에 중길 씨와 여자가 통째로 담긴다. 밥상을 펴 놓고 뒷간을 힐끔거리는 순덕도, 숟가락을 물고 밥 주기를 기다리는 점덕도, 하나 흠집 없는 풍경으로 오롯하게 담겨 든다. 더구나, 그 풍경 속의 주인공들은 아양댁 눈이 걸린 문틈은 전혀 눈치채지 못하고 하던 대로 행동한다. 비밀의 창구는 오직 진실만 담아낸다. 남편, 중길 씨가 창호지 문틈에 유리 한 조각을 붙여 놓을 때도 이런 것을 노렸을까.

'너는 모르지만 나는 너의 실체를 훤히 보고 있다.'

바깥에 기척이 들려오면 중길 씨는 먼저 문고리 밑 유리 쪼가리에 눈부터 갖다 댔다.

'고 쬐끄만 게 뭘 뵈 줄게라고.'

유리에 눈을 갖다 대는 그런 중길 씨가 심히 못마땅했다. 눈을 갖다 댄 실틈엔 정면으로 바라보지 못했던 모든 것들이 들어 있다. 말한마디 않던 여자가 남편의 소매를 붙잡는다. 중길 씨가 웃는다. 여

자도 따라 웃는다. 중길 씨가 여자의 손에 끌려 장독간으로 돌아간
다. 여자가 퍼 주는 물에 세수를 하고 여자가 건네주는 수건으로 얼
굴을 닦는다. 밤새 움푹 더 밀려들어 간 눈으로 중길 씨가 웃을 때,
잔주름 두엇이 눈가에 맺힌다. 웃는 여자 얼굴이 마치, 지붕 위에 피
어난 박꽃 같다. 두선두선 뭔 말을 주고받으며 이빨 모서리에 덧니가
살짝 드러나도록 여자가 웃는다.

아양댁은 다 보았다. 그 옹색한 공간의 문틈으로.

뒷간 문을 열고 나왔다. 집 안의 풍경은 다시 제자리로 돌아온다.
아양댁이 뒷간으로 들어가던 그 시간의 모양새다. 여자는 얼굴을 숙
인 채 말이 없고 표정을 고친 중길 씨는 묵묵하게 마루로 올라간다.
단지, 순덕과 점덕은 활동사진처럼 하던 짓을 계속한다. 두리반에 숟
가락을 정리하는 순덕이 옆에서 점덕인 입에 넣은 숟가락을 빼내어
제 뺨에 문지른다.

간고등어

아침상도 어제 저녁과 변한 게 없다. 눈치 빠른 순덕이 수저를 알아서 놓았고, 손님 몫으로 푼 밥그릇을 임자 앞에 알맞게 올려놓는다. 어제보다 구운 고등어 한 마리가 더 많을 뿐.

상을 물린 후, 여자는 그릇을 챙겨 씻가신다며 정지간을 들락거렸다. 그런 그녀를 말리지 않았다. 못 본 척 돌아앉으며 밥값 하는 셈으로 쳤다.

밥 먹은 자리를 훔치고 앉은 아양댁을 중길 씨가 불러들인 건 그때다. 불러들였다는 건 틀린 말이다. 그릇을 챙겨 든 여자가 정지간으로 몸을 감추자 그때를 놓치지 않으려는 듯 중길 씨는 아양댁 치마를 잡아당겼다. 잠깐 보자는 신호였다. 하지만 훔치던 걸레질에 눈을 빠뜨린 채 모르는 척했다. 그런 아양댁 저고리 소매를 잡고 방으로 끌고 간 것도 중길 씨다.

아양댁은 못 이기는 척 중길 씨에 끌려 방 안에 발을 들이밀었다. 말이 뭐 그렇게 어려운지 중길 씨는 사람을 앉혀 놓고 제사를 지낼 모양이다. 겹사라지 속의 담배 한 대를 말아 물고는 그 담배가 반으로 줄어들 때까지 말꼬를 트지 못한다. 아양댁은 멀거니 앉았기가 뭣해, 아이들이 벗어 놓은 옷가지들을 반듯하게 개켰다간 펴고 또 개키곤 한다.

"저어…….."

말꼭지 떼는 것부터 시원찮다. 더듬더듬, 참 별일이다. 뒤도 한 번 안 돌아보고 아랫방을 들어가던 그 위세는 어느 장터에다 팔아먹고 왔는지, 담배 한 대가 다 타들어 가는데도 말 매무새를 갖추지 못한 채다.

중길 씨가 옳게 떼지 못하는 말꼭지쯤이야 아양댁 입담으로 가지런히 실에 꿰어 보래도 어렵지 않을 판이다. 아랫방 여자는 총각 시절에 눈이 맞아 그렇고 그런 사이였는데 어찌어찌하다 보니 애도 하나 생기고, 그렇게 뻔한 이야기인 것을.

그랬으면서 우물가에서 치고받던 춘자네와 구촌댁이 떠올라 더듬 거리는 남편을 두고 앵 돌아 등을 보이고 앉는다.

"아랫방 사람은 말이요, 내가 속초로 왕래할 적에 만난 여자였소."

"……."

또 시작이다. 예전 같으면 예우를 갖추는 중길 씨의 말투에 먼저 주눅부터 들었다. 그러나 속으로 흥, 코웃음을 친다. 더구나 여자와 한통속이 되어 대처 말을 꼬박꼬박 쓰는 중길 씨가 몰골스럽다.

"그 애, 수지 말이요, 나이는 순덕이보다 많소. 몹쓸 병을 만나서 몸이 좀 부실한 아이인데……."

"당신 얼라라는 말이요?"

훤히 알고 있으면서 아양댁은 언성을 높여 무 베듯 중길 씨 말중동 을 잘라먹는다. 아침, 우물가에서 이글거리던 노여움이 슬슬 아랫배를 차고 오르는 것 같다. 중길 씨는 그런 아양댁 맘을 까마득하게 모르고 사뭇 점잔까지 빼댄다. 목구멍에 가시라도 걸렸는지 헛기침까지 해댄다.

"그런 셈이요."

"그런 셈이라고요, 그런 셈이 순덕이 산수책에 있는 더하기요 빼기요?"

아양댁은 전에 없이 돌쩍스런 투로 되곱쳐 묻는다.

"잘 들어 보소."

"그라모 지가 지금 잘 못 듣고 있는 기요?"

"그러는 말이 아니요."

중길 씨는 또 담배 한 대를 말았다. 그리고는 성냥을 그어 불을 붙인다. 맵싸한 연기가 문틈에다 머리부터 들이민다. 연기는 저도 답답한 듯, 나갈 구멍을 찾느라 안간힘을 쓴다.

"대구로 피난 내려왔는데 뜬금없이 찾아왔구만. 엔간하면 안 찾아올라 했는데 가진 돈을 몽땅 사기를 당했다 하네요. 마땅히 있을 데가 없어서 찾아왔다는데, 어찌하겠소."

"그라몬 날로 우짜란 말이요? 나가 나가삐몬 해결이 되겠소."

"아니요, 그게 아니. 내가 지금 말할라 하는 건……."

"해 보소. 내가 나가던지, 누가 나가던지, 무슨 결판을 내야제. 남우세스러바서, 오늘 아침에 춘자네와 큰집 행님은 저 여자 땜시 얼매나 쥐어뜯고 쌈을 했는지. 넘 부끄러봐서 몬 살것네요, 나도."

"왜? 형수랑 무슨 일이 있었소?"

"알고 싶거든 큰집 행님한테 물어보소."

큰집 구촌댁까지 들먹이는 말에 중길 씨는 한풀 꺾인 표정이다. 담배만 쭉쭉 빨아올리던 그가 다시 말을 끄집어낸다.

"갈 데가 없다 하는데 어쩌겠소. 있는 데까지 같이 있어 봅시다."

"그 말할라꼬 바쁜 사람 불러들있는가 베. 그라고 말 나온 김에 한 번 물어보입시더. 정말로 저 여자가 피난 내려온 줄 여태꺼정 몰랐십니꺼?"

서슬 퍼렇게 닦아대자 남편은 서리 맞은 구렁이같이 맥을 놓고 입을 다물어 버린다.

이렇게 깨단하고 나서 말이지, 곰곰 생각해 보니 맘에 집히는 게 여간 아니다. 변변한 이유도 없이 여객선을 타고 뭍을 나간 게 한두 번이 아니었고 나갔다 하면 감감무소식이었다. 남정네 하는 일이겠거니 그냥, 얼버무리고 말았는데 그것들 얽힌 속치가 울컥울컥 넘어오는 것 같다. 볶아때리는 아양댁 앞에 중길 씨는 죄 없는 담배 연기만 자꾸 뽑아 올린다. 손자 밥 떠먹고 시침 떼는 것도 유분수지, 아양댁은 말꼬투리를 단단히 잡고 내헤치기 시작한다.

"작년에 나락 가실 끝내 놓고 닷새 동안 어데 갔다 왔는데요? 그때뿐 아닙니다. 심심하몬 집을 비우고 며칠이 지나야 들어오던 기 나는 이년 역마살인가 싶었더만은 저 아랫방 여자 땜시 그랬는가 베요."

부르터난 김에 지난 일까지 들그서내었다. 비록 계집질로 속을 썩이긴 해도 둘러치는 재간은 없는지라 말발을 세우지 못한 중길 씨는 담배만 죽죽 빨아 댄다.

"그라몬 바깥에서 살림을 차리제, 와 집에꺼정 데불고 와서 내 속을 이리 뒤집고 마능기요?"

"그래, 내가 당신한테 미안한 게 그거요. 어디 각불 뗄 처지가 아니잖소. 동네 눈도 있고 하니. 좀 있으면 뭔 수가 생기겠지, 우리 좀 참고 살아 봅시다."

몰몰아 까발리는 통에 별 보짱도 없는 중길 씨 목소리가 헝겁지겁 방 안 구석을 찾아 숨어든다.

"동네 눈은 보이기나 합디까?"

그렇게 대거리를 했지만, 사실 김 안 나는 숭늉이 뜨거운 법이다. 남편을 내몰아 치는 것도 그쯤에서 끝을 내야지 길면 되트집 잡힐 수가 있다는 것, 그것도 알고 있다. 맘은 수굿해졌지만 그걸 함부로 얼굴에다 그려 낼 수 없다. 물불 안 가리고 그 젊은 몸을 섞던 여자가 제 새끼 앞세우고 들어왔는데 어떻게 인간의 맘으로 내칠 수가 있겠는가. 가슴은 쉽게 이해했고 동의한다. 그러나 마음속 어디에선가 중길 씨 처사가 못마땅해서 견딜 수 없다고 부추긴다.

중길 씨는 어쩌면 아양댁 그런 맘도 알고 있었을 터였다. 모질지도, 함부로 남을 훌닦지도 못하는 성미를 미리 염두에 둔 것일 게다. 그런데 어디서 그런 배짱이 튀어나왔을까, 아양댁은 방문을 쾅 닫고는 밖을 나온다. 그때 마침 아이를 안고 장독간에서 물을 퍼내는 여자와 얼굴이 마주친다. 문 닫는 소리에 주눅이 든 여자에게 눈길 한번 주지 않고 마당을 내려선다.

성급히 신발을 껴 신고 뒷간으로 들어갔다. 치마를 쓸어안고 쭈그려 앉아 제 배를 다스려 본다. 그러고는 재미 들인 아이처럼 문틈에 눈을 갖다 댄다.

여자는 세숫대야를 품고 앉아 아이 얼굴을 문질러 댔다. 수건으로 물기를 닦아 낸 아이를 들마루 끝에 앉히고 방에서 씻을 거리를 들고 다시 세숫대야 앞에 앉았다.

여자가 조심스레 씻고 있는 건 감잡이였다. 남편 중길 씨와 밤새도록 그 짓을 나눈 흔적을 세숫대야 안에서 닦아 내고 있다. 여자는 다 문지른 수건을 들고 아양댁 숨어든 뒷간을 히뜩 돌아보곤 아랫방 문을 연다.

속에서 좔좔 끓는 소리가 난다. 배 속인지, 가슴속인지, 출처도 분간키 어렵다. 얼른 속옷을 치켜 올리고 뒷간 문을 열어젖힌다.

곳간 벽에 걸린 호미를 빼 들고 신작로로 휭하니 걸어 나온다. 대문 밖을 빠져나오는 데는 호미만큼 훌륭한 변명거리는 없다. 호미 하나만 들고 허깨비걸음으로 큰골 너른 밭을 향한다.

'그래, 북은 칠수록 소리가 나는 법이야.'

한참 지난 후에야, 엇서던 제정신을 다스릴 수가 있었다. 애오라지, 이쯤에서 중길 씨를 놓아주고 싶다. 더 긁고 할퀴어 보았자 제 살이었다. 덧나는 것은 결국 자신의 상처뿐이라는 걸 안다.

둘자네 마구간이 끝나는 신작로부터는 학교 담벼락이다. 아득한 학교 담벼락 끝엔 늘 무성한 벚나무 이파리들이 길 밖을 기웃거린다. 봄이면 하얗게 매단 꽃들로 멀미를 느끼게 하던 벚나무이다. 보릿대가 막 새끼를 품는 4월이면 나뭇가지들은 바람의 등쌀에 못 이겨 제 몸의 꽃잎들을 마구 털어 냈다.

마치 세상 천지에 허연 꽃눈깨비가 날리는 것 같았다. 그럴 때면 여분으로 살던 아양골 어린 날로 쫓아 달려가곤 한다. 바람으로 날리던 꽃잎을 실에 꿰어 용과 긴 목걸이를 만들어 목에 걸던, 유년이었다. 나비처럼 흩날리는 꽃눈을 두 손에 받아 모으려 애태우던, 그때의 용은 어린 소년이었다. 선량한 눈과 가슴을 가진, 흠집 없는 아이였다. 그 꽃눈 때문에 용의 눈이 그렇게 맑았을까……. 가슴이 따뜻했던, 다만 용이었던 시절이었다.

아양댁은 괜스레 젖어 드는 눈가를 손등으로 훔쳐 낸다. 지나간 것들은 무엇이든 미움을 남길 줄 모른다. 단지 아픔일 뿐이다.

학교 담이 끝나는 사진관 앞에 발을 멈춘다. 몇 년 전, 절름발이 총각이 낸 사진관이다. 마치 흙매질한 듯, 버스 발길질에 흙 자국이 죄다 튄 유리 안이다. 그 유리 안 속, 진열된 몇몇 사진 중에 순덕이 숨어 있다. 일 학년 조무래기들이 손가락에 커다란 꽃 한 개씩을 매달고 추는 춤, 운동회 날 찍은 사진이다. 팔을 동그랗게 지어 올리는 순덕이 한참 너머에 엿장수 아저씨도 희미하게 붙어 있다. 머리에 불끈 천태를 두르고 품바타령으로 엿불림을 하던 아저씨다.

그 아저씨가 동네에 나타나면 흰 고무신이 없어진다고 또칠네는 엿판을 뒤엎곤 했다. 개구진 또칠이 짓이라는 걸 동네가 다 알건만 또칠네만 모르고 있었다. 엿장수는 엿고리에서 잘라 낸 짜발량이 울릉도 호박엿을 먹어 보라고 아양댁 걸음을 붙잡곤 했다. 본성이 선한 사람이다. 눈을 보면 안다. 생각에 잠겨 있는데 절름발이 총각이 유리문을 열고 나온다. 그 바람에 아양댁은 얼른 딴청을 부리며 걸음을 옮긴다.

면사무소를 품고 앉은 관청골 저잣거리다. 나물 몇 모숨으로 앉은 노인네나, 고깃배 들어올 하룻머리에 지푸라기에 묶여 퍼덕거리는 생선 몇 뭇으로 벌여 놓은 헛가게가 고작이다. 그래도 구색은 맞춘답시고 잡화전이며, 피난민을 겨냥한 되풀이 싸전이며 옷가게가 옹기종기 그곳에 다 모여 있다. 어쩌다 삼거리 통꾼이 지겟짐으로 부려 놓은 숯가마까지 어울리면 제법 그럴싸한 모양새를 갖춘 저잣거리가 되곤 한다.

잡화전 옆에 차곡차곡 세워 둔 널빈지가 먼지발을 둘러쓰고 있다. 꼬부랑 할매는 뵈지 않았다. 중길 씨의 이모 되는 어른을 사람들은 그렇게 부른다. 왜소한 몸피인데도 낫자루처럼 굽은 등으로 걸을 때면 보는 사람들 맘도 함께 구부러지는 듯 편치 않다. 꼬부랑 할매 큰아들이 논 몇 마지기를 처분해서 낸 가게다. 장사는 그대로 되어 사는 꼴은 넉넉한 편이다. 꼬부랑 할매 치마 속, 두루주머니는 새름골 조카손자 군입질거리인 사탕을 물어내느라 쉴 틈이 없다. 못사는 집 조카 손자들 문수를 일일이 기억해 가끔 신발도 날라 댔다. 얻어 쓰는 사람들이야 헤, 입이 벌어질 정도다. 꼬부랑 할매가 새름골에 나타나면 아이들은 치마 밑만 살폈다.

가게 안에 부철네가 보인다. 겁도 없이 큰 눈에다가 콧등 넉넉한 벽창코가 사람을 먼저 편하게 한다. 아양댁보다 두 살 위인 동서는 그 얼굴값 하느라 그런지 사람됨이 유순하고 너그럽다. 올빼미라는 별명을 가진 부철네가 선반 속에 신발들을 문수에 맞추어 꽂아 넣고 있다. 아양댁은 뭘 잘못을 저지르다가 들킨 것처럼 얼른 걸음을 재우친다. 그 동서와 마주치면 꼬부랑 할매에게 얻어 신은 고무신이 맘에 켕겨 발을 움츠리곤 하는 게 버릇되고 말았다.

신작로 왼쪽으로 꺾어 돌면 큰골 초입이다. 두레우물을 마당에 풀어놓은 면사무소 건물을 등 뒤에 두고 골목길에 발을 들이민다. 드나드는 사람이 드물어 한적한 골목에 들어서면서 부레끓던 맘이 몬존해지기 시작한다. 그러면서 뒷간 문틈으로 훔쳐본 마당이 활동사진처럼 떠오른다. 문을 열고 나오는 아양댁 앞에 시치미를 떼고 선 고것들 행세가 괘씸하기도, 우습기도 했다.

그리고 여자의 뒷모습이다. 슬쩍 감잡이를 헹구어 방으로 들어가던 여자……. 여자는 보암보암으로도 분명 아양댁과 달랐다. 한 번도 남편과 몸을 섞기 위한 준비로 헝겊 쪼가리 머리맡에다 준비한 적이 없었던, 아양댁 허술함과 가슴 철렁 내려앉는 차이였다. 비밀스런 열패감이 애와티는 아양댁 가슴을 건드린다.

큰골 밭을 앞에 두고 막아선 건 피난민 수용소다. 판자촌으로 이어진 지붕은 허름한 나무 문 한 짝으로 개별적인 공간으로 구분되어 있다. 수용소 한가운데엔 크고 번듯한 지붕을 갖춘 우물이 있다. 그 지붕에서 길게 늘여져 있는 철모 두레박은 쉴 틈도 없이 오르락내리락한다. 몸살을 앓는 철모의 신음소리가 길가까지 들리는 듯했다. 전쟁 중, 어느 누군가의 머리에 얹혀 허구한 날 벌어지는 많은 참상을 목격했을 것이다. 숱한 죽음 앞에 맘을 앓았을 것이고, 어쩌면 모자는 제 주인도 그 전장에다 목숨을 내놓았을지 모른다. 날마다 물만 퍼 올리는 두레박을 볼 때마다 철모에 맺힌 한이 수런거리는 것 같다.

우물가를 중심으로 피난민들은 늘 남루한 입성으로 붐볐다. 다리 가 없어 빈 바짓가랑이를 펄럭이고 다니는 사람, 쇠스랑 끼운 손목을 흔들어 대는 상이군인이며, 세상의 가장 밑바닥 인간의 삶이 아우성 치는 곳이기도 하다. 나이 든 사람들은 볕 좋은 곳이나 그늘에 앉아 입은 옷을 뒤집어 이를 잡거나 속옷 솔기에 이빨을 맞추어 숨은 서캐 를 지근지근 씹어 대곤 한다.

큰골 밭은 수용소를 옆에 끼고 있는 도랑 너머에 있다. 비 온 후, 물발이 험해지면 다리가 놓인 두름길로 에돌아야 한다. 그러나 대개 징검징검 도랑에 놓인 큰 돌을 훌쩍훌쩍 뛰어 건넜다.

물이 풍풍하고 모오리돌이 허벅지게 널린 도랑엔 늘 빨래하는 피난 민들로 붐볐다. 물녘의 둔덕이나 돌서덕에는 피난민들이 씻어 말리 는 남루한 옷가지들이 빼곡하게 널려 빈틈이 없었다. 고단한 몸에 시 달렸던 옷가지들이었다. 뜨내기들 쪽박세간이 민망한 행색으로 해쪼 이를 하는 것 같아 고개를 돌리곤 한다.

큰골 개똥밭은 땅이 걸어 작황도 좋다. 깨를 심어 한 해 양념을 충 당했고, 수수며 콩이며 모든 잡곡은 씨알을 야무지게 매달아 낸다. 흙주접이 심한 마늘도 터가 넓어 그 밭에서 자리만 비껴 그루바꿈을 하면 문제없다. 마늘은 씨알이 굵고 또록또록했다. 종위에 새끼까지 쳐서, 그 아들마늘만도 덤불김치 양념으로 넉넉했다. 반듯하게 모양 도 갖춘 터라 재산으로 쳐도 그만한 밭은 드물다.

밭가에 빙 둘러 세운 옥수수는 철조망이 무색할 정도로 울타리 구실을 잘한다. 오사리가 노릇한 느낌이면 알이 여물어 간다는 눈치다. 찐 옥수수는 물론이거니와 꼿꼿한 옥수숫대는 달콤한 사탕가루 맛을 품고 있어 아이들은 마치 아이스케키처럼 입에 물고 질근질근 씹어댔다.

밭에 이르러 아양댁은 옥수수 잎이 떨어뜨리는 이슬을 피해 고구마 이랑 사이에 주저앉는다. 불그스레한 줄기를 걷어 내고 호미로 땅을 후벼 팠더니 마치, 민수 녀석 고추만 한 새끼 고구마가 벌건 흙을 털고 딸려 나온다. 고구마 껍질을 벗겨 한입에 넣고 앉았어도 왠지 후들후들 떨리던 다리가 그대로다. 한숨 돌린 눈으로 지나온 길을 돌아본다.

걸음을 재우쳐 지나쳤던 수용소 지붕이 눈 아래 들어온다. 다닥다닥 붙은 판자 지붕, 그 안에 사는 사람들은 무엇을 어디에 두고 예 섬까지 찾아든 겔까. 피난민들의 삶은 진저리가 쳐질 정도로 모지락스러웠다. 한 됫박의 밀가루를 더 타내기 위해 공회당 앞에서 아우성을 치는가 하면, 저들끼리 드잡이로 싸움질을 해댔다. 먼 곳까지 내려와 저렇도록 마구발방 서로를 잡아 뜯어야 하는지, 그게 참 서글펐다.

산다는 게 만만하지 않다는 걸 피난민 수용소가 말해 준다. 그들에 겐 더없이 소중한 삶의 터전일 것임에 틀림없는 허름한 수용소 지붕을 넋 놓고 바라본다. 저들이 버리고 온 것을 여권은 동경했다. 저들이 두고 온 땅을 여권은 택했다. 여권은 저들이 포기한 북쪽의 모든 것을 꿈꾸며 젊은 피를 끓이곤 했다. 그건 뭘까. 그건 어떻게 생긴

것일까.

여권은 지금 살아 있을까. 어디에서 무엇을 하며 어떤 모양의 삶을 꾸려가고 있을까. 무엇이든, 어떻게 생겼든 제 앞에 놓인 것에 만족하는 여권이로 살아갔으면 싶다. 용이 살아 있어 여권을 지켜 준다면 아무 걱정 없을 것 같다. 저들처럼 수용소에 풀어놓는 구차한 삶일지라도 용과 함께라면 이렇게 맘 한쪽이 뭉텅 떼어 나간 듯 아프지는 않을 것이다. 용과 같이 붙좇고 있어 여권을 말리지 못했다. 용의 생각이 옳다고 할 수 없었지만 이해했기 때문이다.

그런 용이 없는 삶이 앞에 놓여 있을 줄은 꿈에도 몰랐다.

'여권아, 너는 어데서 살아 있기라도 하는 기가, 문디 자석 넘들 사는 모양대로 그냥 살 끼제. 뭐 그리 별쭝나게 살아 볼 끼라고.'

그런 여권이 포로수용소에 수감되어 있다는 소식은 뜻밖이었다.

전쟁이 발발한 후였다. 포로수용소에서 분류심사가 시작되던 즈음, 뜻밖에 아양 사람 병두가 여권의 소식을 들고 찾아왔다. 전장에서 죽은 줄만 알았던 여권이었다. 전쟁 중에 죽음은 길가에 널린 개똥처럼 흔했다. 살아 있다는 것은 기적이었으며 수치레였다. 여권이 참담한 소문만 들려오는 수용소 안에서 목숨을 부지하고 있다고 했다.

여권의 소식을 들고 온 아양 사람 병두는 용의 6촌 형뻘 되는 친척이었다. 수용소 뒷문으로 빠져나온 미제 물건으로 암거래를 해 한몫 잡은 사람이었다. 그가 일부러 새름골까지 발걸음을 했다. 같은 아양골에 살았고 용의 일가붙이라 대번에 기억해 낼 수 있는 얼굴이었다.

그가 아양댁 마루 끝에 엉덩이를 걸쳤다.

"분류심사가 시작되었는데 여권이는 북쪽을 택할 모양입니더."

"그기 뭐하는 긴데요, 분류심사라 카는 기?"

"말하자몬 포로들에게 선택권을 준다 카는 깁니다. 제가 가고 싶은 데를 맘대로 찍을 수 있는."

"포로들한테 그래 준다는 기 정말입니꺼? 그럴 수가 있을까예?"

믿을 수가 없었다. 전쟁이 연장된 포로수용소에서, 소문에 의하면 사람 죽이는 일을 밥 먹듯 한다는 악질 포로들에게 선택권을 준다니.

"그기 우찌 그렇게 됐냐, 하면요 사실은 이렇십니다. 2차 대전이 끝났을 때, 참 그때 우리가 해방된 이야기를 하몬 빠르겠다. 그때 말입니다. 우리 미군이 4천 8백 명 포로들을 독일에서 인수를 했심니더. 그런데 문제는 이 사람들이 소련으로 송환되는 걸 거부했다 안 캅니까. 그런데 소련 정부의 강력한 요청으로 강제로 송환을 시키는데 이 사람들이 탄 열차가 오스트리아 산악지대 높은 다리를 지날 때 투신 자살을 하고 말았심니다. 그때 우리 투루먼 대통령이 몹시 난처했거든요. 인권유린이라 캄서……. 그래서 이번에는 분류심사 후에 제 가고 싶은 곳을 보내 준다는 방침을 세웠심니다. 우리 미국 정부가 말입니다."

아양 사람 병두네 집은 일본강점기 때 물결 잘 타는 그의 아버지 때문에 윤택하게 살았다. 용의 집과는 달리 창씨개명을 서둘렀고 친일에 여념 없었던 그의 아버지도 '우리 일본 대제국'이라는 말을 즐겨 썼다. 그 아버지의 선전으로 징용에 끌려간 사람들도 많았다. 일본이 물러가자 그의 아버지는 재빠르게 야마구찌 어장막을 거의 헐값에 넘겨받았다. 사실 그 어장막의 본래 주인은 용의 아버지였다. 세상이 바뀌니 그의 아들이 탄 물결 속에 미국이란 코쟁이 나라가 '우리'라는 말속에 묶여 들고 말았다. 제 아버지가 등에 업었던 일본이라는 나라가 패망하자 약삭빠른 아양 사람 병두는 더 큰 나라 미국을 얼씨구나 품에 안았다. 허우대가 번듯한 그는 유식한 티를 내기 위해 말씨를 다듬었지만 본디 제 것인 섬 말은 툭툭 염치도 없이 튀어나왔다.

"그라몬 여권이가 남쪽에 남고 싶다 카몬 여게 남아 잘 살 수 있다는 깁니까?"

"하모요. 그런데 여권이가 통 말을 안 듣고……. 62 수용소라 카몬 남쪽 의용군 출신으로 악명이 높기로 유명한데 여권이가 그기에 수용되어 있습디다. 그뿐지 아입니더. 지난번에 돗드 준장이 잡히갔을 때도 소문에 의하면 여권이도 연루되었다는데, 그건 여권이가 드러나지 않아 별 응징은 안 받았응께 다행이고."

"그란데 우리 여권이가 그게 있다는 걸 우째 알았십니까?"

"내 동생, 알지예? 용이랑 한 또래인데."

"아, 병수 말인기요?"

"같이 소학교 다녔으니 잘 알 낍니더. 병수가 용이 패라는 것도 알지예? 의용군이 되었지예. 그래서 그놈 찾아 뒤지다가 여권이 이름을 봤십니더. 설마 했더만은 맞습디다."

"아 그랬십니까? 그런데 병수는요?"

"들리는 말에 의하면 김일성고지 전투에서 전사를 했다 카는데, 확실한 건 아이고, 그렇지 않더라도 살아 있다는 건 힘들 낍니다. 설령 살아 있다 캐도 이제 만날 수가 있겠습니까. 포기한 지 오랩니다. 그건 그렇고 여권이가 누나 한번 보고 싶다 하는데 시간을 낼 수 있겠십니까?"

그렇게 해서 아양 사람 병두의 주선으로 여권을 잠깐 볼 수 있었다. 마지막이었고 결국 영원한 작별 의식이 되고 말았다.

어린 순덕을 걸리고 포로수용소가 있다는 고현으로 갔다. 여권을 만나서 그의 생각을 돌려놓는다는 건 기대하진 않았다. 그게 불가능하다는 것도 이미 알았다. 여권은 내심 아버지를 좋아했지만 아버지가 사는 방법은 이해하지 않았다. 일본강점기시대 읍사무소에 근무했던 아버지를 여권은 친일 행위로 몰아세웠다. 그랬다. 아버지는 어쩌면 친일 했는지 몰랐다. 남들이 보는 눈에도, 여권의 눈에도 그랬을 것이었다.

그러나 여분은 아버지를 이해했다. 아버지에겐 읍내 사무소는 직장이었고 여권을 낳고 세상을 떠난 엄마 대신 키워야 할 두 아이의 밥줄이기도 했다. 단지 그것뿐이었다. 그래서 아버지는 티 나지 않게 읍내 서기 일을 충실히 했고 암암리에 마을 사람들의 어려운 일에 귀를 열어 두곤 했다. 그런 탓인지 해방이 되어도 아버지는 탈 없이 직장을 계속해서 다닐 수 있었다. 식량사건에 연루되지 않았더라면, 그 폭동을 잘 무마했더라면 아버지는 지금 순덕이 자라는 모습 지켜보며 편한 여생을 보내고 있을지 몰랐다. 그런 아버지에 대한 여권의 반발심은 용과 병수와 한패가 되는 빌미가 되었다.

고현 바닥 땅을 아무 보상도 없이 접수하여 세운 포로수용소는 생각한 것보다 훨씬 넓었다. 금을 그어 놓듯 사방에 철조망을 쳐 놓은 수용소엔 어깨며 손에 총을 갖춘 군인들투성이었다. 금방이라도 총알이 머리 위로 핑핑 날아올 것 같은 긴장된 경비에 비해 포로들은 운동을 하거나, 볕을 쪼이거나 뭔 읽을거리를 들고 앉아 있었다. 짐작하고 상상하던 것보다 수용소 안, 포로들의 거동은 자유스러웠다.

그 유명한 9 · 17 폭동이니, 인공기 게양 사건이니, 들려 나오던 바깥의 소문과는 다르게 철조망 안 사람들의 얼굴은 유유자적했다. 아양 사람 병두가 말하는 '우리 미국'의 인간 존엄에 대한 배려였고 몸소 실천하는 사례인지 몰랐다. 그렇도록 무시무시한 소문이 창궐하는 특별한 지대라는 게 믿어지지 않을 정도였다.

아양 사람 병두는 철조망 한쪽 모퉁이에 아양댁을 세워 놓고 사라졌다. 그리고 한참 후에 저만치 걸어오는 헌칠민틋한 여권의 모습이 보였다.

등판에 P W란 큼직한 영어를 새긴 헐렁이 옷, 그 입성에 비해 여권의 표정은 생각 외로 밝았다. 제 하고 싶은 일을 맘껏 한, 여한 없는 얼굴이었다. 그 얼굴빛에 안심하면서 여권에 미운 마음이 치솟았다.

"아, 내 조카! 이름이 뭔데?"

"순덕이다. 강순덕."

"이름 좋다. 수더분하고 덕이 들어 보인다. 매형은 좀 알아. 안면이 있어. 그래서 잘되었다 싶었어. 사는 건 별로 문제없을 거니까."

여권은 언제부터였는지 섬 특유의 드센 말투를 말끔히 씻어 낸 후였다. 많이 부드럽고, 잘 갖춘 말투만 골라 썼다. 잠깐이지만 그런 여권이 낯설게 느껴졌다. 여권은 그냥 철조망 사이로 순덕이 고 쪼끄만 손가락을 제 손에 담아 넣고 몽기작몽기작거렸다.

"참 아버지 소식은 들었어."

"넌 절대 아부지를 헌해할 자격 없다. 엄마가 돌아가시자 아부지는 널 젖동냥으로 키웠다. 그런 아부지다. 아부지가 어떻게 사셨든, 모두 우리 멕이고 입히고, 키우시기 위해 평생을 다 바친 기라. 아버지는 단지 살아가는 방편이었을 뿐, 일본 같은 나라에 속치꺼정 빼 주진 않았다 카이."

"누나, 알고 있어. 아버지를 이해해. 그런 아버지를 사랑해."

"그런데 니는 와 북쪽으로 갈라 하노?"

"……."

순덕이 손안에 제 손가락 하나를 끼워 넣고 만지작거리던 여권의 눈이 젖어 내렸다.

"그냥, 여기 남는다 카몬 안 되나? 누부야랑 함께 살몬 안 되겠나?"

"누나. 나는 남쪽에 남아 살아갈 수가 없어. 그렇게 살기엔 이곳에 뿌려진 상처가 너무 많아. 용이 형과 그 외 수많은 죽음들에 용서할 수 없어. 이념이란 거 알지? 이념이란 사회나 개인이 이상으로 여기는 근본적인 사상이야. 그걸 나는 생각의 색깔이라고 쉽게 말해. 그게 다르면 이단으로 취급받는 게 이곳이야. 행동의 방향이, 생각의 모양이 같은 곳에서 제대로 대접받으며 살 거야. 여기서는 영원한 이단자로 남아 고단한 삶을 살 수밖에 없어."

"생각의 색깔이란 게 뭐꼬? 그라몬 너거 생각은 빨간색이가?"

여권이 씩 웃었다. 아양댁 말에 여권은 그렇게 웃음으로 대답했다.

"죽임을 당한 사람들, 그 많은 사람들의 죽음에 대해 내가 표하는 예의의 방법이라고, 그렇게 쉽게 생각해. 누나, 나는 이럴 수밖에 없어. 이래야만 해. 남쪽에 남지 못하는 이유이기도 해. 그리고 아버지 엄마 산소에 가거든 꼭 내 몫으로 술 한 잔 따라 드려. 이 여권이 아버지를 사랑했고, 그건 변치 않았다는 말도 함께. 꼭이야!"

그러곤 곧 등을 돌렸다.

"누나 잘 살아. 나도 잘 살게."

돌아서 가던 여권이 잊어버린 것을 찾아내듯 그 말을 던져두었다. 여권은 아치형으로 지붕을 두른 국방색 막사 쪽으로 걸어갔다. 그게 끝이었다. 여권은 결국 북쪽을 택했다.

여권이 사라져 간 철조망 속을 기웃거리는 아양댁 옆에 아양 사람 병두가 걸어왔다.

"여권이는 걱정하지 마이소. 제 삶이 있응께. 그런 여권이가 많이 부럽십니더. 그라지 못하는 사람도 많은데."

뜻밖이었다. 제 속을 풀어 내비친 꼭꼭 숨겨 둔 아양 사람 병두의 진실을 엿본 것 같았다. 여권을 두고 걸어 나오다 수월리 주자 골에 잠깐 멈춘 아양 사람 병두가 여자 포로가 수용된 곳이라고 설명했다.

"저 여자들이 다 포로라는 말입니꺼?"

"그럼요, 일곱 살짜리 포로도 있습니다. 어린 소년들이 많습니더.

저쪽 해명리에 있는 수용소에는 중공군들이고 여자 포로들은 여기에, 그리고 악질 포로들은 대개 수월리 영창에 수용시켰다 아입니꺼. 포로들도 많이 죽어 나가요. 그런 포로들은 연초 공동묘지에다 묻었십니다. 악질 포로들은 인민재판을 벌여 갖고 사람들을 제 마음대로 살해를 하곤 했십니더. 악질이란 친공포로를 말하는데 그넘아들이 집단으로 3백여 명의 반공 포로를 살해한 사건은 끔찍했다 아입니꺼. 17만이나 되는 포로들을 관리하는 우리 미군들도 힘이 부치는 건 당연하제예."

그해 6월 18일, 이승만 대통령의 특명으로 세계를 깜짝 놀라게 한 반공포로 단독 석방이 이루어졌다. 27,389명이 석방되었지만 그 속에 물론 여권은 포함되지 않았다. 여권의 뜻도 아니었지만 풀려난 포로들은 부산이나 광주 지구에 수용된 포로들이었다.

여권은 그렇게 가슴속에서 용과 함께 아물지 않은 상처로 남았다. 눈에 어린 눈물을 손등으로 닦아 낸다.

'우짤 끼고, 갈 데가 없는 사람인데 사는 데꺼정 함께 살아 봐야제.'

눈물 속에 뜬금없이 중길 씨의 말도 함께 젖어 든다.

그래 우짤 끼고 사는 데꺼정 살아 봐야제. 지금 당장 죽을 수는 없응께.

중길 씨의 말에 대답이라도 하듯 중얼거리며 호미를 들었다. 볕살이 점점 기운을 놓고 있다. 주섬주섬 기음을 던져 치우던 아양댁은 해 질 녘에야 겨우 큰동서, 구촌댁을 챙기게 되었다.

'내가 정신을 빼서 어데다 묻어 놨더노.'

얼른 엉덩이를 털고 일어난다. 그러나 자개바람이 아양댁을 주저 앉히고 만다. 앉은 채, 아양댁은 다리를 한참이나 문질러 댄다.

큰집으로 가는 길에 상률네 점방에 들렀다. 데면데면한 아양댁을 보면 뻔히 짐작하련만 호들갑을 떨어 대는 상률네 반죽은 여간 아니 다. 상률네 복잡한 호두 속을 아무래도 헤아릴 수 없다.

구촌댁이 좋아하는 눈깔사탕 한 봉지를 치마 밑에 찔러 넣었다. 사 립짝을 밀고 들어서자 구촌댁은 광 앞에서 열쇠를 골라내고 있었다. 오늘의 마지막 열리는 문이다. 구촌댁은 옆에 두었던 밥상을 들고 광 속으로 몸을 숨긴다. 그런 구촌댁이 나올 때까지 마루 끝에 걸터 앉았다.

마당의 햇살도 잦아지고 있다. 그 햇살에 장독간 옆 돌배나무가 늘 어진 제 모습을 마당 안에 긴 그림자로 풀어 놓는다.

"언제 왔더나?"

"금방 막 왔십니더. 아주범 저녁 차려 드렸는가 베예?"

"응, 불 켜 놓고 못 먹는 밥, 일찍이 넣어 주야제."

"행님, 괜찮십니까?"

"뭐가? 아침에 쌈했다고? 나는 괜안타. 니는 우째 맘 고상이 심 하제?"

구촌댁이 아양댁 손을 잡는다. 입가며 이마에는 소독약이 벌겋게 발려 있다.

"지는 그래도 새끼라도 하나 있는 기, 말끝마다 날로 찔러 대서 오늘 아침에는 큰맘 먹고 한번 시작해 본 기다. 사는 기 그런 기라. 서로 해도 끼치고 덕도 보고, 그러면서 싸우고 풀고, 우째 좋은 일만 있는 세상이 되겠나. 니도 그냥, 순덕 아비 때문에 속 끓이지 말고 내 복이 이거뿐인 갑다, 하고 맘 다져 묵어라.”

“…….”

“다른 사람들 사는 거 헤쳐 보몬 별거 아이다. 다 그렇게 속 끓이 감서 사는 기 사람살인 기다. 그래도 맘이 안 잡히거던 날 봐라. 저 행님은 무슨 복 타고 난 게 있을까, 그런 생각을 한 분 해 봐라. 그라 몬 반 맘이라도 풀릴 끼다.”

눈에 금방 눈물이 그렁그렁 맺혀 들었다. 구촌댁은 무슨 낙으로 살아갈까, 생각해 보니 아무것도 손에 잡히는 게 없다. 구촌댁 앞에서 제 사는 것이 힘들다 말하면 너무나 염치없는 엄살이다.

“그런데 가왁중에(갑자기) 그 여자는 뭐하러 왔다 카노? 넘의 집에 분란을 일으키로 왔나. 허긴 넘의 첩살이하기로 작정한 인간이 무슨 체면이 있기는 하겠나. 나 내일 순덕 에비 만나몬 단단히 못을 박을 끼게 너무 맘 쓰지 말거라이.”

아양댁은 구촌댁 방에다 사탕 봉지를 밀어 넣었다. 어둑신한 방 머리맡에는 나무 등걸에 얹힌 호롱불이 보였다. 등유가 가득 채워진 채다.

저 등잔에 불을 지펴 본 적은 있을까. 그 생각에 머물자, 가슴에 울컥 뭔가가 북받쳐 오른다. 그렇게 드잡이로 싸우는 건 드문 일이었다. 남편 병들어, 자식 없이 홀시아버지 모시고 죽은 듯 지내는 구촌댁.

정신 잃은 남편 골방에 가두어 놓고 자물쇠에 꽂힌 열쇠로 만나는 구촌댁 아픔을 어디 아양댁 속에 비유나 될까. 어림없다. 구촌댁 앞에서 제 고통이 부끄러워지기 시작한다. 마루에 앉혔던 엉덩이를 떼내어 집으로 돌아왔다.

　보들녹진한 몸을 끌고 돌아오니 뜻밖에 여자는 정지간에서 불을 때고 있다. 손끝마저 야무진지 중길 씨가 낚아 온 갈치에 큼직하게 썰어 넣은 누런 호박으로 국까지 끓여 놓았다. 붉고 매운 고추까지 넣은 걸 보니 정지간에서 중길 씨와 어지간히 손발을 맞추었던 모양이다. 구촌댁을 만나고 오지 않았더라면 그것도 심사 비틀어질 일이었다. 그러나 암말 없이 큰 양푼에 갈치 가운데 토막을 넣은 국을 퍼서 큰집으로 달려갔다. 구촌댁 저녁 먹을 시간을 맞추기 위해.

떠난 자리

중길 씨 베개는 아랫방에서 올라올 줄 몰랐다. 아이들 역시 아랫방이 저들이 거처하던 곳이었다는 사실도 잊어 갔다. 해가 떨어지면 순덕, 명덕은 안방으로 들어와 이불 밑에 발을 뻗어 묻고 갈치잠을 잤다. 가끔 순덕은 숙제를 하느라 아래채서 옮겨다 놓은 쪽소매책상, 남폿불 앞에 앉았다. 떠듬떠듬, 구구단을 외는 순덕의 소리를 듣다가, 명덕이를 품은 채로 잠드는 날이 많았다. 명덕이 해적해적 걸으며 귀염을 떨 때 웃을 일은 고작 그것뿐이다.

봉사 등불 보듯, 아양댁은 중길 씨를 그렇게 대했다. 중길 씨 역시 똥 싼 주제에 매화 타령할 처지가 아닌지라 눈길은 늘 구석진 곳만 찾아 꽂았다. 그냥, 바람 부는 대로 물결치는 대로 하루는 그렇게 흘러갔다. 낮에 잠깐 앉는 베틀에서의 시간이 호젓하고, 그 방을 물러나면 허탈했다.

'우리 옴마 방'

순덕이 써 놓은 색연필 글씨는 그대로다. 그래서 그 방은 언제나 피안의 지대이다. 중길 씨의 기침 소리와 창호지 문을 핥는 풍년초 연기 없이도 이불을 훌훌 털고 잘도 일어났다. 하루도 거르지 않고 뿌연 기척으로 문 앞을 찾아오는 아침을 사심 없이 잘 맞았다.

그냥, 순리대로 살아야 한다. 피할 수 없는 것들이 있단다. 운명이란 거 말이다.

　세상 떠나던 아버지의 마지막 말이었다. 속초댁은 피할 수 없는, 어쩌면 제 삶 어느 부분에 미리 정해진 운명이다, 그렇게 마음고름으로 단단하게 묶으면 얽혀 들었던 옭매듭은 쉬이 풀렸다. 가끔은 실하게 다져 먹는 맘을 헤살놓듯, 몸을 달뜨게 하는 밤도 있었다. 그렇지만 그것들은 소나기처럼 지나갈 줄도 알았다.

　처음 아랫방에다 속초댁과 남편의 이불을 깔아 주던 그 밤처럼 신열에 못 이겨 샛비재를 겁도 오르던, 그런 짓은 안 했다.

　당신은 피가 차가운 여자인가 보다.

　어느 밤, 일을 끝내고 주섬주섬 옷을 끼워 입던 중길 씨가 말했다. 퍽 말을 아끼는 편인 중길 씨였다. 그 말 한마디는 아양댁 가슴에 박혀 불치병처럼 자리를 잡았다. 몸이 차가운 여자. 그러면서 중길 씨는 보채는 아이처럼 냉랭한 아양댁 몸을 밤마다 탐하곤 했다.

　식구 둘을 더 들이니 모든 게 번잡해졌다. 잔치를 치르듯 부산하게 하루가 지나간다. 열한 살이나 먹은 수지는 똥오줌을 가리지 못했다. 아랫도리가 마비되어 제구실이나 할까 싶지만 먹고 내보내는 기관은 나잇살만큼 활발하다. 수지가 집에 들어온 후 모든 게 질서를 잃은 듯 산만하다.

　"옴마 수지 똥꼬 치켜들었다. 똥 쌀긴 갑다."

　아침에 눈을 뜨면 순덕의 다급한 고함 소리가 집 안을 뒤흔든다.

그 소리가 떨어지면 하던 일을 멈추고 누구든 요강부터 먼저 찾느라 난리법석이다. 엉덩이를 요강에 맞추고 볼일을 끝내면 기저귀 가는 게 수월한 개구멍바지를 입힌다.

순덕은 아침마다 밤새 수지가 적셔 놓은 삿걸레와 마루 훔친 것들을 들고 둘렁고랑으로 달려간다. 아낙들이 우물에서 입방아를 찧을 요량이면 고만고만한 계집아이들이 말 지어내는 곳은 도랑이다. 그 도랑에서 잔망을 다 떨고 돌아온 순덕은 숟갈을 놓고 부랴부랴 책 보따리를 챙긴다. 그런 순덕을 수지는 부러운 듯 바라보았다.

속초댁이 들어온 후, 신이 난 건 아이들뿐이다. 손끝이 야무진 속초댁은 아이들 비위를 잘도 맞춘다.

관청골 노총각 맹걸이가 여러 가지 구호품을 잘 챙겨 준 탓도 있다. 그중, 밀가루는 속초댁이 잘 만드는 밀컷의 재료가 된다. 성당 공소 사무장인 맹걸이는 아양댁과 소학교 같은 반이었다. 용과도 친구 사이였고 그런저런 이유로 아양댁이 시집온 후 자주 들락거렸다. 어렸을 적 산에서 굴러떨어진 맹걸이는 한쪽 다리가 부실하다. 모든 구호물품이 성당을 통해 지급되던 때였다. 동란을 맞으면서 기세가 등등해진 사람은 맹걸뿐이었다. 그런 맹걸이가 우유가루며 밀가루, 옥수수가루, 아이들 신발이며 옷가지 등을 넉넉하게 갖다 준다. 모두 물을 건너온 외제 구호품이다. 특히 옥수수가루나 밀가루는 속초댁이 제일 좋아한다. 그것들로 비위를 맞추니 아이들은 속초댁을 스스럼없이 잘 따른다.

한술 더 뜬 중길 씨는 양철 판으로 만든 석유곤로를 사들였다. 석

유통 위에 둥글게 퍼져 있는 심지에 성냥불을 그으면 불꽃이 확, 타고 오른다. 구호품 식용유와 곤로로 속초댁은 비 오는 날이면 주전부리를 마련한다. 알맞은 물손으로 반죽한 것을 기름 끓는 냄비에 던져 넣으면 요란한 소리로 몸을 부풀어 올린다. 가락지 빵이라 했다. 꽈배기처럼 꼬았다가 어떤 때는 세모나 네모 등, 별스런 모양으로 아이들 기분을 맞춘다.

아이들은 속초댁에게 자연스레 작은 엄마라는 호칭을 쓴다. 수지는 물론 아양댁을 큰 엄마라고 불렀다. 물처럼 소리 없이 스며든 속초댁은 점점 집안 살림을 차고앉았다.

아양댁은 삼바구니를 핑계처럼 앞세우고 바깥으로 나돌았다. 속초댁은 땟거리를 알맞게 가늠하여 보리쌀 대끼는 일도 거뜬히 잘해 냈다. 곱삶이로 지어내는 꽁보리 밥솥에 물을 잡는 것도 일일이 말하지 않아도 닦은 방울같이 야무지다.

아양댁은 호미 하나 들고 휑하니 바깥에 나오는 걸로 마음다툼을 다스렸다. 답답한 집 안에서 앉은뱅이 용쓰듯, 신경을 모으면 맘이 먼저 지쳐 갔다. 들이마시는 공기도 달고 맛이 좋아 마음 붙이는 데는 바깥이 한결 수월하다.

만만하게 찾는 곳은 채봉골 밭이다. 등 뒤에 저수지를 끼고 앉은, 처음엔 숨차지 않고 넘을 수 있는 나지막한 야산이었다. 그 산을 정리하여 밭을 일구기 위해 아양댁과 중길 씨는 꼬박 두 해를 바쳤다. 변변찮은 나무도 세워 두지 못한 민둥산이었다. 저절로 자란 푸나무서리를 베어 내고 지천으로 깔린 돌을 골라내어 길쭉길쭉 계단을 만들어 올렸다. 기승밥으로 끼니를 채우며 종일 채봉골에 살다시피 일군 밭이었다. 한 단씩 쌓아 올려 밭뙈기를 만들어 나갈 때면 땅따먹기에 이긴 듯 마음이 푸근했다. 자고 나면 한 뼘쯤이라도 갈아먹을 땅이 생기니, 고달픈 줄도 모르고 모죽모죽 맺힌 땀방울을 닦아 댔다.

그 밭뙈기에다 아이들 입다심 거리로 참외 모종을 심었다. 본래 바탕이 척박해 처음엔 메밀곳이었던 땅이라 제대로 된 열매 한 점 달아 내지 못했다. 이파리 속을 뒤적이면 굴타리먹은 열매가 가끔 눈에 띄곤 했다.

밭 언저리 서 있는 빈대밤나무 그늘에 앉는다. 당산목을 가운데 두고 둥글게 퍼져 나간 들판, 해안을 끼고 옹기종기 모여 있는 마을.

마을은 등 뒤에 호수 같은 바다를 풀어놓았다. 오른쪽 바다에 꼬리를 내린 샛비재 코숭이가 보듬고 앉은 건, 머구리 마을이다. 연안의 맨 끝자락에 매달린 꼬두람이인 머구리 마을은 제주도에서 흘러온 보자기(잠녀)들이 몰려 산다. 물질을 하기 위해 먼 바다로 나가는 보자기들을 머구리(潛水夫)가 배로 실어 나른다. 해산물을 건져 올리기도 하지만 머구리는 깊은 바다에 빠진 주검들을 찾아내는 일도 도맡아 한다. 바다질로 벌이를 하는 잠녀와 머구리들이 사는 마을이다.

멧발을 이곳저곳에 내린 옥여봉은 샛비재에 뒤질세라 그 대밑에다 산내리바람을 등에 받고 앉은 소골 마을을 이루어 놓았다. 발끝에 초가지붕들을 다닥다닥 앉혀 놓은 굼깊은 옥여봉은 막다른 골목이기라도 하듯 세상에서 내쳐진 사람들이 숨을 곳으로 택했던 산이다.

잘 숨겨나 주지.

그 옥여봉을 향해 한마디 던진 후 돌아앉는다. 옥여봉은 언제 보아도 애운하면서 부담스럽다. 용이 숨어든 곳도, 잡혀 내려온 곳도 그 옥여봉이었다.

용의 패들이 숨어들었을 때 옥여봉은 가을 초입에 밀려나 있었다. 깊은 산은 언제나 남 먼저 넙죽 계절을 받아 안았다. 가을이 허벙거리고 있을 때 산속 약빠른 겨울은 숨어든 사람들에게 등을 돌렸다. 도와주는 게 없었다. 이파리를 떨어 낸 나무들도 융융거리는 강쇠바람만 매달고 있을 뿐, 숨어든 이들의 초조와 불안을 보듬어 주기는커녕 천 길 낭떠러지로 내몰았다. 제 몸의 열매로 산사람의 연명을 도와주던 나무들이었다. 추위와 굶주림 때문이었을까. 그들은 간간이 내려와 마을을 휘젓고는 올라갔다. 마치 살아 있다는 흔적으로 세상에 시위라도 하려는 셈인 듯.

쌀자루와 입을 거리를 갈취하고, 지서나 면사무소에 불을 지르고 달아나는 그들은 어느새 공비라는 꼬리표를 달고 있었다. 절망의 몸부림이듯, 그들의 발악은 점점 포악해져 갔다. 그 소문은 꼬리를 물고 섬을 퍼져 나갔다.

용이 사람을 보냈다. 산 위에 서면 인간 세상의 모든 것을 훤히 내려다볼 수 있는 것일까. 여분이 이웃 마을 남자와 받아 놓은 혼인 날짜를 용은 알고 있었다. 여분은 그 밤중 남자를 따라 산을 탔다. 용과 마지막이라는 것도 알았다. 용이 목숨을 용케 보존할 수 있더라도 다시 만나 인연을 맺기란 어려운 터였다. 그건 분명했다. 여분에겐 다른 한 남자의 여자로 살아갈 세월만 남아 있었기 때문이었다.

　마지막.

　마지막이란 말 때문이었다. 스무날 달이었다. 냉기에 시달린 달빛이 걸음 앞에 뒹굴었다. 돌비알을 톺아 오르면 또 돌사닥다리가 놓인 험한 자욱길만 골라 남자는 여분을 몰고 갔다. 옳고 편한 길에 발자국도 남길 수 없는 산사람들, 그들이 택했던 운명처럼, 험하고 고통스러운 길이었다.

　용은 산 중턱에서 기다리고 있었다. 산사람들에 전혀 어울리지 않을 긴 코트 차림이었다. 낡고 찢어지긴 했어도 누군가가 한껏 멋을 부렸음직한 코트였다. 누군가……. 긴 자락에 명쾌한 바람을 매달고 거리를 활보했을, 멋진 이중의 깃으로 누렸을 한때의 푸른 꿈, 그런 누군가의 입성일 것이었다.

　그 옷이 용의 몸에 어수룩하게 걸려 있었다. 생뚱맞은 용의 차림이 여분의 가슴을 먹먹하게 했다.

　후배의 가방 속에서…….

　여분의 맘을 눈치 챈 듯, 입안에 말로 중얼거렸다. 맘을 바꾸고 산을 내려갔거나 아니면 먼저 세상을 떠났을 후배였다. 가방을 남기고 산을 떠났다면 그 두 가지밖에는 짐작할 수가 없는 후배였다. 어느 것이든 용에게 아픔이었을 것이다. 그런 아픔을 제 몸에 걸치고 다녀야 하는, 용의 절박한 현실을 그 옷이 다 말해 주고 있었다.

　남아 있는 건 초췌한 얼굴 속에 숨겨 둔 눈뿐이었다. 어스름 달빛에 비치는 눈 속엔 날을 세운 비수가 잠겨 있었다. 아무도 간여할 수 없는, 어느 누구도 덜어 낼 수 없는 날카로우면서 쓸모를 잃은, 그렇도록 고독한 칼날이었다.

여분은 용을 따라 걸었다. 용이 안내하는 산중턱에서부터 길은 순조로웠다. 날을 세운 바람이 산허리를 훑으며 지났다. 산속의 밤은 이미 겨울의 중심으로 떠밀려 와 있었다. 여분은 옷자락을 여미고 바람을 막아 냈다. 온몸이 사시나무처럼 떨렸다.

용이 여분을 안내한 곳은 바위틈을 이용하여 만든 은둔지였다. 단으로 묶은 싸리나무들이 차곡차곡 쌓여 있었다. 가늘고 긴 싸리나무 줄기에서 떨어져 나온 이파리가 바닥을 굴러 다녔다. 냄비며 구겨져 누운 허름한 군복 위에도, 외롭게 등을 기댄 장총 밑에도, 노란 이파리가 슬픈 무늬처럼 흩어져 있었다. 그 노란 흔적들이 마치 용의 운명처럼 스산하고 절박해 보였다.

더 이상 피해 갈 곳이 없는 사람들의 막다른 삶이 그곳에 웅크리고 있었다. 어깨너멋글로 머리 젖은 이념이었을, 사회주의를 담은 낡은 책 몇 권이 용의 행색을 변명해 주는 듯 웅크리고 앉아 있었다. 용은 무엇을 위해 허위단심 이 산으로 올라온 겔까. 제아무리 눈 속에 벼린 칼날을 담고, 어줍은 되글로 자신의 삶을 윤색하려 해도 여분의 눈에는 모두 허궁에 지나지 않았다. 허술한 형색으로 앉은 남자, 세상을 잡을 듯 날뛰던 용, 그러나 그 뚝기도 가엾고 무모해 보였다.

틈을 밀고 들어오는 바람을 막느라 걸쳐 둔 떼적 옆, 말코지에 용의 윗도리가 걸려 있었다. 목을 잡혀 맥없이 늘어진 뜨개것, 언젠가 용의 생일날에 여분이 선물한 스웨터였다. 여분은 얼른 눈을 돌렸다.

여분이 준비한 보자기를 풀어냈다. 찰밥으로 뭉친 주먹밥과 말려서 정그레에 찐 생선과 담배 등이었다. 용은 그의 동무들을 불러들였다. 남은 사람은 제법 많았다. 그중 몇 얼굴은 낮이 익었다. 용과 함께 치안대 소속이었던, 보도연맹에 신고 된 망치, 연초 사람들이었다. 그들 역시 번뜩이는 눈만 지닌 허수아비 몰골이었다.

여분은 산에서 사흘을 보냈다. 용의 초라한 행색에 잡혀 곧바로 내려온다는 마음이 붙잡힌 첫날이었다. 이튿날은 발이 묶였다. 지서 습격 사건으로 삼엄해진 경비 탓이었다.

이웃한 곳 어디든 산발을 내리고 앉는 옥여봉은 세상을 한눈에 보여 주었다. 세상은, 아니 섬은 모두 옥여봉 아래 모여 있었다. 섬을 지탱해주고 있는 산들이 굽이굽이 산주름을 만들어 내고 있었다. 노자산, 국사봉, 가라산, 앵산, 그 사이에 슬픈 전설을 품고 앉은 우름재가 등을 구부리고 누워 있었다. 그 산들에 등 기대어 마을이 자라고 있었다.

해 질 녘이면 산 아래 마을이 모락모락 연기를 지어 올렸다. 사람 살아가는 냄새였다. 슬며시 드러눕는 굴뚝의 연기는 슬펐다. 저물녘은 산사람들이 가장 견디기 어려운 시간이었다.

밤이 깊어지고, 몰아치는 산꼬대는 살가림할 게 변변찮은 산사람들의 의지까지 얼게 했다. 그런 밤을 힘겹게 넘기면 어김없이 아침이 돌아왔다.

지심도 바다가 띄워 올리는 해는 세상의 아침을 너무나 찬란하게 비추어 내어 차라리 눈물이 나왔다. 그 찬란함이, 그 눈물 같은 찬란함이 산사람들의 하루를 지탱해 주었다.

그들은 그 높은 곳에서 마지막 남은 우월감을 맛보고 있었다. 옹기종기 모여 있는 세상을 제 발 아래에다 짓밟고 있다는 어설픈 우월감.

용의 패들이 높은 곳을 택해 숨어 있는 변명이기도 했다. 그들에게 남아 있는 마지막 위안이었으며 세상에 대한 보복이기도 했다.

여분은 사흘 만에 옥여봉에서 내려왔다. 내려올 때는 수월했다. 서렁을 훑어 나가는 남자는 산의 술속을 꿰뚫어 보고 있는 듯했다. 어디에서 생겨났는지, 남자 앞에는 걸음을 수월하게 하는 길이 끊임없이 나타났다.

아버지는 여분이 비운 사흘 동안을 추궁하지 않았다. 여분의 행로를 훤히 알고 있었고 그런 아버지에게 거짓말로 미리 둘러대고 싶지 않았다.

힐끗 옥여봉을 바라보다간 밭둑을 넘쳐 콩밭으로 머리를 내미는 호박 덩굴손을 떼 내어 옳은 방향을 틀어 준다. 노란 암꽃 밑에 매달린 호박의 푸르싱싱한 빛깔에 잠시 맘을 빼앗긴다. 맨몸으로 피어오른 수꽃들 속으로 벌들의 바쁜 하루가 앵앵거린다. 아직 벌이 들지 않은 이른 아침이면 수꽃 가루를 암꽃머리에 비벼 꽃잎을 오므려 두면 호박은 큰 실패 없이 제 새끼를 품는다. 꽃의 교미다. 꽃이 식물의 아랫도리라는 생각에 미치자, 입가에 씩 웃음이 매달린다. 사람들은 치부를 입성으로, 마음으로 단속하여 감추는데 꽃은 사람보다 훨씬 먼저 깬 게 틀림없다.

채봉골 콩밭에서 반나절만 보내면 물가에서 첨벙거리는 순덕이 하루처럼 퍼뜩 지나간다. 바람난 동네 처녀처럼, 그렇게 횅하니 바깥으로만 내돌았다. 그런 아양댁에 반해 속초댁은 구석바치가 되어 갔다. 살림을 차고앉은 속초댁은 집안닦달에 여념이 없었다. 곳간 열쇠도 넘겼다. 그렇다고 속초댁이 곳간 곡식을 주제넘게 손대고 그러지는 않는다. 아침저녁 팻거리에 알맞춤한 양만큼 바가지에 퍼 담아냈다.

속초댁과의 의초는 그냥저냥 무난했지만 집에 들어서면 어쩐지 어제보다 훨씬 허수룩해진 자리만 또렷하게 드러난다. 밥을 곧잘 먹어 메주볼로 늘어진 명덕이도 아양댁 없어도 보채지 않는다. 모든 것들이 순조롭게 잘 돌아가는 집안이었지만 마음은 돌박들을 훑고 간 바람처럼 횅댕그렁하다.

가을 신작로 부역이 돌아왔다.

부역 애잇머리 날엔 각기 제 몫으로 받은 길을 돌아보고 남은 자갈이 얼마나 있나 우선 그것만 점검하면 된다.

"성님 제가 우스운 얘기 한마디 할까요?"

버스 바퀴에 시달려 숨은 자갈을 파서 길가에 쓸어 모으려 호미질을 하던 둘째 날, 속초댁의 느닷없는 능청이다.

"무슨 우스븐 이바군데? 한마디, 아니 두 마디 해도 괘안타."

필구 아범 말을 귀여겨듣는 중이었다. 흙 속에서 파낸 자갈을 버스 바퀴에 닿지 않도록 멀찌감치 쌓아 놓으라는 얘기다. 새삼스러울 것

없는 지시다. 흙 속에 숨어 있는 자갈을 깡그리 끌어내어 눈대중으로 양을 표시해 두고 돌 주우러 원정을 나서던 참이었다.

그때 마침 쌈질이 시작된 것이다. 땜장이 집 아들 곤칠이와 물집 옥이 아범이 기어이 한판 벌인 것이다. 자갈 한 소쿠리 부어 놓은 게 없어졌다고 곤칠이가 구시렁거린 게 탈이 된 것이다. 옆자리에서 땅에 박힌 자갈을 파내던 옥이 아범 비위를 충분히 건드리고도 남을 군소리다. 제 아비에게서 달랑 꼿꼿한 성질 하나만 물려받은 옥이 아범이 가만있을 리 없다. 곤칠이는 말 값으로 그냥 멱살을 잡히고 말았다. 멱살을 잡히니 그것만으로 성이 차지 않는 게 싸움이다. 곤칠이가 그예 옥이 아범 약점, 조리자지를 들고 나온 것이다.

옥이 아범은 유난히 오줌이 잦아 조리자지라 놀림을 받았다. 나잇살 어린 곤칠이가 그 말을 들고 나왔으니 옥이 아범 열 받은 것은 당연지사다. 포달부리던 두 사람은 신작로 바닥에 엎치락덮치락 뒹굴기 시작한다. 그러니 그 뒤를 후원군처럼 버티고 있던 식솔들이 허수아비처럼 섰을 리 만무하다. 결국 신작로에 패싸움이 벌어지고 말았다. 그때 곡괭이 한 자루가 싸움판 중심부에 메다꽂히면서 두 동강이 나고 말았다. 곡자 할아버지의 고함 소리다.

"왜놈들 등쌀에 부대끼고 전쟁 통 그 고상도 다 참고 넘겼는데 잘난 자갈 한 소쿠리 갖고 뭔 놈의 싸움질꺼정!"

부러진 곡괭이 자루를 거두어들이던 곡자 할아버지가 싸움에 판을 때리고 말았다. 두 패들은 흘미죽죽 제자리로 물러난다. 그러나 자갈을 끌어 모으면서 분을 삭이지 못해 흘게눈으로 힐끔거리는 모양새는 정말 나쎄 값에도 미치지 못했다.

싸움 구경하느라 아양댁은 받아 놓은 속초댁 이야기를 깜빡 잊고 말았다.

속초댁과 아양댁은 절골을 택했다. 지선암에는 아이 둘을 가진 되깎이 중이 살았다. 본디 대처승인 제 부모의 절이었다. 죽어도 중노릇은 안 한다며 깎은 머리로 도망간 그 아들이 결국 돌아와 절을 지켰다. 대처에서 이 노릇 저 노릇 다해 보았지만 중노릇만큼 편한 게 없더라고 술자리에서 너스레를 늘어놓곤 했다. 같이 학교를 다닌 친구들은 그를 그냥, 땡중이라 불렀다.

유엔 묘지 뒷산에 깊이 자리한 지선암은 우람한 소나무를 양쪽에 거느린 길 두 개를 지니고 있다. 새름골에서 올라오는 앞길과 누레골로 통하는 뒷길이다. 근동의 유일한 절인 지선암엔 젊은 나이로 떠난 많은 망자가 손님이 되어 찾아들었다. 하늘을 찌를 듯한 소나무가 파수꾼처럼 길을 지키고 서 있는 절 길로 접어들었을 때, 비로소 아양댁은 조금 전에 받아 둔 말이 생각났다.

"아참, 아까 니가 우스븐 소리한다고 안 했나?"

"아, 성님도 참. 사실 우스운 소리는 아닌데."

"아까는 분명히 우습다 캤는데."

"성님, 그게 아니고…….."

우스운 소리 한마디 하겠다던 속초댁 목소리가 갑자기 잦아들면서 은근해진다.

"뭐신데? 그리 엄숙하게 시작하노?"

"성님, 성내시지 마세요."

"무신 이바군데 그리 건다짐부터 놓노?"

"사실은요, 제가 혼자되었을 때 수지 아버지를 만났거든요. 그때 속초로 마른 갈치와 멸치를 처음 싣고 왔을 적이었어요."

"그랬다고 안 캤나. 그래 우째 갖고 눈이 맞았는데?"

"아, 성님도 참. 눈만 맞아 갖고 되나요?"

"아, 그랑께 몸도 맞아야 된다 말이가?"

"그럼요. 몸도 맞아야제요."

속초댁이 맘 놓고 장난살을 풀어놓기 시작한다. 속초댁은 사실 아양댁보다 두 살이나 많다. 그래도 꼬박꼬박 형님 대접을 한다.

부잣집 맏며느리로 시집간 속초댁이었지만 남편이 본 시앗의 모함으로 도둑에다, 간통이란 죄명으로 소박당한 채 맨몸으로 쫓겨나고 말았다. 친정아버지가 독립운동 끝에 목숨을 내놓았고 친일로 밥 먹고살던 시가 쪽에 속초댁 친정은 불리한 조건이었다. 죽을까, 말까, 하던 길에 남편을 만났다고 했다. 밥 한 그릇 사 준 게 인연이 되어 그 끈을 놓지 못하고 객지에서 살림을 차렸다는 건 속초댁이 이미 들려준 얘기였다.

"그 말하려고 하는 게 아니고요……."

"그라몬 뭔 데?"

"사실은 수지 아범을 대구에서 다시 만났다는 얘기 말예요."

"그 이바구는 볼세(벌써) 했다 아이가?"

바구니에 돌을 주워 넣던 속초댁이 돌아보며 싱긋 웃음을 삼킨다. 그녀의 등을 가만 바라보았다. 뒷모습마저도 남정네 눈에 쉬이 지나칠 여자가 아니다. 여린 어깨선을 타고 내려온 허릿매가 애잔하다. 그 허릿매를 받치고 풍만하게 빠져 내린 엉덩이, 마치 수밀도의 요염함, 그것과 다름없다.

아, 그렇다. 수밀도다.

아양댁은 비로소 맘속에 갈무리된 그 수밀도의 비밀을 헤집고 만다.

남편이 자갈치 시장에서 만났다던 두 개의 경대였다. 수밀도와 박쥐 문양의 들쇠를 지닌 경대, 그 한 개가 속초댁 몫이었다는 것을.

"니, 그 경대는 우쨌노?"

생각에 매달려 있는 탓이었다. 그 생각이 얼토당토 않는 말을 뱉어 내고 만다.

"네?"

"복숭, 들쇠가 달린 경대 말이다."

"성님, 그건 우째 아셨어요?"

엉겁결이다. 아양댁은 묻게 된 자신의 경위조차 잊어버리고 말았다. 그 맘을 아는지 모르는지, 속초댁이 아양댁 궁한 입장을 구해 준다.

"성님, 그거 팔아서 차비해서 섬에 왔어요. 그것 참 비싼 골동품이예요. 형님 거 잘 건사해서 순덕이 시집갈 때 물려주세요."

이제 그 질긴 의구심이 풀리고 말았다. 귀신을 쫓는다는 수밀도 문양, 그게 결국 속초댁에게 간 것이었다.

"참, 아까 하던 말, 말이다, 뭐라 캤는데?"

다시 제자리로 찾아든 아양댁 말이었다.

지선암 입구에 서 있는 은행나무는 아직 푸르싱싱하다. 순덕인 노랗게 물든 쥘부채 같은 은행나무 이파리를 줍는다고 지선암을 올라오곤 했다. 학교 숙제라 했다. 아양댁은 바람에 날려 온, 이파리를 주워 손바닥에 놓아 본다. 어쩌면 나무들은 이렇게 철따라 변하는 걸까. 그 오묘한 자연의 섭리에 가끔 두려움을 느끼곤 했다. 세상을 주관하는 어느 누군가가 자신을 꿰뚫어 보고 있는 것 같아서.

"순덕이 숙제할 때 써라 캐야것다. 참 아까 니 뭐라 캤노?"

나무 이파리를 몇 장 주워 몸빼 주머니에 챙겨 넣으며 속초댁을 돌아본다. 속초댁은 서낭당 고개 옆, 서부렁하게 쌓여 있는 돌무더기 밑구멍을 파던 중이다. 놀란 듯 돌아보는 속초댁 얼굴에 은행나무 사이로 빠져 내린 햇살이 마치 마른버짐처럼 어른거린다. 속초댁은 치마 앞 가득 주운 돌을 바구니에 쏟아 넣는다. 죄 맞을란가 모르것네, 하면서.

"괘안타. 이웃에 자비로우신 부처님이 계시는데 뭐. 부처님도 우리 신작로 부역 힘든 거 아실 끼다. 길을 잘 닦아 나야 신도들이 이 좋은 길을 걸어 많이 몰려 오것제. 참 아까 니 뭐라고 안 캤더나?"

"아, 그 말."

"와 뭐신데?"

"사실은……."

"왜 그리 뜸을 들이노, 숨 넘어가겠다."

"성님, 정말 노여워 마세요. 사실은 수지 아버지가 말예요, 대구로 찾아와서 미안한지 거짓말을 하더라구요. 저는 거짓말인 줄 알았지만."

"남자들이 바람 들몬 거짓말 같은 거는 밥 묵듯 하는 기 예사제. 그래 뭐라고 둘러대더노?"

"앉은뱅이와 결혼을 했다 카데요."

"머, 머시라고? 내가 앉은뱅이라꼬?"

노여워해야 하는데 아양댁은 주책없는 웃음이 먼저 튀어나온다. 앉은뱅이라니. 그래 꼴좋다. 나를 그렇게 놀려 먹었으니 앉은뱅이 자식을 본 거제. 아양댁은 어이가 없어 키들키들, 입가로 미어져 나오는 웃음을 참지 못한다.

"그래서 말인데요, 성님, 말을 갖고도 죄를 지으면 안 된다는 것을 알았어요. 보세요, 수지 말입니다. 왜 저렇게 앉은뱅이가 되었게요. 다 말 값으로 받은 죄지요."

그 말을 듣고 보니 속으로 웃은 것조차 미안하다. 아양댁은 얼굴에 남아 있는 웃음 흔적을 얼른 털어 낸다.

"설마, 그랄까."

"아니에요. 제 생각은 그래요. 사람은 그래서 죄를 지어서는 안 된다는 것을 깨달았어요. 수지 아범이 그런 말을 하고 내려간 후, 정말 거짓말처럼 수지 몸에서 열이 돋기 시작하더라구요. 그냥, 감기이거나 홍역인 줄 알았어요. 열만 재우면 되겠거니 했거든요. 나중 알고 보니 소아마비라 하더군요. 전쟁 통에 변변한 의사 찾아갈 처지도 못

되었구요. 그래서 저렇게 되고 말았답니다. 정말 죄를 맞은 거예요, 수지 아버지나, 나 모두."

바구니 한 끝을 두 손으로 모아 쥔 속초댁이 돌부리에 걸려 비틀거린다. 아양댁은 그런 그녀를 무심히 바라본다. 그렇게 무심한 눈으로 바라보니 속초댁이 한없이 가엽다. 이내 중심을 잡고 일어서는 그녀와 보조를 맞추기 위해 아양댁은 걸음을 늦춘다.

"성님 그래서 말인데요."

"오늘 속초댁이 말을 와 그리 어렵거로 시작하노?"

"그래서……. 제가 떠날까, 하구요."

아양댁은 그예 잡고 있던 자갈 바구니를 땅에 떨어뜨리고 말았다. 바구니 속의 자갈이 쏠려 와다그르르 바닥에 쏟아진다.

"와, 그기 무신 말이고? 여, 앉아 봐라."

두 사람은 길가 양쪽, 돌바닥에 엉덩이를 걸치고 마주 앉았다. 푸나무서리가 우거진 양쪽 숲에서 매미들이 목을 놓아 울어 댄다. 매미 소리는 그렇다. 안 들으려고 기를 쓰면 한없이 시끄러웠고, 그대로 두면 아무 소리도 없는 듯 조용하다. 마치 무논의 악머구리들처럼 있는 듯 없는 듯, 인간의 귓속에 깊이 자리 잡은 소리들이다. 여름 끝의 매미는 뭔 원한이 있는지 자지러지듯 악을 써 댄다. 속초댁 한쪽 손을 가만히 잡아 본다. 참 따뜻한 여자다. 뭔가 가슴을 적시는 느낌이 물컥 손안으로 전해진다. 뭘까. 남편 중길 씨가 그렇게도 허천들린 듯 더듬던, 아양댁이 갖지 못한 깊고 아늑한 여자의 온기다.

남편, 중길 씨만 아니면 어디 미워할 근터구가 없다. 그냥, 남편이 연루된 사실만 뺀다면 마음을 주고받는 이웃 여자일 수도 있었다.

"니 그기 무신 말이고? 순덕이 저거 아부지랑 의논해 보고 하는 소리가?"

"아뇨. 의논할 필요가 뭐 있어요?"

"그래도 그기 아이제. 혼자 덜렁 그런 생각으로 가뿌리몬(가버리면) 남은 사람들이 힘이 들제."

"그것도 알아요. 그렇지만 무작정 부쳐지낼 수가 없잖아요. 제가 가는 게 모두를 위하는 일일 것 같아서……."

"그래도 그기 아이다. 두고 생각을 해 보자이."

"성님 그래서 말인데요, 수지를 두고 가면 안 될까요?"

"무신 소리고, 수지는 누가 뭐라 캐도 우리 강씨 집 자손이다. 니가 있든, 없든 그 아는 순덕이 아부지 씨 아이가. 그런 걱정은 말거라이."

"성님 너무 고맙습니다. 제가 이 집에 살면서 성님 참 훌륭한 분이라는 것을 알았어요. 또 성님이시면 수지를 잘 거두어 주실 것 같았구요. 안심하고 갈 수 있을 것 같아 이런 말 드리는 겁니다."

속초댁이 치마를 뒤집어 눈물을 닦는다. 속초댁을 바라보는 아양댁 눈도 젖어 든다. 더 할 말이 없다. 가지 마라, 잡는 것도 속초댁 앞날을 위하는 것이 아니라는 것을 너무나 잘 알기에.

터벅터벅 절 길을 내려온다. 문득 바라본 초록 나무 사이에 파란 하늘이 스며든다. 발길을 멈춘다. 용의 그림이다. 그것들이 가득 숨어 있었던 게다.

청록의 강렬한 조화.

용은 그 두 가지 색에 강렬한 조화라는 말을 즐겨 썼다. 시리도록 파란 하늘과 초록의 이파리, 푸른 바다에 빠진 산의 푸렁이, 용이 학교를 그만두기 전, 그의 그림 속에 안주하던 색깔이었다.

"성님 왜 그러십니까?"

"그냥, 하늘이 눈물 나도록 고바서(고와서)."

속초댁을 앞세우고 신작로에 내려섰다. 어디서 끌어들였는지 신작로엔 자갈이 소도록하게 쌓였다. 한 며칠 더 땀을 빼면 이번 부역도 필구 아범 맘에 쏙 들 것 같다. 부역 마지막 날은 한나절만 품을 팔면 끝이 날 게다. 길가에 끌어모아 두었던 자갈을 일제히 바닥에 깔아 두는 일뿐이다. 구장 필구 아범은 대머리 진 제 숫돌이마가 부역 때문이라고 너스레를 늘어놓곤 했다. 그러면서 부역이 끝나는 날, 남정네들을 불러 모아 마당 구석을 쪼고 다니는 닭 몇 마리를 붙들었다. 물 튀한 닭털을 뽑아내고 솥에 푹 고아 복달임을 핑계로 벌이는 술잔치다.

"에고 산속에서 뭐 하다 내려오노. 순덕이 저거 아부지가 한꺼번에 마누라 둘 다 도망간 줄 알고 산만 쳐다보고 있던데."

송자네가 우스개랍시고 풀어내는 말에 아양댁은 맞장구를 쳐 주지 못한다. 가슴에 무거운 돌 하나를 얹어 둔 듯 답답하다.

속초댁은 그다음 날에도 지선암 고개 서낭당의 돌무더기에서 슬쩍 슬쩍 자갈을 빼 왔다. 아양댁은 그런 속초댁을 모른 채 보아 넘겼다.

닷새나 걸리는 신작로 부역을 끝내고 결국 속초댁은 떠났다. 중길 씨 두 입술은 풀로 붙여 놓은 듯 딱 붙고 말았다. 묵묵히 밥을 먹었고 이부자리를 챙겨 아랫방 살림을 정리했다. 그날 순덕과 점덕은 신이 나서 어쩔 줄 몰랐다. 아양댁은 책보를 다 싸 들고 지들 방으로 내려가는 아이들에게 주먹을 쥐어박는 시늉을 했다. 아버지 눈치 봐 가며 까불어 대라고.

수지는 뭘 알고 있었던 젤까. 그다지 울지 않았다. 젖먹이처럼 밑정이 잦아 밤마다 샅걸레를 갈아 주어야 하는 수지는 아양댁이 품고 잤다.

속초댁 중매를 주선한 사람은 구천댁이었다. 그것도 수원댁이 아궁이 앞에서 엄청난 비밀이라도 되는 양, 쏘삭거렸다. 구촌댁에게 받았던 다짐까지 질질 흘리면서.

중길 씨는 한동안 아양댁 몸을 탐하지 않았다. 알았다. 그 허탈한 맘도 이해했다. 늘 남의 여자처럼 몸이 냉랭한 아양댁, 그 몸이 남편을 따뜻하게 품어 주지 못한다는 것을.

그러나 그 여자, 속초댁은 그렇지 않았다. 남편 중길 씨 속내를 아양댁이 짐작해도 넘치는데, 어쩌랴.

옥련네

쌍금쌍금 쌍가락지 오독질로 닦아 내어

먼 데 보니 달이로세 곁에 보니 처녀로세

처녀애기 자는 방에 숨소리가 둘이로세

천도복숭 오라비여 거짓말 좀 말아 주소

꾀꼬리가 기린 방에 참새같이 나누었네

동남풍이 건들하여 문풍지의 소리였네

돌박들 당산나무 대밑둥에 개미장이 줄을 잇기 시작하면 하늘은 어김없이 주저앉았다. 검기울기 시작한 하늘은 약속이나 한 듯 비구름을 몰아들인다. 장맛비가 첫 걸음질을 시작한 것이다. 장마철에 접어들면 잠시 들일에서 물러난 아낙들은 삼 바구니를 끼고 옥련네 아래채로 꾸역꾸역 모여든다. 얼레빗으로 째 놓은 삼은 주로 장마철이나 한낮 더운 그늘석에서 짬을 내어 삼았다.

"옥련아, 도깨비뜨물이 한 빨(방울)도 없나?"

"있십니다. 아침 절에 도갓집에 갔다 왔지예."

무릎노리가 벌겋도록 삼을 삼던 새벽까치 할매가 그예 술타령을 하고 만다. 약간의 술기로 시작한 어위 삼 타령이 오르면, 종내는 그 흥에 취해 삼 바구니 같은 건 어디에 둔지도 모른다. 먼저 가락을 떼어 메기는 것도 언제나 새벽까치 할매이다. 그런 후면 옥이네가 입노래로 받아치고, 토막돌림으로 하나둘 거들기 시작한다. 새벽까치 할매의 소리 맵씨는 아직 갈라지지 않고 개울물 흘러 돌아가듯 맑아서 옥이네 젊은 소리를 압도하고도 남는다.

"너그는 참말로 좋은 시절 태어나서 호강한다."

"하모요, 참 좋은 시절 타고났고말고요."

"이렇게 시엄시 앞에 버릇없이 무르팡 벌렁 까발려 놓고."

"하모 참 좋은 시절 타고났고말고요."

"삼 삼는 핑계로 시갓집 온갖 헌해 다해도 탈 없고."

"하모 참 좋은 시절 타고났고말고요."

두 소리꾼이 주고받는 삼 타령으로 점점 넋이 오르기 시작한다. 찐 감자와 술도가에서 받아 온 막걸리를 주전자 넘치도록 내온 옥련네다. 막걸리 사발에 들린 어줍은 취기와 새벽까치 할매의 건드렁 타령이 척척 손발을 맞추면 삼꾼들은 손을 놓고 소리에만 정신을 팔았다.

처녀애기 자는 방에 숨소리가 둘이로세

맞다맞다 처녀애기 바람났네

천도복숭 오라비여 거짓말 좀 하지 마소

맞다맞다 거짓부렁 하지 마라

……

새벽까지 할매가 매기는 선소리에 화답하는 옥이네의 잔가락에 방 안의 여자들은 이리 흥, 저리 흥, 후렴구를 제멋대로 만들어 들이댄다. 처음에는 무릎장단으로 시작한 흥이었다. 그 흥이 어깨춤으로 매달리더니 아예 너울춤까지 치닫는다. 경중경중 옥이네가 노루뜀을 시작한다. 허릿매 고운 무선네의 허릿춤은 일색이다. 그렇게 구색이 맞으면 놀이판은 얼추 절정에 도달한다.

억수로 담아 붓는 빗줄기는 옥련네 아래채를 세상과 알맞게 격리시켜 준다. 비에 젖어 헤푸러진 날씨는 방 안 여자들의 헝겁지겁 날뛰는 모양들을 잘 보듬어 안는다. 내숭으로 버티던 은수네도, 몸짓 무딘 둘자네도 막판에 모두 춤꾼으로, 소리꾼으로 내몰려 한데 어우러진다. 삼 삼던 바구니는 어디에 팽개쳤는지 기억에도 아물아물하다. 그렇게 한바탕 내헤치고 나면 속은 후련해진다. 겨울날, 동치미 한 사발로 내치던 부앗가심처럼 목이 펑, 하고 뚫린다. 속에 응어리 되어 눌러앉은 잡다한 세상살이가, 마음을 찔러 대던 근심걱정들이 여울물에 휩쓸려 가듯 사라진다.

법석구니를 놓는 방의 문이 사정없이 열린 건 그때다. 옥련네 시동생, 봉구 씨다. 어디에서 낮술을 둘러썼는지, 그는 이미 몸도 다스리지 못할 정도다. 그런 몸으로 그는 방 안을 쓱, 눈빛질한 후 음흉한 웃음 한 자락을 입가에 풀어낸다.

"얼씨구 지랄들하고 자빠졌네."

봉구 씨의 후림불에 방 안의 움직임은 일순간 딱, 멎고 말았다. 어깨며, 팔이며, 넘놀던 춤사위는 시동 꺼진 기계처럼 그 동작에서 얼음처럼 굳어 버렸다. 모두들 멍한 낯빛이다. 여태 뭘 하고 있었는지, 지금 뭐 때문에 안절부절못하는지, 그 이유조차 쉽게 잡지 못한다. 제 흥에 겨워 들이갈겨진 날벼락을 순리적으로 받아들일 여유가 없다. 그냥, 멍히 술 취한 봉구씨를 바라볼 뿐이다.

"서방을 둘이나 품고 사는 년은 뭐가 달라도 다르다 카이."

무슨 말인가, 귀를 재던 삼꾼들은 한참 후에야 봉구 씨 행짜부리는 내용을 알아들었다. 옥련네 얼굴은 햇노랗게 변해 버렸다. 가누지 못하고 허든거리던 옥련네 몸은 그예 무너앉고 말았다. 방 안 여자들은 놀람결에 모두들 제 삼 바구니만 찾아 들고 허벙저벙 달아날 궁리만 해댄다.

"별옴둑가지소리를 다 듣겠네. 이제 보이, 이놈으 집구석은 연방 떡을 해 묵고도 남을 집구석이네. 어데라고 감히 형수 앞에 그런 생다지를 써대노?"

새벽까치 할매다. 제 삼바구니를 바닥에 팽개치고 할매는 허릿장을 놓고 섰다.

음충맞은 얼굴로 트적질을 시작하던 봉구 씨가 눈자리가 나게 새벽까치 할매를 노려본다.

"우짤래? 나꺼정 잡아 묵어 볼래?"

"할매는 씰데없이 넘우 집일에 감 나오이라, 배 나오이라, 하지 마소!"

"인숭무레기 겉은 놈, 사람으 탈을 썼시몬 제발 사람 값 좀해라. 아무리 세상 망쪼가 들어도 그렇제, 제 행수보고 뭐라꼬? 짐승만도 몬

한 놈, 사람으 입에 담을 말이 있고 몬 담을 말이 있다."

새벽까치 할매의 후려잡는 말새에 봉구 씨가 물레걸음을 쳤다. 사립문 밖으로 달아난 봉구 씨 기척이 멀어지자, 새벽까치 할매는 주섬주섬 삼바구니를 챙겨 든다.

아양댁은 제 얼굴을 감싸 안고 앉은 옥련네 어깨를 어루만진다. 아무 말도 위로가 될 것 같지 않다. 아니, 옥련네 마음을 다독여 줄 만한 적당한 말이 괘씸하게도 떠오르지 않는다.

"누가 뭐라 캐도 니 심지만 굳으몬 된다. 옥련아, 참고 견디몬 뒤끝은 있을 끼다. 옥련이를 봐서라도 우짜건노, 참고 사는 수밖에 없제."

깍두기판이 된 방에 쭈그려 앉은 옥련네 등을 다독여 준 후 새벽까치 할매도 자리를 떴다. 아양댁은 암말 없이 옥련네 옆에 쭈그려 앉았다. 그녀를 위해 당장에 해 줄 수 있는 건 아무것도 없다. 그녀 마음만큼 함께 아파 주는 것밖에는.

옥련이가 봉필 씨 아이가 아니라는 둥, 밤마다 봉구 씨가 옥련네 방을 드나든다는, 또는 누가 제 눈으로 봤다는 둥, 심심찮게 동네 안에 입심거리로 떠돌던 소문이었다. 소문은 소문이니만큼 제멋대로 활개를 치고 다녔다. 옥련네를 잘 아는 이들은 그냥 뜬소문으로 딱 잘라 무시해 버렸다. 너울가지가 변변찮은 인물, 옥련네다. 그래서 터놓고 지내는 별스런 이웃은 없었지만 동네 안 혼사인지라 인간 됨됨이를 다 알고 있는 터다. 누가 봐도 아금바른 여자이다.

그러나, 삼꾼들의 마지막 믿음은 포만무례한 봉구 씨에 의해 여지없이 깨지고 말았다.

한참을 그렇게 앉아 있었다.

"죽으몬 이런 마음고상 없겄제?"

"니 무슨 그런 험한 소리를 하노, 와 죽어, 니가 뭐 죽을죄 지었나?"

"이리 살아서 뭐 하겠노."

"니는 눈 한 번 감으몬 편할란가 모르겠다. 그라모 옥련이는 우짤 끼고? 고 에린 거 놔두고 죽으면 눈이 제대로 감기건나."

"그라몬 날로 우짜란 말이고."

돌돌 말아 올리면 베개 한 개 뉘여 놓은 것밖에 안 될 것 같은 옥련네 그 왜소한 몸피가 부르르 떨었다. 그러더니 엉엉, 소리 내어 울기 시작한다. 천길만길, 옥련네 깊은 마음을 차고 울려 나오는 소리이다. 옥련네 서러운 울음소리는 어지러운 방 안을 가득 차고 남는다.

그런 여름날이 지나가고 있었다. 수천네 방앗간에 밀을 빻는 기계를 들인 후, 그에 맞추어 곡자네 뒷마당에다 국수틀을 들여놓았다. 지렛대 구조를 이용한 국수틀은 곡자 할아버지와 중길 씨, 덕재 씨가 봄부터 머리를 싸맨 끝에 겨우 모양을 갖춘 작품이다. 반죽을 밀어 넣는 틀 밑에는 곡자네 여물 솥까지 옮겨 와 걸었다. 틀을 이루는 통나무는 목수인 덕재 씨가 맡았다. 나무 다루는 재주로 먹고사는 덕재 씨가 발 벗고 나서서 만든 틀이니 우선 모양새부터 그럴듯하다.

틀에다 밀가루 반죽을 넣고 공이를 눌러 주면 밑구멍으로 빠진 국수오리는 장작불로 펄펄 끓는 물에 빠져 절로 익는다. 건져 낸 국수오리는 찬물로 헹궈 내어 종종걸음으로 제집으로 갖고 간다. 멸치 국물에 토렴을 한 후 꾸미를 얹어 먹으면 여름날 별미로는 일색이다.

국수 뽑는 날을 미리 공지하는 것도 구장 몫이다. 필구 아범은 필구를 돌려 집집마다 날짜를 일러 보낸다. 그런 날이면 수천네 방앗간은 줄을 선 밀 자루로 붐볐다. 구호물품으로 나온 허연 밀가루도 흔했다. 그렇지만 아무래도 우리 밀로 반죽해서 뽑아낸 국수가 색깔은 변변찮아도 뒷맛은 구수하다.

주로 여름철에 빈번했지만 그 외 상중이나, 가을 혼사 때에도 국수틀이 가동되곤 한다. 곡자 할아버지 팔죽지에는 굵은 힘살이 불끈불끈 솟고 가마솥에 떨어진 국수오리를 건져 내는 곡자네 뺨엔 벌건 땀방울이 주렁주렁 맺힌다.

그날도 아침 일찍부터 국수를 뽑기 시작했다. 장정들은 돌아가며 공이를 잡았고 아낙들 또한 불을 때느라, 국수오리를 건져 내느라, 분주하게 힘을 나누었다.

피범벅이 된 옥련네를 발견한 것은 마지막 또출네 국수를 뽑던 중이었다. 또출네가 이고 온 반죽은 유달리 많았다. 원래 식구도 많았지만 친정 나들이 온 딸네들과 일가붙이까지 한몫 거들었다. 좋이, 밀가루가 댓 되 됨직한 반죽이었다.

필구네가 건져 낸 국수오리를 찬물에 헹구어 내던 중이었다. 그때 순덕이가 달려 왔다.

"옴마, 큰일 났다. 담부랑을 넘어다본께 옥련 저거 옴마가 피를 흘림서 마루로 기어 나오더라."

"뭐라고? 아무도 없더나?"

"응, 아무도 없는 갑더라."

불길한 생각이 앞섰다. 틀림없이 뭔 약을 먹었을 거라는 예감이 발목을 잡고 늘어졌다.

허벙거리며 달려갔을 때 옥련네는 사시나무처럼 온몸을 떨고 있었다. 토해 낸 피는 앞가슴을 적시고 마루가 흥건하다. 혀는 이미 굳어 있었고 눈은 중심을 잃은 채 허공을 쏘아보고 있다.

"이 일을 어쩌몬 좋겠노. 아이고 어쩌몬 좋겠노."

옥련네 가슴을 흔들었다 뺨을 때리고 입을 벌려 속에 것을 빼내려 했다. 그러나 모든 기관은 얼어 버린 생선처럼 뻣뻣해졌다. 필구 아범이 끄는 손수레로 신 의사 집으로 달려갔다. 반 술이 되어 늘어지게 자던 신 의사는 하품 끝에 정신을 차렸다.

소용없었다. 신 의사가 맨 정신으로 옥련네 가슴에 청진기를 갖다 댔더라도 소용없는 일일 거라는 것쯤이야 알았다. 옥련네는 두 홉들이 소주 한 병과 농약 한 병을 한꺼번에 털어 넣었던 거였다. 그래서 몸에 붙는 속도가 더 빨랐다는, 신 의사가 할 수 있는 건 그 말밖에 없었다.

한 많은 옥련네였다. 월명시, 옥련 아범이 다녀간 다음 날이면 어김없이 얼굴 구석구석 퍼런 멍이 실려 있던 옥련네 얼굴이었다.

'우짜몬 이 의심을 좀 풀고 살꼬. 옥련 저거 아부지 땜시로 더 몬 살겠다. 하늘이나 알아줄까.'

볶아때리는 봉필 씨를 더 못 견뎌 하던 옥련네였다. 옥련네는 그렇게 갔다. 상여 앞의 만장은 슬픔에 못 이겨 흐느꼈다.

옥련네가 떠난 자리는 어수선했다. 봉필 씨는 달아난 제 동생 봉구 씨에게 삿대질 한 번 할 수 없었다. 봉필 씨 또한 옥련네에겐 깔축 없는 가해자였다. 남들이 다 그랬어도 봉필 씨 믿음 하나면 옥련네는 살 수 있었다. 어쩌면 옥련네를 내몰고 만 진짜 범인은 봉필 씨였는지 몰랐다. 끝없이 괴롭힌 봉구 씨에게, 그런 봉구 씨를 두고 제 자식까지 의심한 봉필 씨도, 뭔 근터구를 만들어 입방정을 떠는 가납사니들의 소행 또한 옥련네의 죽음에 무관하지 않았다.

"왜, 무슨 일이 있기나 있었나, 왜 저라는데?"

"시집오기 전에 만나자고 귀찮게 따라다닌 적은 많았제. 무슨 일 같은 거는 없었다. 그래서 나 여게 혼사 안 한다고 열 밤도 더 울었는데……."

"개망나니 같은 인간이다. 형수가 되었으몬 이제 대접을 좀 해 주야제."

"그러는 거는 다 괜안타. 인자, 옥련이 저거 아부지꺼정 날로 우습게 보는 것 같애서. 암캐도 내가 죽던지, 안 그라몬 멀리 도망을 가삐던지, 무슨 수를 내야겠다."

얼마 전, 옥련네 부엌 아궁이 앞에서 주고받은 이야기였다.

함부로 잔속을 드러내어도 등 뒤가 부끄럽지 않던, 아양댁 유일한 해포이웃이던 옥련네가 뭔 저까지 땅보탬할 거라고 생치골을 넘어갔다. 봉필 씨는 옥련이를 데리고 제 누이가 사는 통영으로 거취를 옮겼다. 필구 아범이 처분되면 집값을 보내마고 했지만, 소문이 흉흉하게 따라붙은 집에 들어올 사람은 쉬이 나타나지 않았다. 그냥, 점점 폐가의 몰골을 갖추어 갔다.

한동안 그 담 너머에 맘을 놓지 못했다. 바가지에 보리쌀을 담아 옥련네가 그 아침을 걸어 나올 것 같아 멍한 눈을 거두어들일 수도 없었다.

옥련네는 그렇게 갔어도 늦여름 오진 볕살은 볏모개를 숙이게 한다. 들판은 어느 모에서 눈 주어도 황금빛 벼 바다다. 볏댐으로 근근이 이어 온 농사꾼에게 이때만큼 배부른 철은 없다.

알곡이 여물기 시작하면 중길 씨는 제일 먼저 순덕과 명덕이 가을 한 철 보낼 새집을 짓는다. 보랏빛 쑥부쟁이가 흐드러지게 덮인 고랑창 위다. 고랑을 줄지어 선 숙희네 미루나무 울타리에 기둥을 가로 눕히고, 가마니때기로 벽과 지붕을 만든 헛가리는 제법 그럴싸하다. 부지런히 모아 둔, 포로수용소 뒷문에서 흘러나온 미제 깡통, 밑구멍에 구멍을 뚫어 못을 달아내면 간단한 종이 만들어진다. 그것들을 긴 새끼줄에 매달아 벼논 위에 세워 놓는다. 거미줄처럼 얽혀 나간 새 줄의 첫대바기를 잡아 흔들면 생뚱맞은 깡통 소리에 놀란 참새들은 부지를 못한다.

그 줄의 임자는 순덕, 명덕이다. 책보를 든 채 학교에서 곧장 새집으로 달려가는 순덕은 가을 한 철 내내 유할 제집이 있어 행복하다. 새집에서 바라보는 하늘은 유달리 청아하다. 숙희네 울타리로 둘러쳐진 미루나무 꼭대기는 온갖 새들의 휴식처이기도 하다. 일요일 아침이면 큰골 예배당에 다니는 숙희가 부르는 찬송가 소리는 바람이 되어 미루나무 이파리들을 반짝이게 한다.

드디어 가을 타작이 시작된다. 올해는 유난히 푸진 햇살로 알곡은 튼실하게 야물었다. 철사로 촘촘하게 이를 해 박은 굴통 탈곡기는 마을에 단 두 대뿐이다. 텃마당마다 불려 다니는 탈곡기는 가을 한 철 몸살을 앓는다. 너른 마당에서 시작한 타작은 먼저 판용네 텃논을 턴 후 그다음 차례는 아양댁 구렁논 닷 마지기다. 물대기는 수월하지만 구렁이라 겨울붙임 같은 건 생각지도 못하는 논배미이다. 벌바람이 몰아치는 삼동이면 그루터기 사이에 인 허연 퍼석 얼음은 꼭 눈이 쌓인 듯했다. 새집이 있는 구렁논 벼를 털고 나면 탈곡기는 들판으로 점점 자리를 옮겨 나간다.

옛날에 비하면 훨씬 수월해진 가을걷이다. 작대기 끝에 휘추리 서너 개로 돌리던 도리깨와 홀태로 벼를 훑던 시절엔 팔 허벅에 살만 올리고 땀만 뺐을 뿐, 일은 언제나 제자리걸음이었다. 쭉정이를 골라내던 드림부채도 이젠 풍구에 밀려나고 말았다.

굴통 탈곡기의 출현은 사람 손을 많이 덜어 주었다. 장정 너덧 명만 있으면 동네 나락 다 털어도 보리갈이까진 넉넉하고 유유한 시간이다. 힘 좋은 덕재 씨와 또출 아범이 탈곡기 발판을 굴러 대면 허드렛일이 몸에 익은 곡자 할아버지가 조수로 따라붙는다. 몸이 잽싼 판수는 탈곡기 양옆에 부지런히 볏단을 쌓아 올리고 발판을 굴러 대는 두 사람 팔이 내밀기만 하면 잡힐 높이로 눈가늠도 잘한다. 탈곡기가 쏟아 내는 벼 거스러미를 갈빗대로 쓸어 내는 곡자 할아버지의 수염에는 허연 검불이 주렁주렁 매달린다. 풍구에 넣어 쭉정이를 날리고 남은 몽골벼를 가마니 자루에 담아 마무리하는 중길 씨의 손은 정확하다. 그런 후면 논임자들은 제 몫의 나락을 실겅질해 가는 걸로 마당질은 끝을 낸다.

가정실습에 들어간 아이들은 볏단을 나르느라 정신이 없다. 순덕과 명덕은 제철 만난 메뚜기처럼 볏담불에서 치뒹굴내리뒹굴 하다간 제 아버지 후림불에 놀라 쫓아 나오곤 한다. 탈곡기 옆에 가득 쌓인 볏단을 한 아름씩 안고 나르다간 아예 볏단과 함께 쓰러져 드러눕는 놀음은 예나 지금이나 변함이 없다.

가을이 되면 모든 게 넉넉하다. 그래서인지 서로를 바라보는 맘도 너그럽다. 풋바심으로 보릿고개를 넘겨야 하는 봄, 볏댐을 하기 위해 땟거리 퍼낸 바가지를 약게 저울질해 한 끼라도 느루가기 위해 벌벌 떨던 손, 삭막했던 그때의 인심들이 모두 제자리를 찾아오는 것도 볏가을 때다. 하얀 쌀밥에 푹 꽂는 아이들 숟가락이 보기 좋고 당분간 보리쌀보다 쌀을 더 얹어 밥을 지어도 맘이 조급하지 않아 좋다. 쌀을 넉넉하게 섞은 밥은 안치는 것도, 먹는 것도 일손을 덜어 준다.

춥지도 덥지도 않은 가을.

여름을 지나면서 달도 제가 걸치고 있던 무겁고 습한 옷을 점점 벗어 던지고 가뿐한 몸으로 하늘 높은 곳으로 날아오른다. 달안개를 걷어 내고 아득히 높은 하늘을 차지한 달은 너무 투명하여 눈물이 나올 것 같다.

달이 뜨는 밤이면 아이들은 저녁 숟갈을 놓자마자 밖으로 뛰쳐나간다. 마치 그 달빛에 부림당하는 것처럼 짚단 속에 숨어 나올 줄 몰랐다. 한잠을 푹 자고 났어도 아이들 기척이 없으면 어김없이 볏단 속에서 코를 골고 있었다. 계집아이 사내애들 구분 없이 잠들어 있는 짚 덤불 속. 아양댁은 깨우려던 아이들을 그냥 두고 내팽개친 짚단 위에 앉는다.

부지깽이라도 빌려 와 썼으면 싶은 농번기, 여분의 어린 가을날에도 하루를 몽땅 저당 잡히곤 했다. 산더미처럼 쌓여 있는 짚단만큼 더 좋은 놀이터가 또 있으랴. 짚단을 파내어 깊고 아늑한 자리를 만들면 벼이삭을 갓 털어 낸 짚이 풍기는 냄새는 말할 수 없이 향기롭다. 그 속에 누우면 짚단이 벌려 놓은 그만큼 하늘은 싸락별을 안고 가만히 내려온다.

가을걷이는 끝이 났다. 벼를 거두어들인 들판은 이제 을씨년스러워졌다. 한쪽 팔을 잃은 허수아비도, 가을 한 철 순덕이 한없이 행복해했던 새집도 폐가처럼 쓸쓸하다. 중길 씨는 참새들을 기함케 했던 깡통 줄을 걷어 내어 내년에 쓸 요량으로 창고에 잘 보관해 놓는다.

구렁진 논은 보리갈이도 못하고 겨울 한 철 건달처럼 아이들과 잘 놀았다. 물이 고이는 길가 쪽에는 제법 얼음이 두꺼워 겨우내 아이들 썰매타기에 안성맞춤이다. 아이들은 그랬다. 제 주변의 어느 것 하나 놓치지 않고 놀이터로 만들어 잘 논다. 봄이면 물오른 가지를 꺾어 호드기를 만들어 불고, 여름이면 바다에서 멱을 감고, 달뜨는 밤이면 집 밖으로 쏟아져 나와 달빛으로 숨바꼭질을 한다. 가을 추수 때면 짚단에 묻혀 있던 아이들은 겨울이면 물이 언 곳을 찾아 팽구를 돌리거나 얼음지치기를 한다. 예나 지금, 아이들은 아무 탈 없이 잘 놀며 제 몸을 키워 나간다.

추수가 끝난 후면 신작로 가에나, 집 앞 논바닥에 깔린 널방석에는 누런 나락이 끝도 없이 해쪼임을 한다. 당장 먹을 우케는 수천네 방앗간으로, 볕에 잘 말린 날알은 곳간으로 향할 터이다.

채봉골 밭뙈기 고구마까지 다 캐 들인다. 척박한 땅인지라 겨우 손가락 모양을 면천했지만 황토밭이라 달고 맛있다. 흠이 없는 놈들은 헌 이불을 둘러 방 윗목에 모셔두고 그렇지 못한 것은 빚어 말린다.

산판을 쳐 땔나무까지 마련해 두었으니 밭에 퍼렇게 드러누운 배추로 김장하고 남새밭 한쪽을 깊이 파서 묻을무만 처리하면 겨울 채비는 끝이 나는가 싶었다.

그렇게 대강 월동 준비가 끝나면 동네 단 하나뿐인 목간통은 대목 맞은 장터처럼 바쁘다. 마을회관, 한 칸에 벽을 쳐서 앉힌 왜정시대의 유물인 목간통이다. 만사에 공평성을 주장하는 구장 필구 아범은 문 앞에 칠판 하나를 걸어 두었다. 그 칠판에 각각 하고자 하는 목간 날짜를 써 놓는다. 그러면 다음 집은 그 밑에 또 날짜를 적어 목간하는 날짜가 겹쳐지는 분란을 막았다.

가을걷이가 끝나면 목욕탕 칠판은 허옇게 빈틈이 없다. 열을 받아 물을 데우는 바닥만 무쇠일 뿐 둥글게 파서 콘크리트로 앉힌 가마다. 아궁이에 불을 먼저 지펴 두고 바닥에 깔린 나무판자가 위로 둥둥 떠오를 때까지 우물물을 퍼 날랐다.

필구 아범 글씨로 목간 날은 일곱 번째로 잡혀 있다.

"옴마, 이번에도 우리가 꼴찌가?"

"그라몬 니가 일등 할라 캤더나?"

언제나 일등 순위는 큰댁 영조 영감이다. 할아버지가 목간통 첫물에 몸을 담그는 건 녁셈에서 나온 옳은 답처럼 더 냉정한 순위라는 걸 아이들은 잘 알았다.

"옴마랑 큰 엄마캉 때 좀 쪼깬만 뱃기라이."

물동이를 들고 다시 우물로 돌아 나가던 순덕이 입이 삐죽 튀어나온다. 아양댁은 목간통 아궁이 앞에 들고 온 장작단을 풀어놓는다. 불쏘시개는 은수네가 쓰다 남긴 솔가지만도 넉넉하다. 순덕과 명덕이 물을 들어붓는 동안 때는 불이라 목간통 쇠 바닥은 금방 달아올랐다.

예정된 순서로 영조 영감과 중길 씨가 먼저 몸을 담갔고 그다음엔 막내동서와 조무래기 성수 민수가 함께 들어갔다. 구촌댁과 아양댁이 몸을 씻고 나오면 순덕, 명덕 차례다. 물도 식은 데다 둥둥 떠다니는 땟국을 바가지로 대강대강 걷어 내고 아궁이에 한소끔 장작불을 지펴 주고 돌아오면 저들은 밤새도록 목간통에서 놀았다.

일 년에 딱 세 번, 설날과 추석 전, 가을걷이 후에만 하는 목욕이니 날을 받아 종일 목간통에 매달릴 만한 큰일이다.

생치골의 만장들

월동 준비를 다 마친 후였다. 그때를 요량해 놓았는지 늙은 무당, 추선은 영조 영감 집을 뻔질나게 들락거렸다. 이마를 맞대고 모의한 은짬은 상길 씨를 위한 푸닥거리였다.

추선의 어머니도 무당이었다. 어렸을 적, 또래였던 추선에 영조 영감이 맘을 두었다는 얘기는 흐리마리한 전설처럼 간간이 사람들 입에 오르내렸다. 추선은 타관 사람을 남편으로 맞아들였다. 그녀의 아버지가 그랬듯, 남편 역시 주로 굿 음악을 반주하는 화랑이였다. 본디 세습무였지만 추선은 무당이 될 팔자였는지 그렁성저렁성한 신병을 앓아서 그럴싸한 허줏굿으로 입무의례(入巫儀禮)도 치렀다.

결혼을 하면서 본격적인 굿을 하게 된 추선이 화려한 무복에 부채와 방울, 신칼 등의 무구로 추는 춤을 보면 그녀의 작은 몸에 실리는 신의 큰 힘이 절실히 느껴졌다. 춤도 춤이지만 추선의 공수는 일색이다. 남편이 살아 있을 때, 추선의 신들림은 절정을 이루었다. 사변 중 남편을 잃고 혼자 굿을 하는 추선의 춤은 점차 맥을 놓아 갔다. 반주 없이 혼자 춤을 추는 고독한 무녀처럼 안쓰러워 보였다. 그러나 큰굿을 할 때면 타관에서 화랑이를 모셔 오기도 한다.

그녀의 집은 곳집과 어깨를 나란히 하고 앉았다. 들살에 겨우 등을 기대앉은, 저승과 이승이 함께 존재를 드러내는 듯, 추선의 집은 뿌무질해 놓은 듯, 음습한 기운에 휩싸여 있는 듯했다. 그녀의 외할머니가, 어머니가 그곳에서 살았고 추선 또한 그들처럼 굿이 없는 날엔 마을로 거동하는 일은 드물다. 추수가 끝나면 마을은 집집마다 곡식 추렴을 한다. 생계를 보장받는 대신, 마을의 모든 굿은 그녀가 도맡아 한다. 마을 사람들은 추선을 두고 다른 곳에서 무당을 모셔 오는 일은 삼갔다. 그것 또한 오랜 세월 동안 암묵리에 계약된 단골무당의 권리이다.

죽음과 삶의 경계에서 허우적이는 사람들을 삶의 편으로 끌어내기 위해, 신과 사람사이 매개체로 그 역할에 충실하기 위해 혼신을 다해 굿을 하는 추선. 그녀는 마치 비현실 속의 현실인 듯 늘 모호하다. 그런 추선이 굿판을 벌리면 전능한 그녀의 신이 들어앉은 눈은 영원히 꺼질 것 같지 않는 불꽃처럼 활활 타올랐다.

추선의 허벅진 굿으로 삶의 경계로 훌쩍 건너뛰게 하고 싶었던 것이었을까, 영조 영감은 아들 상길 씨를 위한 굿에 쌀을 두 가마니나 내놓았다. 쌀 두 가마니로 시작한 큰굿은 추선의 극진한 정성으로 준비되었다.

드디어 추선의 병굿이 열리는 날이다. 영조 영감 마당에는 동네사람들로 발 디딜 틈 없다. 불호령 같은 추선의 공수와 계면떡에 맘을 둔 사람들은 일찌감치 저녁상을 물린 다음 마당에 깔린 널방석의 앞자리를 차지하기 위해 발걸음을 재우친다. 추선의 굿 장단에 넋을 잃은 구경꾼들은 아예 그 자리에 앉은 채로 함께 밤을 새우는 게 예사다.

'나라대주 내 정신 반 남에 정신 반

들락날락 증세 흐린 정기

대병원 치료받고 소병원 치료받고

한약에 두 약제가 침을 맞아도 효험 없으렷다……'

추선의 목소리에 갑자기 위엄이 넘쳐난다. 신대가 울리고 요령 소
리가 잦아질 때쯤, 마당 사람들은 모두 숨을 죽인다.

'에잇 괘씸한 것들 너희 죄를 아느냐, 모르느냐. 배가 고파 기진하
고 목이 말라 기진한 너희 부모 조상 이승도 못 잊고 저승길도 못 가
고……'

추선의 공수가 불호령으로 떨어지자 구촌댁은 추선의 발밑에 머리
를 조아린다. 그저 두 손을 비비며 미련한 인생 모르는 것이 너무 많
아 죽을죄를 지었다고 빌고 또 빈다. 꽹과리와 신방울 소리가 높아지
면 추선의 회무는 절정을 치닫는다.

그러나 상길 씨 정신은 돌아오지 않았다. 영조 영감의 기대와는 달
리 추선의 굿은 아무 소용도 없었다. 그 소용없음에 지친 듯, 영조 영
감은 비상책을 내놓게 된다.

영조 영감의 마음을 알기에 아무도 허물잡지 못한다. 젊은 시절 대
처 물로 생각이 깨어 있는 아들 중길 씨조차 묵묵하게 받아들인다.
당신 살았을 적에 결판을 내고 정리하겠다는, 이왕 사람 구실 못하는
몸, 당신이 묻고 떠나겠다는 깊은 속내를 짐작하기에.

결국 그날이 다가왔다.

하늘은 금방 주저앉을 듯, 먹장구름을 모아들인다. 아직 가을도 제 몸을 추스르지 못했는데 바람은 머리 풀어헤친 귀신처럼 음산하게 골목을 쏘다니며 울어 댄다. 아양댁은 무거운 발걸음을 옮긴다. 큰동서, 구촌댁을 생각하면 착잡하고 서글프기 짝이 없다.

상길 씨는 아양댁이 시집온 다음 해에 변을 당했다. 전쟁 통이었다. 그 시끄러운 세상은 영조 영감 집안을 그냥 지나쳐 가지 않았다. 천성이 순한 영조 영감도 탈바꿈하려 용을 쓰는 교활한 세상에 휘말리고 말았다. 전장에 나간 맏이, 원길 씨의 비보에 아직 정신을 차리지도 못한 집안이었다. 장가도 가지 못한 원길 씨는 아들만 넷을 둔 집안의 첫 번째 희생이었다. 그 죽음에 각기 슬픔은 빛깔을 달리했다. 아들들을 대신해 먼저 전쟁터로 보내야 했던 부모 마음, 마치 저들을 대신해 서둘러 목숨을 내놓은 듯 죄의식에 사로잡힌 동생들 몫의 슬픔이었다.

그러던 어느 날 밤, 상길 씨는 경찰서로 불려갔다. 보도연맹에 등록된 이름들에 대한 1차 조사였다. 물론 빨갱이 잔당을 뿌리 뽑으려는 작전이라는 건 까마득한 짐작 밖이었다. 얼마나 고문을 당했을까, 며칠 후 반죽음으로 돌아온 상길 씨는 앓아눕기 시작했다.

그저 몇 밤을 자고 나면, 그 신열만 잡으면 벌떡 일어날 줄 알았다. 생파같이 당한 일이라 그런 생각밖에 할 수 없었다. 온몸에 푸르퉁퉁하게 멍이 든 상처에 된장을 바르고, 똥으로 담근 술을 먹이고, 그렇게 조약만으로 잘 다스리면 아무 탈 없을 줄 알았다. 그래서 언제냐는 듯 일어나 지겟가지에 동바를 두른 꼴 한 짐을 지고, 실한 기침 앞세우며 사립문을 들어설 것이라 믿었다. 그러나 상길 씨는 그렇지 못했다. 신열 끝에 헛소리를 달아내더니 아예 제정신을 찾지 못했다.

그 와중에 사건은 더 크게 번지고 말았다. 상길 씨가 지서에 다녀온 뒤 줄줄이 끌려간 사람들은 구조라 뒷산에서 총살당한 무더기 시체로 발견되었다. 춘자 아버지의 주검도 그곳에서 찾아냈다. 모든 게 정신을 놓친 상길 씨에게 불리한 조건으로 맞아떨어졌다. 어쩔 수 없이 상길 씨가 꼬아바쳤다고 믿을 수밖에.

그렇게 믿고 싶었을 것이었다. 너무 믿을 게 없는 세상이었으니까. 아무도 진실은 알아내지 못했다. 그 진실을 말해 줄 사람은 총에 맞아 죽었거나 살아남은 자는 정신을 잃은 지 오래였다. 단지 하늘만 알고 있을 일이었다.

하늘만 알고 있는 게 성이 안 차는지 춘자네는 구촌댁 면전에 온갖 악다구니를 다 퍼부었다. 구촌댁이라고 아는 것이 있을 턱이 없었다. 아니라고 우길 호락호락한 뱃심도 없고, 그렇다고 엎드려 사죄해야 할 근터구도 없었다.

그런저런 이유들 때문에 영조 영감은 맘 놓고 정신 놓친 아들 병원 한 번 데려가지 못했다. 광에 가두어 두었어도 이웃이 눈치 보이고 양심이 허락하지 않는 일이라며 숨죽여 살았다. 그저 죄송한 듯 요란하지 않게 앓아야 했고 그게 도리인 듯 조심조심 병간호를 해야만 했다.

그러던 영조 영감이다. 그 영조 영감 마음이 갑자기 변했다. 영조 영감, 당신 자신의 연로한 생과 시름시름 희망도 없는 아들에 대한 삶의 한계를 짐작한 듯했다.

아양댁은 심란한 마음으로 큰댁 사립짝을 밀고 들어섰다. 마당엔 벌써 괴이쩍은 기운만 넘놀고 있다. 불안과 아픔이 조합된, 미묘한 기류이다.

마당 한가운데는 바구니가 덩그마니 놓여 있다. 어장막에서 갖고 온 그 바구니에 중길 씨는 단단한 나일론 줄로 테를 메우고 있다. 세 점의 위치가 의심스러운지 중길 씨는 긴 손가락을 맘껏 펴 가늠을 한다. 마당 사람들은 소리는 없지만 마치 막중한 작전 개시를 명령받은 전사처럼 신중하다.

덕재 씨가 두 손으로 바구니를 틀어 안고 일어섰다. 손에 쥔 열쇠꾸러미가 그의 걸음에 맞추어 딸랑거렸다. 회색 잠방이 밑으로 드러난 그의 구릿빛 종아리엔 퍼렇게 돋아난 핏줄이 가닥스러운 잎맥처럼 어지럽다. 마치 사내끼로 붕어를 잡기 위해 연못으로 가듯, 바구니를 겨드랑이에 끼고 천천히 걸음을 옮겼다. 광을 개조한, 늘 자물쇠로 닫혀 있던 골방 앞이다. 조심스레 바구니를 내려놓은 그가 배불뚝이 자물쇠 밑구멍에 열쇠를 후비어 넣는다. 철꺼덕, 자물쇠는 비명처럼 예리한 금속성 소리를 토해 낸다.

갈치 몸에 살이 돋기 시작하는 가을이 오면 중길 씨는 낚시질로 꼬박 밤을 새는 날이 빈번했다. 밤 서리에 축축하게 젖은 몸으로 돌아온 중길 씨는 그중, 머드러기만 골라 순덕이 손에 들려 보냈다. 큰댁, 형님 상길 씨 몫이었다.

그런 날 아침이면 구촌댁 부뚜막엔 누렇게 잘 익은 청둥호박과 매운 고추를 넣은 갈치국 냄새가 진을 쳤다. 국그릇에 갈치 하얀 살을 발라 놓고 행여 잔뼈를 껴묻고 있는 건 아닐까, 손끝으로 호박 살을 유심히 발라냈다.

정지간 바닥에 쭈그리고 앉은 그런 구촌댁 손등 위에 샛비재가 실어 나르는 빛살이 살포시 내려앉았다. 뽀얀 입자를 호호 불며 행여 그 햇살 속의 먼지가 주저앉을까, 구촌댁의 염려는 내내 그 갈치국 앞을 떠나지 못했다. 시아버지, 영조 영감이 기침 소리를 앞세우면 구촌댁이 밥상을 들고 서서 열리기를 기다리던 골방 문이다.

샛비재 아침 해가 물둘레처럼 퍼져 나간 나뭇결을 선명하게 비추어 내던, 그 문을 덕재 씨가 활짝 열어젖힌다. 그악스런 그의 손에 잡힌 문은 제 몸을 추스르지 못해 잠깐 휘청거린다.

덕재 씨가 문턱을 넘어선다. 성큼 걸음으로 몸을 숨긴 그의 기척도 방 속으로 숨어들고 만다. 덕재 씨를 삼킨 방문은 오랜만의 바람으로 조심스레 흔들린다. 햇살이 쓸고 다니는 바깥에다 광속에 갇힌 사람을 내동댕이쳐야 한다는 두려움인지 모른다.

덕재 씨는 하얀 무명 이불로 상길 씨를 싸안고 나온다. 그 광경을 맞받아 낼 용기 있는 사람은 아무도 없다. 마당 사람들은 아무 일 없다는 듯, 하던 일을 계속한다. 구촌댁은 정지간에서, 중길 씨는 손수레 바퀴를 손보면서, 영조 영감은 그 아침에 아무 소용도 없는 두엄 발치의 거름을 쓸어 모으느라 쇠스랑질을 해댈 뿐이다.

덕재 씨는 양손에 가볍게 들려 있는 남자를 바구니 속에 담는다. 남자의 머리가 바구니 시울 나붓이 걸려들었다. 혼자 앉기엔 더넘찬 바구니 테두리에 까만 머리카락이 나부낀다. 머리칼이 잠깐 움칠하는가 싶었다. 그러더니 바구니 밖을 살피는 창백한 얼굴이 삐죽이 보인다. 세상을 눈부셔 하는, 아니 세상을 두려워하는 겁먹은 눈빛이다. 잠시 바깥을 살피던 눈빛은 바구니 안으로 숨고 말았다.

영조 영감은 계속 쇠스랑질만 한다. 바구니를 두고 돌아선 덕재 씨가 담배 한 대를 다 피운 후에야 영조 영감이 마당으로 걸어 나온다. 바구니에 메운 테를 잡아당기기도, 무명 이불자락을 다독이다가 뼈만 남은 주름진 손가락을 구부려 아들의 머리칼을 쓸어 넘긴다. 마치 빗질하듯, 그렇게. 억센 손가락 마디들이 잔바람 달린 나뭇가지처럼 바르르 떨리는가 싶었다.

구촌댁은 아궁이에 불만 때고 있다. 거위영장 같은 몸이 한없이 측은해 보인다. 정지간에 발을 디딘 아양댁 기척에도 고개 한 번 돌리지 않는다. 그냥 아궁이 속에서 활활 타오르는 불꽃에 넋을 꽂아 두고 있을 뿐이다.

구촌댁처럼 무릎을 세우고 옆에 앉았다. 암말 없이 구촌댁이 지어 올리는 그 불꽃만 바라보았다. 구촌댁 슬픈 눈빛으로 타고 있는 불꽃이다. 함께 같은 곳을 바라본다는 것이 깊은 위안임을 아양댁은 이미 안다. 그건 구촌댁이 아양댁에게 몸소 보여 준 방법이다. 어떤 어려움 앞이든 구촌댁은 그녀와 한 치도 어긋나지 않은 자리에 서서 이해해 주었다. 그게 얼마나 아양댁에게 큰 힘이 되어 주었던가. 제 상처가 깊은 사람은 남의 상처를 쉽게 헤아릴 줄도 안다. 구촌댁이 그랬다.

재작년 늦여름, 남편이 중뿔나게 상률네 점방 집을 드나들던 때도 그랬다. 남편과 상률네가 그렇고 그런 사이로 동네 안에 파다하게 소문이 퍼졌을 때도 소매를 걷어잡고 분연히 일어선 사람도 구촌댁이었다. 남의 일에 감 놔라 배 놔라, 결코 함부로 덤벙대는 구촌댁이 아니었다. 그러나 맘속엔 누구도 함부로 간여할 수 없는 잘 달구어진 불덩이를 지니고 사는 여자였다.

"니 어데라고 함부로 넘우 남정네한테 배를 내밀라꼬 하노?"

언제나 여낙낙하기만 했던 구촌댁의 눈꼬리가 순식간에 치켜 올라가면서 상률네 점방문을 쾅, 소리 내어 열어젖혔다.

"난쟁이가 교자꾼 탐낸다 카더만, 이기 그 쪼다리네. 뭔 잘난 인물이라고 얼토당토않은 남자를 넘볼라 카노. 그 쌍판에 꾸찌분이만 입술에 찍어 발라 대몬 달라진다 카더나. 어데 넘어다볼 데를 넘어다봐야제. 번듯하고 조신한 처자 있고 알밤 같은 새끼 거느린 남정네한테 니가 뭣땜시로 히야카시를 걸고 자빠졌노?"

중길 씨가 멸치를 싣고 마산으로 떠난 점심나절이었다. 그런 때를 별러 왔던 모양인 듯 구촌댁은 상률네 저고리 앞섶을 움켜쥐었다. 그 수련한 몸피 어디에서 힘이 솟는 것일까, 참 대단했다. 상률네 곰보 나일론 적삼은 구촌댁 손아귀에 왈칵 잡혀 들었다. 종내는 구촌댁 아귀힘에 상률네 저고리마저 홀라당 벗겨지고 말았다.

구촌댁은 손에 잡힌 저고리를 잡아 뜯기 시작했는데, 나일론이란게 만만찮았다. 구촌댁 손힘으로는 어림도 없었다. 어찌된 물건인지온 힘을 다 빌려와 찢어 대도 꿈쩍도 안 했다. 악다구니를 해대며 저

161

고리를 뺏으려는 상륜네를 밀어젖히더니 점방 선반에서 성냥 한 통을 꺼냈다. 나일론의 무서운 적이 불이라는 걸, 구촌댁은 입어 보지 않아도 알고 있었다. 잡아 뜯겨 만신창이가 된 판에서도 구촌댁 손에 잡힌 성냥을 뺏느라 상륜네는 정신이 없었다. 제 치마끈이 훌렁 벗겨져 땅바닥에 주저앉는 것도 모르고.

상륜네 벌거숭이 아랫도리가 적나라하게 드러나고 말았다. 밤새 어느 사내에게 요분질을 하다가 속옷 입는 것도 잊었는지, 사타구니 사이엔 시커먼 거웃이 포강(큰골 저수지)에 죄다 빠진 무성한 수풀 같았다. 싸움판을 둘러싼 사람들이 술렁거리다간 그예 웃음을 참지 못했다. 서슬 퍼렇게 달려들던 상륜네는 만천하에 공개된 아랫도리에 겨우 제정신이 잡힌 모양이었다. 기세가 꺾인 상륜네는 땅바닥에 구렁이 허물처럼 주저앉은 치마를 주섬주섬 걸치고 슬그머니 점방 안으로 물레걸음을 치고 말았다. 구촌댁 손에 잡혀 든 나일론 적삼에 안타까운 눈만 꽂아 둔 채.

"아이고 요년 봐라. 지 밑구녕 내놓은 줄도 모르고 적삼만 눈깔에 들어오는 갑다."

결국 구촌댁은 상륜네가 목숨처럼 아끼는 나일론 적삼에 성냥불을 긋고 말았다. 오그라지며 까맣게 타들어 가는 나일론 적삼, 빙 둘러선 구경꾼들이 뭘 먹을 거라도 되는 양, 도리깨침을 꿀꺽 삼켰다. 아양댁이 봐도 아까웠다. 그래도 곰보 나일론인데……. 뭉글뭉글 타며 오그라든 곰보 나일론 적삼이 남겨 놓은 잿더미는 놀랍게도 한 숟가락도 되지 않았다. 마치 상륜네에게 거쳐 간 뭇 사내의 보잘것없는 마음의 부피이듯 했다.

그랬던 구촌댁이다. 그때의 불덩이는 어디에다 감추어 둔 겔까. 부엌 아궁이 앞에 앉은 그녀는 초라하고 가련해 보인다. 뒤에서 가만 보듬어 주고 싶다.

"행님."

아양댁은 맘과는 달리 부지깽이를 쥔 구촌댁 손을 잡는다.

"와?"

"그냥예."

구촌댁은 부지깽이로 톡톡, 아궁이 속을 친다. 파르르 불꽃이 일었다. 불꽃은 부지깽이에 놀라 사방으로 튀어 달아난다.

"사는 기 뭐 별기가. 이리 사나 저리 사나 죽는 거는 딱 한가지다. 잘 살다 죽은 놈이나, 순덕이 저거 큰아부지 맹키로 저렇게 살다 죽는 기나, 똑같제. 지 몸 썩어 흙 되는 거는 매한가지고."

"……."

"세상을 다 잘못 만나서 저리 된 기제, 순덕이 저거 큰아부지가 모질고 독한 사람은 아인 기라. 사람들은 빨개이 빨개이 하는데 사실로 말하자몬 그 짓 안 한 사람이 어딧노? 눈뜨면 빨건 깃발이 날리다가 또 하룻밤 자고 나면 다른 깃발이……. 정신을 못 차릴 정도로 미쳐 돌아가는 세상, 어데다가 장단을 맞쳐서 깨춤을 추야 할지, 그 판단 잘하기가 저거들은 그렇게 쉽던가. 그러다가 잽히 들어갔제. 몽디 들고 자꾸 닦달을 해대면 없는 말도 지어낼 판인데, 귓속질 그거, 왜 몬해? 사람을 쥑인다고 달라드는데. 벗바리 하나 변변찮은 사람들만다 당했는 기라. 저 뭐시고, 큰골에 정서방은 빨개이 짓을 좀 했나. 그 사람은 진짜 새빨갱이다. 그 짓 잘만 하더만은 시퍼렇게 잘만 살아 있더라. 저거 삼촌이 부산에서 뭔 벼슬했다 카던데, 그 사람이 미리 알고 숨카 준기라. 어중간한 사람들만 잡아 죽이고 진짜 빨개이는 내보란 듯이 잘 먹고 잘 살더라. 그 사람들 천수 만수 누릴 끼다. 죽은 사람들 목숨 다 뺏아 갖고 말이다."

손에 쥔 부지깽이 허리께에 눈물방울이 뚝 떨어진다. 그때 막내동서 수원댁이 부산스레 정지간을 들어선다.

"행님들 여 계시네. 마당 사람들 뭐 한다고 저라는데요?"

"니는 입이나 좀 다물고 있어라."

"와예? 지는 이 집사람 아입니꺼?"

아양댁은 수원댁에게 눈딱총을 놓으며 입단속을 시킨다. 아양댁 서슬에 막내동서 수원댁은 움찔, 그제야 눈치차림으로 마당의 사태를 짐작한다.

밖에 사람들은 벌써 사립문을 나서고 있다. 상길 씨를 실은 손수레가 천천히 움직인다. 덕재 씨가 운전대를 잡았고, 중길 씨는 뒤에서 수레를 미는 시늉만 열심히 하고 있다. 밀고 끌고 할 만큼 별스런 무게도 아니다. 건성으로 미는 수레는 집 앞 신작로를 굴러가고 있다. 뒷짐을 쥔 영조 영감은 말없이 수레 뒤를 따른다.

그때까지 꿈쩍도 하지 않던 구촌댁, 수레가 멀어지자 아궁이 앞을 털고 일어나 안뒤꼍으로 걸어갔다. 구촌댁은 남새밭을 하릴없이 헤집고 다닌다. 김장 배추를 걷어 낸 빈 이랑엔 시들해진 시래기들이 널려 있을 뿐이다.

"니는 따라가 보거라. 수건 하나 들고 가서 순덕이 큰아부지 입이라도 닦아 주야 안 되건나. 빙빙 돌리싸몬 배미나(좀) 어지럽겄나. 뒤집어진 속에서 생목꺼정 넘어올 끼다. 그라거던 좀 닦아 주거라."

"야. 그라몬 제가 가 볼랍니다."

"그라거라."

구촌댁은 아양댁이 정지간을 빠져나올 때까지 빈 배추 밭에 빠진 눈길을 빼낼 줄 모른다. 수레가 지나간 길을 헐레벌떡 따라갔다. 언제 달려갔는지 막내동서, 수원댁이 해적해적 앞서 걷는다. 수원댁 고동색 치마 자락이 골목길에 휩싸였다간 다시 나타나곤 한다.

바다가 훤한 길에 다다랐다.

돌림나무에는 언제 준비해 둔 걸까, 아직 잎을 다 떨구어 내지 못한 가지가 동아줄 한 가닥을 매달고 있다. 마치 하늘에서 내려온 듯, 아득한 동아줄에는 바다에서 불어온 바람이 매달려 그네질을 하고 있다.

그 아래에서 수레는 잠시 쉬고 있다. 덕재 씨는 돌림나무 대밑둥에 걸터앉아 주머니를 뒤진다. 손에 잡혀 나온 건 헝겊 쌈지다. 국방색 담배쌈지 안에서 불겅이를 집어내어 무릎 위에 놓인 종이에 골고루 깔아 놓는다. 가장자리에 침을 발라 마무리한 담배를 입에 문 덕재 씨가 성냥을 긋는다.

중길 씨는 한참 후에 아양댁 눈에 잡힌다. 그는 돌림나무 뒤쪽에 숨듯 서 있다. 아름드리 둥구나무 등에 기대서서 멍히 나뭇가지를 올려다보고 있다. 중길 씨의 크고 깊은 눈에 뭔가가 가득 고여 드는 것 같은, 그 내용은 훤하다. 그것들이 금방이라도 응어리가 되어 바닥에 툭, 소리 내며 떨어져 내릴 것 같다. 덕재 씨가 반쯤 피운 담배를 발로 비벼 끄고 두루미걸음으로 바구니 앞에 걸어간다. 그리고 동아줄에 바구니를 묶기 시작한다. 결국 돌림 짓이 시작된 것이다.

먼저 바구니를 몰고 뒷걸음질을 친 사람은 덕재 씨다. 바구니를 몰고 가는 그의 윗도리 뒷자락은 담아 들인 바람으로 고무풍선처럼 부풀어 오른다. 바구니를 밀어낸 사람이 뒤로 물러서자 맞은편의 중길 씨가 다가오는 바구니를 붙잡아 다시 힘껏 밀어낸다. 바구니는 회오리바람처럼 빙빙 돈다. 작은 포물선을 그리며 돌던 바구니는 점점 희미한 점으로 변해간다. 그 회색 점은 돌림나무 밑을 왔다 갔다, 계속 무의미한 그 짓만 해댄다.

상길 씨 창백한 얼굴은 바구니 언저리에 걸려 움직일 줄 모른다. 그가 쏟아 낸 묽은 액체는 흩어진 실오라기처럼 바구니 끝을 따라갔다간 오곤 한다.

어지럼증에 서 있을 수가 없다. 속이 유글유글하다. 어장막 벽에 기대어 속엣것을 게워 내었다. 토악질은 멈추어지지 않는다. 하늘을 쳐다본다. 아양댁 눈에 담기는 하늘도 빙빙 돌고 있다. 돌아다보니 바구니에 담긴 상길 씨도, 바구니를 밀어내는 중길 씨도 휩싸여 돈다. 다시 제 앞으로 돌아오는 바구니를 노려보는 덕재 씨도 뒷짐을 지고 쓰러질듯 서 있는 영조 영감도 함께 돌아가고 있다. 세상이 죄다 돌고 있다. 아양댁 정신도 자꾸 빙빙 돌기만 한다.

'침을 닦아 드리야 하는데…….'

중얼거리는 아양댁 앞으로 바구니는 갔다가 다시 돌아온다. 손수건을 쥔 손마저 신들린 듯 덜덜 떨린다.

그 돌림 짓은 단솥에 물 붓기였다. 험하고 어지럽게 산 세상에 상길 씨는 고요히 손을 놓아주고 만다. 오랜 동안 시달렸던 악몽에서 풀려나 훨훨 날아 어디론가 자유로운 세상으로 떠났다. 아들을 둘이나 앞세운 영조 영감도 장례를 치른 닷새 후에 잠을 자듯 눈을 감았다.

두 사람이 떠나던 날, 생치골 언덕엔 어쩜 그렇게도 찬란한 만장이 바람에 펄럭이던지……. 핏빛처럼 붉은, 여름날 나뭇잎처럼 차디찬 초록, 더 이상 한계를 넘을 수 없이 맑은 노랑이 그들 가는 마지막 생치골에 슬프게 펄럭였다.

구촌댁은 한동안 넋을 잃은 듯 말이 없었다.

그러던 어느 날, 전사처럼 분연히 일어나 골방 문을 뜯어내었다. 마당에 내팽개친 문짝을 도끼날로 찍어 댔다. 그리고 골방을 허물기 시작했다. 벽지를 뜯어내고 남편이 덮었던 무명 이불을 불태우고, 그예 구들까지 파냈다.

"아양 행님, 큰일 났심더. 아무캐도 구촌 행님마저 돌아쁜 기 아인가 모르겠심더."

호들갑스럽게 달려온 수원댁이 제 머리 위에다 수없이 맴을 그렸다. 아양댁은 불풍나게 큰댁으로 달려갔다.

구촌댁은 불에 타들어 가는 이불 앞에서 멍히 앉아 있었다. 구촌댁을 위해 세상에 남아 있는 것은 없었다. 이제 온 맘으로 수발을 들어야 할 사람도 없었다. 시어른과 남편의 시중이 삶을 지탱하는 이유였고 핑계였는지 몰랐다. 그랬을 것이다. 구촌댁은 제 존재 이유를 생치골 너머에다 깡그리 묻고 말았다. 그 허탈함을 견디지 못했다.

그런 몇 밤이 지난 후 구촌댁은 제집에 불을 지르고, 타 번지는 그 불길과 함께 세상을 떠나고 말았다. 제 삶과 남편의 구차한 생의 궤적이 스며 있는 흔적까지 깡그리 불로 없앤 구촌댁은 불길 속에서 한 많은 삶에 막을 내리고 말았다.

중길 씨는 그런 구촌댁을 제 형님, 상길 씨와 합장했다. 구촌댁 상여가 나가던 날, 춘자네는 서럽게 서럽게 울었다. 그런 울음소리로 춘자네는 가슴에 맺힌 한을 풀어냈다.

얽명시

해토머리 낌새를 알아차린 들마꽃이 앉음앉음마다에 노란 꽃송이를 틀어 올리던 이른 봄날이었다. 냉기를 걷어 낸 흙은 더없이 부드럽고 다정했다. 철 이른 그 봄날 수지가 떠났다. 수지는 제 엄마가 떠난 후, 2년이나 더 살다 갔다.

감기 걸린 아이처럼 부다듯하더니 열을 잡지 못하고 혼수상태만 계속되었다. 나이 든 신 의사가 오랜만에 맨정신으로 들어왔다. 술을 입에 댔다 하면 고주망태가 되어야 끝을 내는 신 의사는 사실 자격증 같은 건 없다. 그렇지만 병원 조수 생활로 익은 그의 의술을 마을 사람들은 하늘같이 받들어 모신다. 대문을 들어올 때는 테두리가 허옇게 낡긴 했어도 왕진가방까지 갖추고 청진기까지 들이밀며 시늉은 제법 그럴싸했다.

예정된 죽음인지라 청진기 잡은 손놀림이 건성건성 수지 몸을 더듬는가 싶었다. 아이 치료하러 온 맨정신의 신 의사는 중길 씨와 주낙에 걸린 장어 회로 그예 술판을 벌리기 시작했다. 나중엔 술이 술을 부르더니 두 사람은 벌써 코끝이 벌겋게 물이 들어 문뱃내만 풍겨 댔다.

그때 아이는 이 세상을 떠나기 위해 몸의 열을 쏟아 내는 중이었다. 아양댁이 할 수 있는 건 물수건으로 몸을 닦아 주는 일뿐이었다.

얀정머리 없는 신 의사는 중길 씨와 주고받는 술잔에만 온 마음을 둘 뿐이었다.

술잔으로 시간을 노닥거리는 중길 씨 맘을 모르는 바 아니었다. 그는 제대로 살아 보지도 못하고 가는 딸아이와의 이별을 그렇게 술 힘으로 버티는 중이었다.

돌아다보니 중길 씨 눈가가 미음 돌듯 젖어 들었다. 눈에 고인 울음 속에 아픈 마음이 죄다 고여 있었다. 그리고는 휑하니 장독간 모퉁이로 돌아갔다. 눈동자에 맺힌 핏발들이 금방이라도 툭 불거져 나올 것 같았다. 결국 눈에 맺힌 눈물들을 쏟아 냈다. 눈치 없는 신 의사는 자꾸 술을 더 청했다. 안주가 기가 막히다, 는 너스레를 늘어놓으면서.

"아지매, 오늘 밤 넘기기가 좀 어렵을 깁니다. 준비를 하이소."

마을의 모든 굴뚝이 사리사리 피워 올린 연기들이 억지 부리는 아이처럼 땅바닥에 드러눕던 해거름 녘이었다. 왕진 나온 신 의사는 몸을 제대로 가누지 못했다. 그래도 신 의사가 술에 다 뺏기고도 남겨 둔 자투리 정신이 있었던지 툭, 던져 놓고 간 말이었다. 그런 신 의사를 중길 씨는 휘청거리는 걸음으로 부축해서 대문 밖으로 나갔다.

수지가 떠날 때쯤, 옥여봉 노을은 미친 듯 요염했다. 근간에 보기 드물게, 노을은 화려한 불꽃처럼 타올랐다. 그 노을에 반사되어 맞은편 샛비재도 얼씨구나 맨몸을 부끄럼도 없이 드러내고 있었다. 마치 속옷을 다 벗어젖히고 드러누운 논다니 계집년 같았다.

바위 틈새로 보였다 숨었다, 숨바꼭질하듯, 샛비재 길이 낡은 끈처럼 끊어졌다간 다시 이어졌다. 수지가 늘 오르고 싶었던 길이었다.

봄가을 거르지 않고 치르던 소풍날에도 한 번 데려가지 못했다. 등에 업으면 그렇게 힘에 부치지 않을 몸피였다. 그러나 그 아이를 등에 실어 나른 적이 한 번도 없었다. 그 길을 올려다보았다. 그러면서 자신의 맘을 가만 들여다보았다.

남들은 수지에게 더 이상 잘할 수 있으랴, 입을 모았지만 그건 가당찮은 치사였다. 수지가 그렇게 소풍날을 기다렸지만 그 아이를 맘 놓고 세상에 떡하니 내놓지 못했다. 마음 깊은 곳에는 분명 뭔가 도사리고 있는 게 분명했다. 여태껏 아양댁을 지배했던, 그건 꼬라지만 미끈한, 허드재비 같은 위선이었다.

아이의 몸을 어루만져 주었다. 열만 펄펄 끓여 대던 아이는 새근발딱 할딱거리기 시작했다. 진이 다 빠져나간 몸을 떠날 준비였다. 살속도 맛보지 못하고 떠나는 아이가 지닌 것은 아무것도 없었다. 제 나잇값에도 못 미치는 짧고 앙상한 뼈마디는 언제 살을 붙여 보았는가 싶을 정도로 가냘팠다. 순덕이 등에 붙어 생을 등업이로 마감한 보잘것없는 몸이었다. 그 몸을 닦아 나갔다. 제구실을 한 번도 못해 본 기관이 더 많아 보였다. 몸엣것 한 번 치르지도 못한, 제 어미처럼 따뜻하게 남자를 안아 보지 못하고 생을 마감하는 아랫도리에는 샅털도 키워 보지 못한 채 민틋했다. 마비된 하체로 제법 구실을 한 건 엉덩이뿐이다. 그 엉덩이는 벌겋게 헐었다가 나은 자국으로 멍이 든 것처럼 푸릿푸릿했다.

가슴은 나잇값을 하느라 발버둥 쳤던 모양이다. 손가락 두 마디도 안 되는 앙가슴 양쪽에 팥알만큼 돋아난 젖꼭지가 응어리를 틀고 앉았다. 두 손으로 문질러 주자 그것들이 바람꼭지처럼 돋아 올랐다. 그때 수지가 게슴츠레 눈을 떴다. 그러곤 엄마, 하고 나지막하게 불렀다. 흐릿한 눈에 아양댁이 제 엄마로 보였던 것이었을까. 아니면 살갑지는 않아도 한맘으로 거둔 아양댁에게 불러 보고 싶었던 말이었을까.

그렇게 펄펄 끓던 몸은 숨을 놓으면서 점점 식어 갔다. 수지는 그렇게 갔다.

신 의사를 데려다준다고 나간 중길 씨는 한참 동안 들어오지 않았다. 그랬어도 아이들을 풀어 찾아낼 생각은 안 했다. 수지 가는 길을 피해 일부러 나간 그 마음은 알고도 남았다.

순덕이 제일 많이 울었다. 정지간 문턱을 넘을 때, 뒷간을 나올 때도 울기만 했다. 순덕은 수지를 업고 다니느라 제 등이 홀가분한 날이 제대로 없었다.

수지가 죽던 봄날에도 달은 밝았다. 달밤을 좋아하는 수지를 위해 창을 다 열어 놓았다. 수지는 마을 가까이 내려오는 여름날 달을 유난히 좋아했다. 희붐한 여름 안개로 젖어 내리는 달빛은 마치 손에 잡힐 듯 가까웠다. 어린 수지의 마음도 그랬을까, 그 달빛을 잡으려고 여리고 맥없는 팔을 허공에다 휘저어 댔다. 수지를 업은 순덕은 뿌옇게 젖어 든 달빛을 받고 앉았다. 등에 업힌 채 축대에 엉덩이를 걸친 수지는 노래를 불렀다. 더러는 일본말로, 순덕이가 학교에서 배워 온 노래들이기도 했다. 목소리가 애잔해서 마치 눈물이 배어 있는 것 같았다.

밀물지는 밤이면 다릿목 개어귀를 건너 바닷물은 스름스름 갈대밭을 스며들었다. 도랑을 차고 신작로를 덮친 바닷물은 지대가 높은 국민학교를 문 앞에 두고 걸음을 멈추었다. 새름골 길마다 온통 물바다로 변했다. 아이들은 그 물 속에 뛰어들어 첨벙거렸다. 바닷물에 떠밀려 온 시그리(燐光)를 묻힌 아이들 무릎은 번쩍번쩍 반딧불이를 달고 다니는 듯했다. 그런 밤이면 순덕이도 수지를 업고 물속에 발을 담갔다. 첨벙대는 순덕의 발소리에 맞추어 등에 업힌 수지는 오랜만에 자지러지듯, 웃음을 토해 냈다.

속초댁은 수지가 마지막 겨울을 맞던 해에 다니러 왔다. 설을 기다리는 아이들 옷을 치수 하나 틀리지 않고 마련해 왔다. 순덕은 깃이 둥근 코트와 발등에 끈이 지나가는 구두를 받고 밤새 잠을 이루지 못했다. 명덕과 점덕은 두꺼운 스웨터에 바지였다. 그 아이들도 운동화까지 얻어 신게 되어 입이 찢어질 듯 좋아했다. 제일 나이 든 수지의 옷은 치수가 낮았다. 코끝에 테를 두른 고무신도 그중 문수가 적었다.

수지는 제 엄마가 사 온 고무신을 무척 좋아했다. 저렇게 좋아할 줄 알았더라면 그까짓 고무신 한 켤레 사 줄 걸.

아양댁은 그게 가시처럼 맘에 걸렸다.

속초댁은 그날 밤, 아양댁과 큰방에서 잤고 남편 중길 씨는 베개를 들고 혼자 아랫방으로 내려갔다. 일찌감치 불이 꺼진 아랫방이었지만 잠을 이루지 못하는 중길 씨의 숨소리가 문밖으로 스며 나오는 것 같았다.

그날 밤, 속초댁은 자는 수지 옆에 누워 많이 울었다. 그러다간 아양댁 손을 잡고 또 서럽게 울었다. 그다음 날, 속초댁은 중길 씨가 주낙 떨어뜨리러 바다로 나간 사이에 아침 여객선으로 떠났다. 중길 씨는 속초댁을 편하게 보내 주고 싶었던 모양이었다. 그 속마음을 알았는지 서로 얼굴을 피해 손을 나누는 걸 보면.

수지 죽음은 속초댁에게 천천히 기별을 보낼 요량이었다. 수지는 꽃상여를 타고 갔다. 수지의 상여를 위해 순덕과 점덕은 점순이네 너른 마당에서 밤새 꽃을 만들었다. 수지가 그렇게 좋아하던 고무신은 들메끈으로 야무지게 묶어 신겨 보냈다. 붉은 띠로 신돌이를 한 코고무신이었다.

저세상 가거든 이 신발 신고 훨훨 날아다녀라.

눈가가 빨갛게 부어 오른 중길 씨가 딸을 위해 마지막으로 한 말이었다. 수지가 떠나던 날은 꽃샘잎샘바람이 유난했다.

'허어 수지가 세상에 대한 미련이 남았는가 베.'

길을 나아가지 못한 상여꾼은 수지의 맘이 바람으로 몰아치는 게라고 했다. 수지 누울 자리에는 진달래가 흐드러지게 꽃망울을 터뜨리고 있었다. 양지바른 언덕 앞쪽에는 펼쳐진 바다로 훤했다. 간간이 떠 있는 알섬들이며, 그 위를 날아다니는 갈매기 울음소리로 심심하지는 않을 것 같다. 가끔은 까치 노을이 바다를 물들이면 수지는 노을에 반해 그 고운 목소리로 노래도 부를 것이다.

순덕이는 몇 날 동안 눈이 퉁퉁 부어 있었다.

수지가 떠난 그해 가을, 들판은 어거리풍년이 들었다. 뜨거운 햇살은 최후의 전사처럼 여무는 나락을 위해 아낌없이 투신했다. 그렇게 부푼 마음으로 추석을 맞는 농부에게 어느 누구의 심술인지 비바람은 사정없이 들이불어 댔다. 태풍이 달려든 것이다.

나락 익을 때를 겨냥하여 기습하는 태풍의 속내쯤이야 섬사람들은 훤히 꿰뚫어 보고도 남았다. 그리고 태풍이 유독 섬에서만 더 기승을 부리고 몰인정하다는 것도 알고 있다. 그냥, 그때그때 크고 작은 태풍을 내치지 않고 잘 품어 안으며 위기를 넘기곤 했다. 견딜 만큼, 다시 일어설 만큼 또 힘을 주었고 그래서 유순한 섬사람들은 많은 곳에 상처를 내고 달아난 태풍을 삶의 일부로 받아들였다. 그게 자연의 모든 것, 바람과 비와, 태양과 추위와 더위와 공존할 수 있는 최선의 방책이라 믿었다.

그러나 사라호는 여태 보아 온 여느 태풍과는 사뭇 달랐다. 깊은 적대감을 미리 품어 안고 달려온 태풍이었다. 섬사람들에게 너무나 많은 것을 빼앗아 갔다. 훌훌 털고 일어날 수 있는 약간의 힘이라도 남겨 둬야 하는데, 사라호는 무례하고 얀정머리 없는 얼치기 태풍임에 틀림없었다.

단대목이 되었고 아양댁은 여느 때처럼 추석 준비를 착실히 해 나갔다. 잘 여문 기름콩으로 키운 콩나물도 추석날에 맞추기 위해 부지런히 물을 먹였다. 벽장 안의 푸릇푸릇 녹 돋은 놋그릇을 마당 가운데다 죄다 풀어놓았다. 깔아 놓은 가마때기에 앉아 짚수세미에 곱게 빻아 놓은 기왓개미로 윤이 나도록 닦았다. 순덕이 닦은 놋그릇 속을 들여다보며 기함을 한다. 제 얼굴이 놋그릇 굽은 등에 퍼져 함지박만

해졌다고.

  그렇게 반질반질 닦은 놋그릇을 무명천으로 다시 문질러 마루 안쪽 시겟박에 잘 챙겨 놓았다. 생쥐 입가심할 것 없는 섬 살림에 가을걷이를 눈앞에 두고 다가온 추석은 마음만 풍요로울 뿐, 아직 나락을 베지 못한지라 떡은 언감생심이다. 그래서 가난이 만들어 낸 명절 음식은 만만한 호박부침개다. 채봉골 밭에서 갖다 나른 청둥호박 속을 긁어내느라 한나절을 다 바쳤다. 닳고 닳아 반달처럼 파먹어 간 왜지 숟가락은 호박만 긁은 지난 세월을 말해 주고도 남았다. 짬질한 호박에 소금과 사카린으로 간을 한 후 밀가루로 차지게 반죽해 놓고 고추를 섞어 버무린 고추전이며, 항아리 깊숙이 아껴 둔 찹쌀도 맷돌에 갈아 치자 고운 색깔로 찰부꾸미 거리도 마련한다.

  명절이 다가오면 남편 중길 씨는 어김없이 황토와 지푸라기를 잘 버무려 한데 아궁이를 손질해 준다. 길쭉한 뾰주리감을 달아내는 장독간 앞 감나무 옆이다. 여름날이면 그 아궁이에 걸린 무쇠 솥은 말린 우뭇가사리를 고아 내느라 분주하다. 우뭇가사리로 고아 만든 우무를 시원한 콩국에 말아 먹으며 잠깐 여름 더위를 내치곤 한다. 그냥 보내기 아쉬운 복허리쯤에도 한데 아궁이는 한몫한다. 닭 두어 마리 잡아 인삼 두 뿌리 넣어 고아 내면 복달임으로 손색이 없다.

  그 여름이 지나고 추석이 올 무렵이면 솥을 걷어 내고 소댕 앉을 자리를 가늠해 아궁이를 다시 손질하는 것도 중길 씨 몫이다. 차진 황토로 헛불 새는 틈을 막아 내고 벌겋게 이토질한 아궁이 겉에 물을 묻혀 반지레하게 윤을 낸다. 솥뚜껑이 알맞은 높이로 잘 걸렸는가,

눈가늠으로 조절해 놓으면 중길 씨의 추석 준비는 얼추 마무리를 보는 셈이다.

아양댁은 일찌감치 부친 부침개를 대나무 채반에 펴서 추녀 밑에 걸어둔다. 중길 씨 잔손질은 바깥에서 실컷 뛰어놀다 돌아온 아이들 손이 쉬이 닿도록 알맞은 길이로 채반을 걸어 낸다. 함부로 잡아당겨도 끄떡없게 아이들 손 길이까지 계산하여 굼벵이대롱으로 걸어 낸다. 초가을 내내 주낙에 잡혀 든, 간짓대에 매달려 알맞게 몸을 말린 생선들을 겅그레에 올려 쪄 내면 추석 준비는 다 끝난 셈이다. 그렇게 추석 준비를 야무지게 마친 후였다. 추석 기분에 들뜬 섬을 향해 부지런히 달려오던 태풍의 기미는 아무도 눈치채지 못했다.

생파같이 기습한 태풍, 사라호였다.

태풍이 맘껏 휘두르며 사용하는 연장은 언제나 비바람이다. 비바람만으로 위협하고, 파괴하고, 세상의 소유를 제 마음대로 손아귀에 넣어 주물러 댄다. 단지, 간단한 자연적인 무기만으로도 얼마든지…….

태풍은 이웃끼리를 고립시키기 위해 물마로 몰아붙이는가 하면, 설상가상 해일까지 부추겨 몰아 부친다. 다릿목 개어귀를 훌쩍 뛰어넘은 바닷물도 새름골을 서서히 집어삼키기 시작한다. 옹기종기 모여 앉은 마을을 덮치기 위해 그 유순한 도랑물까지 꼬드겨 감돌아치게 한다. 마을은 서서히, 아주 계획적인 사라호의 만행에 의해 물속으로 잠겨 가기 시작한다.

"우리도 짐을 싸야 하는 거 아이요?"

"그래야 되겄다. 뭐 묵을 거 덮을 거 대강 준비하고, 남은 세간은 모두 높은 곳에 쌓아 둬야 하겄제."

벙거지를 둘러쓰고 물에 잠긴 마을을 한 바퀴 돌고 온 중길 씨 얼굴빛도 초조하다. 앞을 내다볼 줄 아는 중길 씨는 지대가 낮은 마을이라는 점을 유념해 터를 많이 돋우어 처녑집으로 앉혔다. '우뚝 솟은 기와집'을 지은 것도 중길 씨의 넉넉한 안목이다. 그래서 물이 차올라도 비교적 오래 버틸 수 있었다.

물은 벌써 마당을 덮치기 시작했다. 마당 위로 수제비 뜯어 놓은 듯 뒷간의 오물이 슬슬 떠다니기 시작했다. 집 앞 신작로에는 어설프게 엮은 뗏목에 짐을 싣고 상앗대로 저어 나가는 사람들이 줄을 이었다. 해일이 계속되면 지대가 높은 국민학교 강당으로 가야 할 참이다.

담아 붓던 빗줄기가 다행히, 밤늦게 수굿해졌다. 그다음 날은 나 언제 태풍을 안고 있었냐는 듯, 햇살은 눈부시도록 쨍쨍하다. 그러나 그 속에 드러난 사라호의 만행이라니.

생때같은 사람 목숨, 월명시를 맞추어 돌아오던 뱃사람들을 삼킨 것이다. 해안에는 뭍에서 떠내려온 짐승의 주검이나 물미씨개들로 어지러웠다. 마을은 온통 줄초상이었다. 서로 제 발등에 떨어진 불만 보느라 옆을 돌아볼 여유도 없다.

쟁명한 가을 햇살은 태풍이 휘젓고 간 흔적을 뻔뻔스럽게 비추어 내었다. 행여 살아 돌아오지 않을까, 기대하던 사람들도 죽음을 확인하고 또 체념하면서 목 놓아 울기 시작했다. 마을은 울음바다에 휩싸였다. 관도 없는 헛무덤이 계속 이어졌다.

아침마다 미루나무 울타리 사이로 찬송가가 은은히 울려 퍼지던, 숙희네는 아들과 남편을 한꺼번에 잃었다. 열심히 하느님을 믿던 숙희네였다. 순덕과 명덕은 크리스마스가 다가오면 숙희를 따라 예배당에 다녔다. 연극도 하고 노래도 부르고 먹을 것 푸짐하게 받아먹고 크리스마스 행사가 끝나면 발길을 뚝, 끊고 등을 돌렸다. 동네 아이들이 다 그랬듯이.

"옴마, 숙희 언니 저거는 하느님이 도와주지를 않았는갑다."

순덕이는 내내 그걸 궁금해했다. 전지전능하신 하느님만 믿으면 복을 받는다는 목사님 설교만 머리에 넣고 예배당에 등을 돌린 탓이다.

보름사리가 시작되면 바다 바람살에 지친 뱃사람들은 잠시 가족 품으로 돌아온다. 바다에서 바로 잡아 올려 소금 넉넉하게 친 고등어와 때 묻은 옷 안주머니에 조심스레 품고 온 달삯을 헤쳐 놓으면 마을은 가난이 언제냐는 듯 풍요로워진다.

점방 집 상률네도 신바람이 났다. 한 달 내내 부지런히 적어 둔 외상 장부에 가위표를 죽 긋고 또 새 달을 위한 장부를 마련한다. 웃음 헤픈 상률네 입은 옆으로 한없이 찢어져 제자리로 돌아올 줄 몰랐다.

계주 곡자네도 바쁘다. 진둥걸음으로 받아 낸 곗돈을 모갯돈으로 만들어 번호 임자의 모가치로 틔워 준다. 아이들은 밀린 월사금을 냈으며, 다 해진 운동화를 미련 없이 벗어 던져 버리는 날이다. 집집마다 간고등어를 돌리는 아이들이 골목에 줄을 잇는다. 바다에 나간 장정들이 돌아와 쉬는 그 며칠을 섬사람들은 월명사라 이름 지어 놓았다. 간고등어는 흥청망청 흔했다. 그늘석 차지한 항아리에 묻어 두고 뜨물로 소금물을 우려내면 든든한 밑반찬이 된다. 마을의 풍요는 늘 그 월명시에 존재한다. 달이 밝은, 바닷사람들이 돌아온, 그건 섬사람들이 행복을 부르쥐는 유일한 기간이기도 하다.

사소한 언쟁 같은 것도 없다. 눈자리가 나게 쏘아 대며 잡아먹을 듯 싸우던 이웃들도 잠시 휴전에 돌입한다. 모든 게 넉넉했으므로 다툴 필요가 없다.

그렇게 월명시를 주도하던 장정들이, 같은 날 약속이나 한 듯 열명 길로 떠나고 말았다.

바다에 보낸 일꾼은 없었지만 아양댁 마음도 바빴다. 한 집 건너, 초상, 물손받은 농사로 끼니조차 잇기 힘든 이웃들이다. 그러나 산 사람은 살아야 한다. 그래서 죽은 자를 위한 시왕을 치르기 시작한다. 제대로 된 삶을 살아 보지 못한 그 젊은 사람들의 한을 쓰다듬어 주는 굿이다. 죽음을 받아들일 준비도 없는 젊은 사람들의 넋을 위해 마을은 밤낮으로 추선을 불러들였다.

다릿목 사는 열여덟 살 만수도 총각 귀신이 되고 말았다. 지긋지긋한 가난을 떨쳐 내기 위해 만수는 일찌감치 배를 탔다. 그 아들 덕에 더께처럼 내린 구차함에서 겨우 벗어나려던 만수 엄마였다. 만수 엄마는 아들 죽음에 빼긴 정신을 찾아내지 못했다. 날마다 바다 앞에서 울부짖었다.

사라호는 많은 사람들에게 상처를 새겨 둔 채 사라졌다. 그러나 밤과 낮은 무심히 다녀갔고, 지선암에는 하나둘, 서러운 영혼들이 모여들었다.

바다. 많은 것을 베풀면서 노한 낯으로 그 대가를 요구하기도 하는 바다였다. 불화하면서 또 타협하고, 섬과 바다가 공존하기 위한 방법은 그것밖에 없었다.

영혼결혼식

　찬바람머리가 되었다. 하릴없는 서릿바람이 신작로 허섭스레기만 쓸고 다닌다. 대문 밖, 구렁논 벼 그루터기 위에 유난히 하얀 서리꽃이 매달렸다. 그러더니 겨울은 일찌감치 마을을 추위 속으로 몰아넣는다. 사람 빈 옆자리, 그 텅 빈 곳으로 밀려들어 오는 추위는 여느 겨울보다 혹독하다. 사람들은 점점 제자리로 찾아들었지만 그것밖에는 달리 어떤 방법을 알지 못하기 때문이다.

　사철 다른 옷을 입고 돌우물을 지키던 고수버들도 맥을 놓았다. 아낙들의 수다를, 그 수다 끝에 하얀 이빨을 드러내어 자지러지게 웃던, 소리를 들을 수 없기 때문이다.

　그 난리 통에 공령등에 만식이가 없어진 줄도 몰랐다. 어느 마을에나 하나씩 키우기 마련인 게 바보다. 지세포 마을의 훌륭한 바보는 공령등에 만식이다. 만식이, 그 이름 앞에 사람들은 공령등에, 라는 동네 이름을 함께 붙여 불렀다. 만식이는 공령 마을에 살았다. 소골과 관청골 사이에 등을 구부리고 있는 공령 마을의 모양을 머리말에 붙여 공영등에 만식이라 했다.

　공령등에 만식이가 설마흔쯤이라는 것도 어림짐작일 뿐이다. 나이 티에도 차지 못한 정신박약이었고, 몸피 또한 온전한 성장을 보지 못한 터였다. 공령등에 쓰러질 듯 허름한 초가에 엿고리를 이고 행상을 하는 엄마와 함께 살았다. 턱이 뭉텅 잘려 나간 만식이를 그의 엄마는 방택이라 불렀다. 난쟁이에 가까운 키, 검은 깨엿처럼 박힌 주근깨…… 두 모자의 공통된 생김새이다.

마을은 두 사람을 따뜻하게 끌어안았다. 공령등에 만식이 엄마의 엿판을 부지런히 축내어 주었고, 종일 마을을 쏘다니는 공령등에 만식이 배를 채워 주는가 하면 붙들고 앉아 하릴없이 하나객담을 주고받았다.

"만식아, 니 오늘은 진짜 고추 달고 나왔나?"

입가에 끈끈한 침이 달린 만식이를 만나면 짓궂은 남정네들이 맨 처음 건네는 말이다.

"니, 정말로 안 달고 나왔나? 어제도 안 달고 나왔다 안 캤나?"

"저, 정말로 오, 오늘도 아, 안 다, 달고 나왔다."

"와? 요새는 와 안 달고 다니는데?"

"미, 미숙이만 보, 보몬 자꾸 커, 커질라 캐서."

"어, 얼매만큼 커지는데?"

"나, 남새 바, 밭에 무, 무시 맹크로."

"야, 마, 만식이 고추는 나, 날마다 커는갑다. 어제는 가, 가지라아, 안 캤나."

공령등에 만식이의 혀쨀배기 말에 사람들은 박장대소를 한다. 지게를 지고 가던 사람도, 빨랫감을 들고 도랑을 찾던 사람도 공영등에 만식이 앞에서 배를 잡고 웃는다. 공영등에 만식이가 좋아하는 미숙이는 읍내 병원으로 출근하는 간호사이다. 인물이 훤하고 상냥해 마을 총각들의 흠모를 받는 아가씨이다.

공영등에 만식이가 하늘 병을 치르고 난 후면 마을엔 크고 작은 재앙이 닥쳐왔다. 사라호가 마을을 덮치기 전에도 공령등에 만식이는 지랄병을 대단하게 치렀다. 그뿐 아니다. 온 섬이 떠들썩했던 광수 총각 자살 사건 때에도 공영등에 만식이는 그냥 넘어가지 않았다. 만식이가 발작을 한 이틀 후, 광수 총각은 거꾸로 고무신을 신은 처녀 때문에 샛비재 서늘받이 폭포에서 몸을 던졌다. 읍내 경찰서에서 조사단이 나오고 광수 총각 주검을 처녀 집 대문간에 들이미는 바람에 한참 동안 마을은 어수선했다. 결국 그 처자는 마을을 떠났고 제가 마음 둔 남자와 결혼하지도 못했다. 그것뿐만 아니다. 버스에 치여 일곱 살배기 순돌이가 죽었을 때도, 멱을 감다가 부잣집 둘째 아들이 파도에 휩쓸려 저세상으로 가기 전에도 만식이는 길가에서 그 짓을 하며 나뒹굴었다.

"공령등에 만식이가 신작로에서 게거품을 물고 뒹굴었다."

수월내기 공령등에 만식이가 발작을 했다는 말은 곧 퍼져 나갔다. 간질 환자인 만식이는 발작을 통해 마을의 흉측한 일을 미리 암시해 주었다. 그것도 신작로에서 오랫동안 드러누운 채 깨어나지 못했다고 했다. 그런 후 사라호가 다가왔다.

사라호가 물러간 후, 공령등에 만식이는 볼 수가 없었다. 모두들 제 아픔에 묻혀 공령등에 만식이를 궁금해할 여유가 없었다. 공령등에 만식이가 없는 마을은 허투루라도 자리 깔던 웃음 바탕도 자취를 감추고 말았다.

시간으로 버티고, 세월로 버티고 그러고 나면 시나브로 그것들에 묻혀 갈 상처들이다. 그러나 시간은 사람들이 원하는 것만큼 한꺼번에 와 주지 않는다. 그러면서 마을은 설날을 보냈고, 또 대보름이 다가왔다.

그 대보름이 저만치 눈앞에 서 있었지만 아무도 버꾸 돌릴 엄두를 내지 못했다. 사람들도 채울 수가 없었다. 그리고 흥이 일지 않았다. 사라호를 치른 후 맞은 대보름날은 버꾸도 없이 보냈다. 그래도 다행히 달집 지을 소년들은 남아 제 키를 키우고 있었다.

보름날이 되었다.

오곡밥에 갖은 나물로 보름 제사를 지낸 아양댁은 언제나 마루에 서서 샛비재 노송에 걸리는 보름달을 엄숙하게 맞는다. 어디서 놀든 달이 뜰 무렵이면 순덕이 쫓아 달려왔다.

"옴마 왜 나만 절을 시키노?"

"니가 우리 집 살림 밑천인 맏딸이니께."

"옥이는 맏이라도 절 같은 거 안 하던데."

"옥이캉 니하고 같나. 니는 귀하고 귀한 우리 첫 새끼인데."

언젠가 순덕이 때맞추어 달려와야 하는 게 심통이 났는지 그렇게 따지듯 물었다. 용이 빠진 물속에서 솟아나는 달, 그 달이 왠지 용과 무관하지 않다고, 그것만으로 순덕이 절을 할 충분한 이유가 된다고 생각했다. 제법 어른싸하게 손을 모으고 예를 갖추어 절을 올린 순덕은 제 소임을 다했다는 듯, 달집 타는 들판으로 달려 나간다. 해마다 달집을 짓는 건 스물 남짓 청년들의 몫이었다.

6·25전쟁 때 전사한 사람들이 묻혀 있는 묘지는 마을을 빤히 바라보고 앉아 있다. 그 묘지를 마을 사람들은 '유엔 묘지'라 부른다. 생치골 너머 새름묏동과 구별하기 위한 이름이었을 터다. 그 묘지는 메숲진 곳, 가운데 파묻혀 있다. 몇 구만 제대로 무덤을 갖추었을 뿐, 뼈조차 추스르지 못한 영령들은 거뭇한 돌 비석 속에 이름 석 자로 갇혀 흔적만 남겨 두었다. 정말 흉악한 전쟁이었다. 그 조그만 마을에서 죽은 사람만도 그 비석 속을 빽빽하게 메운 것을 보면……. 현충일이 되면 관청골 면 직원들과 지서 사람들, 학교 아이들은 그곳에서 묵념을 올리곤 한다.

무덤가엔 키 작은 소나무들이 숲을 이루고 있다. 달집을 지으려면 그 야산의 소나무가 아무래도 만만하다. 키가 높지 않아 꺾어 내리기가 수월하고, 돌박들 논길로 내려오는 길도 수월하다. 그리고 무엇보다 달집 터 들판과 이웃한 거리이다. 젊은이들이 꺾어 내리는 소나무 가지를 받아 끌고 오는 건 여자아이들이나 조무래기들이다. 끈적거리는 송진을 칠한 손에는 마치 징그러운 벌레가 기어가듯 그 흔적이 좀체 지워지지 않는다. 그래도 뭐가 좋은지 아이들은 솔가지 하나 더 움켜쥐려고 나뭇가지를 꺾어 내리는 사람들을 목이 빠져라 기다린다.

아양댁은 달집 타는 들판으로 나간다. 달집은 이미 허연 연기를 하늘로 퍼 올리는 중이다. 삼각으로 꽂아 올린 달집은 샛비재를 박차고 떠오르는 달과 동시에 불을 붙인다. 달집 엉덩이에 쌓아 둔 짚 검불에 성냥을 그으면 달집은 허연 연기와 붉은 불꽃을 토해 내며 타오르기 시작한다. 그 불꽃 앞에서 손뼉을 치며 웃는 순덕이 저만치 보인다. 그런 순덕의 옆모습에서 설핏 용이 스쳐 지난다.

달집에 넋을 놓고 앉았던 용의 모습이다. 달집을 짓는 대보름날이면 용은 언제나 앞장을 섰다. 다람쥐처럼 나무를 잘 타던 용은 제일 키 큰 나무만 찾아다녔다.

"멀찌감치 떨어져서 앉았으몬 더 볼만하다카이."

용은 타오르는 달집에 눈을 꽂은 채 여분의 손을 잡고 뒷걸음질을 쳤다.

"바다 안에서 바다를 볼 수가 없디끼, 산속에서 산을 그리지 몬하디끼, 너무 가까이에 선 사물은 우리 눈으로 완전하게 담기가 어렵다카이."

열다섯 용의 나이에 비하면 어른스럽고 멋진 말이었다. 여분은 늘 용의 뒤꽁무니에 서서 그의 깊은 생각이 스며 있는 말을 즐겨 들었다. 소학교를 같이 다녔고, 그림을 뛰어나게 잘 그렸고, 그래서 멋진 화가가 될 것이다, 라는 믿음은 무리가 아니었다. 용과 이웃해 사는 것이, 용과 늘 학교를 함께 가는 것이, 용과 서로 맘을 주고받는 건 흙에서 식물이 자라듯 너무나 자연스럽게 스며든 기쁨이었다.

그 달집이 타들어 가던 날, 날카로운 용의 콧날에 결코 제 것으로 만들 수 없는 것들이 달빛으로, 불빛으로 걸려 있었다. 만만하지 않은 세상은 결국 용의 아람치가 될 수 없었다. 용은 다른 사람보다 아는 게 많았고, 그 대신 보통의 사람들보다 모르는 것도 많았다. 그래서 용의 인생이 짧았던 게 분명했다.

달집은 벌써 벌건 불길을 토해 낸다. 대보름달은 중천을 넘보고 있다. 달집에 빠진 순덕이 뺨은 발갛게 익어 간다.

그렇게 대보름을 보내고 보릿논에 보리를 밟아 주고 들어서던 참이었다. 봄이 가깝다 싶으면 더 맵게 느껴지는 게 늦겨울 날씨이다. 만수네가 콜록콜록 기침 소리를 앞세우며 마당 안으로 들어선다.

"잘이 오이소. 몸이 안 좋타 카더만은 좀 괘안십니꺼?"

"내 몸이야 아는 병 아이가."

무척 힘든 가을을 보낸 만수네는 몸보다 맘이 더 여위어 보인다. 아양댁은 따뜻한 불목에 자리를 내주며 양푼 가득 고구마를 담아 내온다. 고구마 두 개째를 입에 넣던 만수네가 어렵사리 수지를 들먹인다.

"뭐 별스런 사람이 있겄나. 우리 만수랑 혼인시키몬 어떻겄노."

"우째 그런 생각을 다 했십니꺼. 지는 아즉 그런 맘을 묵어 보지도 몬했는데……."

"저승살이 힘들 낀데 그래도 짝이 있으몬 맘도 든든하고 시린 등 서로 기대고 살 거 아이가."

"하모, 말이라고요. 그런데 우리 수지 몸도 그렇고, 저야 마땅한 것 같은데 순덕이 아범이 우찌 맘먹고 있는지……."

"아양댁이 잘 좀 말해 보거라이. 우리 만수 가가 아는 괘안타 아이

가. 공부는 제대로 못했어도. 그래도 저승 가서 또 배를 타몬 수지 하나쯤이야 몬 묵어 살리겠나. 월명시 되몬 수지도 나 맹크로 돈 세는 재미가 쏠쏠할 끼라."

"하모요. 만수야 뭐 부지런해 갖고 저거 식솔 굶기지는 않을낍니더. 지가 순덕이 저거 아부지 들어오시몬 야그를 좀 해 볼랍니더."

"동상, 꼭 부탁한다이. 사실은 재 넘어 김부자 집에서 중신이 들어왔다 아이가."

"그런데 왜 마다했는기요? 그 처자는 사대육신 멀쩡하고 인물도 좋고, 집안도 남부럽잖은데……."

"아양댁 말마따나 인물도 멀쩡했제. 그란데 그기 뭔 소용이 있노. 니 알다시피 그 처자는 살천스럽기도 하거니와 지가 지 목숨 끊었다 아이가. 그것도 바람나서."

김부자 집 딸이면 작년에 포강(마을 저수지) 옆, 오동나무에 목매달아 죽은 처자였다. 대처에서 피난 온 남정네와 눈이 맞아 정을 통했는데 완고한 김부자 영감에겐 여드레 삶은 호박에 도래송곳도 안 들어갈 말이었다. 피난민하고 혼사할 바엔 차라리 삶아 먹겠다고 큰소리쳐서 내쫓은 남자 때문에 그 처자는 결국 목을 매달았다. 홑몸이 아니라느니, 흉측한 소문이 마을을 휩쓸고 다녔다.

"허긴 그렇네요. 만수가 그 처자를 좋아할란지."

"좋아하는 거는 둘째 문제고 샛보는 짓이라도 해서 우리 만수 속 썩이는 거 나는 몬 본다. 수지라 카몬 우리 만수만 좋다 안 하겠나."

허긴 그건 맞는 말이다. 만수는 아버지 얼굴도 모르고 자랐다. 만수 아버지는 어찌된 셈인지 장가들고 맘을 잡지 못했다. 배 속에 만수가 들어선 줄도 모르고 집 나간 뒤론 감감무소식이었다. 해주에서 약장사를 한다는 둥, 그러다가 목포에서 누가 봤다는 둥, 소문만 무성하게 남북으로 드나들더니, 해방되고, 사변 나고 이젠 아예 생사마저 끊기고 말았다. 만수 아버지 소문 뒤에는 언제나 여자들이 딸려 왔다. 아이가 몇이라는 둥.

그런 만수 엄마니, 김부자 집 처자를 탐탁찮게 생각하는 건 당연하다. 만수네가 소맷자락으로 눈가를 훔친다. 벌겋게 변한 눈가에 벌써 눈물이 맺혀 젖어 내린다. 사실 육신을 말하면 만수가 훨씬 밑지는 혼사이다. 그랬어도 만수 엄마는 수지를 기껍다 여겼다.

"행여 만수가 싫다고 우리 수지 구박하몬 우짤 낀데요."

"괘안타. 우리 만수를 나가 잘 알고 있다 아이가. 그럴 아가 아이다. 엄마 말을 생으로 묵을 아가 아잉께. 그라고 사실 강씨 집 사위 되는 일이 살았으몬 가당키나 했컸나. 우리가 뭐 내밀어 볼 게 있어야제."

고구마에 김치 한 오래기를 감아올리던 만수네는 연신 눈물을 찍어 내며 괜찮다고 한다. 중길 씨는 의외로 순순히 날 받는 것을 허락했다.

"만수는 좋겄다. 그 나이에 장가도 들고 좋은 집안 각시 맞았응게. 수지가 노래는 배미나 잘하나. 우리 만수가 지 각시 노래 듣는다고 이 에미는 금방 이자뿔 끼제."

날을 받아 온 날, 만수네는 사설을 앞세우며 또 울었다.

수지 혼삿날을 받아 놓고 아양댁은 속초댁을 부를 것인가, 고민했다. 아들을 낳았다는 기별을 받은 지가 엊그제이다.

"보소, 순덕이 저거 아부지요?"

"와?"

"암캐도 속초댁한테 소식을 넣어야 할 끼 아인가 모르겠네요."

"뭔 좋은 일이라고?"

"그래도, 저거 딸 시집가는 날인데."

"됐다. 치아라마."

화난 듯 중길 씨 목소리가 높다.

"와? 이녁 신만 뺐다고 심통 부리는 기요?"

"뭐라 카노. 생사람을 잡긴. 그걸 말이라고 하나?"

"가만 보이 그런 모양이네 뭐."

　아양댁은 생다지인 줄 알면서 애먼 소리를 해댄다. 명절 때 속초댁이 보내는 꾸러미 속에는 언제나 중길 씨 신발만 빠져 있었다. 지청구를 먹은 중길 씨는 댓돌 위에 놓인 신발을 신고 휑하니 장달음을 놓는다. 그런 중길 씨 뒷모습을 바라보며 맘자리에 깔아 둔 생채기가 다시 도지는 듯 아려 온다.

　결국 수지의 영혼결혼식은 생모에게 알리지 않았다. 아무렴, 수지가 저승에서 외롭지 않다면 아양댁 맘도 편할 것 같았다. 몸도 성치 않은 수지가 저세상을 어떻게 살아갈까, 그게 늘 맘에 걸렸다.

　결혼식 날은 이월 열아흐레로 잡았다. 마침 그날이 수지 열여섯 살 생일이다. 챙겨 주는 것도 마지막이 될 것 같아 생신차례를 지내 준다. 소댕만 한 큰 광어를 잡아넣어 미역국을 끓이고, 수지 좋아하는 무말랭이도 무쳐서 담아낸다. 앞으로는 만수가 좋은 세상에서 잘 챙겨 주겠지, 아양댁은 미역국으로 물밥을 만들어 담 너머에 훌훌 뿌리며 중얼거린다.

아침 중참 때쯤, 마당에다 널방석을 깔았다. 술안주도 제법 마련했고, 막내동서 수원댁이 마련해 온 떡 한 동구리와 손님치레에 충분할 음식 준비를 한다. 눈가가 젖은 듯한 중길 씨가 술도가에 막걸리 세 말을 주문해 놓았다. 푸짐한 음식에다 하객도 마당의 널방석을 다 차지한다.

여느 잔칫집과 다름없다. 결혼식을 치르기 전에 혼을 불러내기 위해 늙은 무당 추선이 제웅 한 쌍을 앞세우고 대문을 들어선다. 원삼 족두리와 사모관대를 물감 들인 한지로 아주 앙증맞게 만들어 왔다. 예식은 제법 그럴듯하게 준비되었다. 아양댁이 예물로 끊어 준 치마저고리로 단장한 만수네는 아들 장가가는 날이라며 떡 동고리 짐꾼을 앞세우고 들어선다.

드디어 두 젊은 제웅에게 예복을 입힌다. 수지는 첫날 옷에 족두리까지 썼다. 추선은 신랑신부의 영혼을 불러들이기 위해 거나하게 한판 굿을 벌린다. 만수네는 아들 장가가는 날, 서러움이 또 치받는지 내내 울었다.

영락없이 신랑신부인 두 제웅을 불에 태워 보내는 것으로 결혼식을 마무리 짓는다. 두 영혼을 모시고 지선암으로 가는 길 위에서도 만수네 울음은 끝이 없다.

영혼결혼식은 죽은 자를 위해 시작한 것이었지만 결국 살아남은 사람들 마음에 위안이 되었다. 아양댁과 만수네는 두 영가 덕분에 사돈지간이 되었다.

수지 결혼식을 올린 후 어느 날 밤, 꿈에 수지와 만수가 나타났다. 생시처럼 그렇게 선연하게 집을 들어섰다. 애늙은이 같았던 생시의 얼굴은 어느 틈에 살이 붙어 열여섯 살, 꽃 같은 모습으로 피어났다. 그런 수지가 만수와 함께 마루에 걸터앉으며 환히 웃었다. 수지가 처음 아양댁 집 안으로 들어와 앉았던 그 마루 끝이다.

그때 마침 시계가 여섯 시를 알렸다. 게으른 부잣집 머슴 걸음처럼 마지못해 울리던 괘종시계 소리다. 시계 소리에 수지는 놀라지도 않았다. 신발을 벗고 마루로 올라섰다. 시계 문을 열고 시계추 밑을 더듬던 수지가 부채꼴로 퍼진 열쇠 꼬리를 거머쥐었다. 그리곤 시계 가운데 꺼멓게 뚫린 구멍에 밀어 넣어 태엽을 감기 시작했다. 대그락대그락 태엽 감기는 소리가 나직나직 들렸다. 시계를 덮치고 있는 수지의 뒷모습을 바라보았다. 수지의 키는 상당하게 자라 있었다. 아양댁은 그 아이를 위해 마련할 설빔을 미리 걱정했다.

꿈을 깨고 나서야, 신발을 신고 있던, 마루에 올라서서 시계태엽을 감으러 가던 수지 모습을 떠올린다. 걷고 있었다. 그 광경은 꿈을 깨고 나서야 맞추어졌다. 수지는 정말 걸었다.

잘 살고 있다는 것을 보여 주고 싶었던 모양이었다. 그 모습을 보여 주기 위해 피 한 방울 안 섞인 아양댁 꿈에 나타난 것이었다. 고마웠다. 그리고 마음이 놓였다.

아침밥 먹은 그릇을 씻가시고 아양댁은 종종걸음으로 만수네 집으로 달려간다.

"사돈, 사돈 계십니꺼?"

만수 엄마가 콜록콜록 쇠기침 소리를 앞세우며 문을 열어젖힌다.

"어데 몸이 또 안 좋십니꺼?"

"잘이 오게. 코뿔이 붙으몬 천식이 도지는 게 내 병인데 뭐. 사돈 들어오니라."

방 안은 싱겅싱겅한 외풍이 진을 치고 있다.

"불이나 땠습디까?"

"때몬 뭐 하노. 쇠구들이 돼놔서……."

"아이구 참, 진즉 와 볼낀데, 순덕이 아부지한테 좀 보라 캐야겠네요. 이리 춥어서 우찌 몸을 부지할 낍니까?"

"나는 마 괘안타. 살몬 얼매나 살 끼라고. 그란데, 와?"

"아, 어젯밤에 만수랑 수지가 찾아왔습디다. 꿈에 말입니더."

아양댁은 이불 밑에 손을 넣으며 사위 딸 얘기를 풀어놓는다. 아들 장가들이고 이 세상에서 할 일을 다 한 듯 맥을 놓기 시작한 만수네다. 냉기가 아랫목까지 차고 든 어둑신한 방 안, 머리동이를 불끈 둘러매고 기운 없이 누운 만수네는 마치 삶을 밀쳐 낸 해골처럼 험하다. 아양댁 가슴이 철렁 내려앉는다. 죽음 사자가 이미 방 안을 점거하고 있는 듯 음산하다.

"우짜몬 그리……."

"와요? 사돈 꿈에도 왔습디까?"

"사돈, 암캐도 우리 아들하고 수지가 잘 사는갑다. 저세상에서……. 세상에, 세상에나!"

만수네 꿈도 아양댁과 비슷했다. 나무 한 짐을 지고 들어오는 만수 뒤를 수지가 걸어 들어오더라고 했다. 그리고는 정지간으로 들어간 수지가 만들어 온 밥상을 받았노라고.

눈에 눈물이 그렁그렁 매달린 만수네는 연신 기침을 해대며 꿈길을 헤매는 듯 흐뭇한 표정이다.

"사돈 우리 만수 내외가 암캐도 저승 가서 잘 사는 모양인갑다. 인자 걱정 안 해도 되겠다. 그라몬 됐제?"

수지가 해 온 밥상을 받았다고 좋아하던 만수네는 며칠 안 있어 눈을 감았다. 언제, 어떻게 갔는지 아무도 몰랐다. 춘자네가 죽 그릇을 들고 들어가지 않았더라면 좋이 한 며칠은 알아채지 못했을 죽음이었다. 아무튼 아들 혼사를 잘 치렀고 며느리가 해 온 밥상을 꿈에서라도 받았으니 만수네는 그래도 이 세상의 끝갈망을 잘해 낸 셈이다.

그래 잘 갔지 뭐. 저거 아들 며느리한테로. 살아서 할 일도 없는데 눈만 뜨고 있으몬 뭐하노. 잘 갔다, 잘 갔다 하면서 사람들은 치마 끝을 뒤집어 눈을 닦아 댄다. 아양댁은 사돈 장례를 치르기 위해 동분서주했다. 다행히 만수네가 살았을 적 부조해 놓은 것이 있어 수월했다. 만수네가 보람해 둔 잡기장에는 여러 사람의 글이 범벅이 되어 있다. 글을 모르는 만수네를 위해 대필해 준 것들이다. 오지랖이 넓은 수원댁은 그 글 속에 적힌 주인들을 일일이 찾아가 확인한다. 대부분 적바림해 놓은 이름들과 부조 내용은 일치한다. 이참에 그것들을 다 받아들일 맘이다. 소주 한 상자는 돈으로 돌려받고, 그 외 것들도 장례 음식만큼 받아 내며 수원댁이 일일이 설명을 하고 양해를 구했다. 장례비용으로 따로 모아 둔 게 없었기 때문이다. 그러나 딱 두 집이 오리발을 내밀었다. 큰골 쌍둥이네와 점방집 상률네다.

상률네 친정아버지 장례 때 만수네가 부조했던 막걸리 한 말 때문이다. 분명 만수글씨다. 부조 장부에는 어엿한 만수 글씨로 막걸리 한 말이 적혀 있었다. 그러나 상률네는 소가지를 내며 아닌 보살로 버티었다. 큰골 쌍둥이네는 그냥 넘어가 줄 수밖에 없었다. 그 집, 사는 형편이 씻은 듯 부신 듯 말끔했기 때문이다. 사라호 때 쌍둥이를 한꺼번에 잃은 늙은 홀아비 영감에게 털어 봤자 이 서 말이고 청승뿐인 살림살이라는 걸 다들 뻔히 알기 때문이다.

그러나 상률네는 그냥 물러설 수 없다. 그것도 동네 사람 다 모인 신작로 바닥이다. 마침 길가에 모여 장례를 의논하던 어른들도 함께 한 자리이다. 수원댁이 막걸리 한 말을 내놓아야 한다고 종주먹을 들이대며 선전포고를 한다. 그러나 호락호락 넘어갈 상률네가 아니다. 어디 터무니없는 말이냐며, 선불 맞은 호랑이처럼 날뛰기 시작한다.

"더럽고 추접은 년, 벼룩에 간을 빼서 초장에 찍어 묵지. 어디 떼묵을 기 없어서 불쌍한 만수네 막걸리를 떼묵을라 카노."

"야 이년아 니가 뭐꼬? 만수 저거 막걸리 떼묵는 거 니가 봤나?"

"넘우 서방 좃 처먹은 걸로 신에 안 차던가베! 만수 저거 부조꺼정 삼킬라 카는 거 보니께."

"뭐라꼬? 니가 넘의 서방 좃 묵는 거 봤나? 이년이 어데라고 말로 함부도록 해 대노."

"야 이년아 니가 아랫녘 장사로 밥 묵고 산다는 거 이 동네서 모리는 사람 하나 없다."

"저년이 머시라카노!"

수원댁이 풀어내고자 하는 분통은 막걸리 한 말이 전부가 아님을 다 안다. 오냐, 하며 벼르던 여자가 동네에서 한둘이 아닐 터였다. 안개구름 타기 좋아하는 남정네가 헤픈 상률네를 가만둘 리 없다. 좁은 동네 안에서 입살에 오르내리지 않은 남자가 동네 안에 몇 있으랴. 상률네는 동네 여자들 모두에게 딱장을 받아야 할 상대였다.

두 사람이 악다구니를 주고받는 길가에는 볼꾼들이 빙 둘러섰다. 결국 육탄전에 돌입한 두 싸움꾼을 말리는 이는 아무도 없다.

서로 헐뜯어 상처를 주고받는 것이 싸움이다. 그 반면 그 요란한 한바탕 싸움판에서 묵은 노여움을 풀어낼 수도 있다. 마을 사람들은 싸움을 그런 의식쯤으로 치부했다.

그러나 불행히도 상률네는 적이 많았다. 그녀의 적은 눈만 뜨면 마주치는 이웃 여자들이다. 그래서 구경꾼들은 은근히 수원댁을 응원한다. 물론 깡다구로 버티는 수원댁이 승리할 것이라는 것도 믿어 의심치 않는다.

예상대로, 기대했던 대로 수원댁이 크게 이겼다. 마지막에 만수네가 적바림해 둔 부조 장부에 증인이 나섰기 때문이다. 상률네를 벼름벼름하던 무선네다. 무선네가 그 막걸리를 받아 함께 갔다고 말했다. 눈까지 찔끔거리는 무선네 말이 참말인지는 모르지만 상률네를 무찌르는 데는 그만한 무기는 없다. 천산지산, 핑계만 들이밀던 상률네는 결국 말문이 막히고 만다. 수원댁이 소주 한 상자를 들고 나와도 한 마디 대꾸조차 못한다. 머리끄덩이와 몇 배의 부조를 뜯기고도 상률네는 푸줏간에 들어가는 소걸음 하듯, 맥없이 사라지고 만다.

바다가 너그러워질 때

살바람 불어오는 이른 봄이 되었다. 섣달 그믐날의 당산제와 정월 초하룻날 별신굿의 효험은 넉넉했다. 겨우내 바람에 실린 너울을 안고 날뛰던 바다가 마을을 향해 넌지시 추파를 던지기 시작한다. 슬며시 성질을 누그러뜨리고 나 언제 그랬냐는 듯, 온유한 표정으로 되돌아온 것이다.

그런 바다와의 교감을 먼저 시도하는 것은 종기네 어장이다. 풍어제를 지내고 배를 띄워 내어 바다와 다시 손을 잡는 번듯한 출어식을 치른다. 여름 내내 바닷살이에 지친 어선들은 늦가을이면 수리 조선소에 끌려 올라와 겨울 한 철을 보낸다. 머구리 마을 초입에 위치한 수리조선소엔 붉게 녹슨 레일이며, 풍파로 파선된, 혹은 노후한 뱃몸 조각들이 어지럽게 널려 있다. 짓궂은 아이들은 철조망 밑을 기어 들어가 쇠붙이를 훔쳐 내어 엿이나 아이스케키를 바꾸어 먹곤 한다. 서릿바람이 불면서 조선소가 활기를 띄기 시작하는 건 종기네 어장막 어선들이 취하는 겨울잠 때문이다. 쇠붙이와 부딪치는 연장 소리, 나무를 깎는 대패와 톱질 소리, 그 속에 분주히 움직이는 인부들의 고함 소리가 뒤섞인다. 겨울이면 조선소는 그런 소리들로 생기를 찾고 힘차게 기지개를 켠다.

어선들은 부끄럼도 없이 그 큰 엉덩이를 까발리고 있다. 뱃밥으로 생채기를 치료를 받는가 하면 벌거벗은 몸으로 드러누워 겨울 햇살 속에 거풍을 하며 한가로운 시간을 보낸다.

휴식과 치료를 끝낸 배들은 3월이 가까워오면 서서히 물에 뛰어들 준비를 한다. 종기네 풍어제는 마을이 바다와 어울릴 날들에 대한 무언의 악수이다. 농사꾼이 볏모를 내어 들판에 맘을 내미는 것과 같은 의식이다.

풍어제는 출어식 직전에 치러진다. 일찌감치 무당 추선에게서 받아 둔 날은 종기네가 방을 붙여 고하지 않아도 훤히 안다. 그날엔 온 동네 사람들이 바닷가로 몰려나온다. 남정네들은 풍어제 끝자락 술판에 맘을 두는가 하면, 아낙들은 일을 거들며 아이들을 거둬 먹일 요량이다. 그 풍어제를 잘 치르고 나면 어선들의 출어식은 바다 한가운데서 요란하게 시작된다. 그날을 위해 조선소에서 미끄러져 내려온 어선들은 오색 깃발과 띠로 몸단장을 한 후 허연 물이랑을 만들며 바다 가운데를 한참이나 빙빙 돈다.

마지막, 떡 날리기 순서가 되면 배 이물에는 알 만한 얼굴들이 등장한다. 찹쌀떡을 던지기 위해 선주를 선두로 면장, 지서장, 선장 등 동네의 큰 인물들이다. 연안에는 찹쌀떡을 받기 위해 몸을 도사린 사람들로 들붐빈다. 하얀 녹말가루로 반지레하게 옷을 입은 찹쌀떡은 모래바닥으로 또는 사람들 손으로 대중없이 달려든다.

마치 주먹만 한 우박이 떨어지는 것 같다. 그 큰 우박 속에 세 개의 금반지가 들어 있다. 그 반지를 찾아내는 수치레를 누리기 위해 사람들은 바닷물 속으로 첨벙 뛰어들기도 한다.

그런 바다 잔치 앞에 서면 지난날들이 눈물처럼 아른거린다.

'잊고 싶은 것은 절대 잊어지지 않아.'

용이 했던 말이다.

용이네 어장막도 종기네와 하나 다르지 않았다. 사열하듯 바다에 줄을 지어 떠다니는 배들, 갯가를 향해 막무가내로 던지는 금반지 든 찹쌀떡이며, 그때쯤 바닷물은 사람들의 아우성을 견디지 못해 출렁거리기 시작했다. 분칠하듯 넉넉한 녹말은 모래구덕에나 바닷물에 빠진 찹쌀떡을 안전하게 보호했다.

아양골, 몽돌 해변의 그것과 하나 다름없다. 여름이면 내내 멸치 삶아 낸 물을 맘대로 퍼 갈 수 있도록 어장막 문을 활짝 열어 두는 것이며 그 물로 마을 사람들이 만들어 내는 어간장도, 용이네 어장막과 똑같다. 해 질 녘, 아이들이 어장막에 흩어진 멸치를 줍는 풍경마저도.

'잊고 싶은 것은 절대 잊어지지 않아.'

용의 말은 옳았다. 잊히지 않는 그 많은 것들은 늘 아양댁 곁에서 그림자처럼 머물렀다.

찔레꽃머리가 다가왔다.

흐드러지게 찔레꽃이 피기 시작하면 그 향기에 취한 바다와 마을 사람들은 서로 속내를 드러내기 시작한다. 오뉴월 바다는 온순하고 단정해서 마을 사람들의 다정한 이웃이 된다. 바다는 함부로 태풍과

야합하지 않는다. 언제나 순하디순한 들바람을 실어다 나른다. 바다에서 불어오는 바람은 태양에 달뜬 땅을 식혀 주고, 허천들린 아이들 마음을 짭짜래하게 적셔 준다.

내내 뭍에서 겨울을 보내던 아이들은 찔레꽃머리부터 슬슬 바다에 몸을 담그기 시작한다. 학교에 다녀오면 마루에 책보를 내던지고 발가벗은 맨몸으로 점순이네 대밭을 지나 돌림나무를 세워 둔 종기네 어장막 길을 숨 가쁘게 달려간다. 풍덩, 바닷물에 뛰어든 아이들.

아이들은 바다에서 여름 내내 살았다. 자맥질로 바닷속에 지천으로 잠겨 있는 잘피(바닷말)를 캐어 그 속에 노랗고 연한 속잎을 까먹는다. 아이들은 그것으로 허기진 배를 달랬고 헤엄칠 힘도 얻어 낸다.

여름 방학이 끝날 때까지 아이들은 물속에 빠져 산다. 바다는 아이들의 손색없는 놀이터이다. 마치 맘 고쳐먹은 이웃처럼 잘 보듬어 주고 아이들은 그 속에 빠져 나이를 먹고, 어른으로 성장해 간다.

오월이 꼬리를 보이고 밤꽃 쌉싸래한 유월이 머리를 틀어 올리면, 섬사람들의 더듬뿔은 온통 바다를 향해 곤두세운다. 들사리들 출몰에 대한 기다림이다.

이맘때면 엄지고기가 된 멸치들이 알을 슬기 위해 떼를 지어 바다 기슭에 몰려든다. 망꾼 선발을 다 끝냈고, 배정받은 망꾼들은 어김없이 염탐 길에 나섰다. 주로 밤잠이 없는 노인네들이다. 그들은 보리 저녁부터 수시로 밤바다를 살피며 잠을 설친다. 멸치 떼들이 출몰하면 염탐꾼은 손발 치며 동네 구석구석을 돌기 시작한다.

올해 들사리는 비교적 늦게 나타났다. 판용 씨 아버지가 망을 보던 밤이었다. 무럼생선처럼 사람만 좋아서 더러 업심받던 할아버지다. 늦게 몰려든 멸치 떼들은 지치고 놀란 망꾼을 충분히 흥분하게 했다.

"멸치들이 밀리들었소. 훗딱 나오소!"

판용 씨 아버지는 골목골목 그렇게 소래기탄을 지르며 돌아다닌다. 뜰채와 멸치를 담아낼 함지와, 있는 대로 식구들을 다 깨워 바다로 나간다.

바닷가에는 멸치 떼만큼 사람들이 몰려 나와 있다. 그 사람들 사이로 멸치들이 번쩍거린다. 칠흑 같은 어둠 속에서 멸치들은 야광충처럼 몸을 푸덕거린다. 은빛 몸부림이다. 쇠코잠방이 차림의 중길 씨도 큰 통과 뜰채를 챙겨 저만치 먼저 달려 나간다. 중길 씨는 다릿목 개어귀 못 미처 바닷가 한 자리를 차지했다.

올 멸치 몸은 유난히 좋다. 퍼덕거림이 활기차고 알배기들인지라 몸이 실하다. 손만 갖다 대면 잡혀 드는 게 멸치다. 손에 잡힌 뜰채들은 부지런히 바닷물을 훑어 나간다. 바닷가는 멸치 건져 내는 사람들로 씨글씨글 들끓는다. 뜨고, 퍼 담고, 갖다 나르고, 지키고…….

다음 날 아침이면 마을은 멸치 굽는 냄새가 진동을 한다. 왕소금 툭툭, 뿌려 숯불에 익힌 멸치를 손에 쥐고, 아이들은 잠이 모자라는 눈을 비비며 학교를 간다.

오지항아리에 소금 쳐서 꼭꼭 눌러 놓은 멸치는 알맞게 삭을 시간만 견뎌 내면 된다. 젓갈 또한 섬사람들에겐 일 년 농사나 다름없다. 마치 가을에 곡식을 거두어 곳간에 쌓아 둔 듯 푼근하다.

바다는 그렇게 베푼다. 그러면서 제가 준 상처를 치유해 주려 한다.

버릇처럼 뭍을 향한 그리움만 키우며 사는 섬. 어느 날 섬은 그 뭍에게 점잖게 손을 내밀었다. 바다 위에 거대한 다리를 만들어 내통을 도모하자는 악수였다. 다름 아닌 거제 대교이다. 섬이란 불리한 조건에서 헤어날 수 있는 훌륭한 길이었다. 늘 소문으로만 떠돌던 '거제대교' 기공식이 드디어 다가왔다. 섬사람들은 그 소문을 눈으로 확인하기 위해 견내량으로 몰려갔다. 이미 수도와 알전구가 쏘아 내는 전깃불로 문명의 그 무한한 능력에 맛을 들인 후다.

양력 달력 5월이 마지막 하루를 남겨 둔 날, 제일 먼저 달려간 사람은 선재 엄마 개성댁이다. 멀미 심한 개성댁은 꼭두새벽부터 읍내 장승포와, 고현 마을을 지나 견내량까지 걸어갔다.

"정말로 견내량꺼정 걸어서 갔단 말입니꺼?"

아양댁은 개성댁이 가져온 갱엿을 받으며 놀라 묻는다.

"내가 순덕이 오마이에게 거짓말을 할 것 같습두?"

"아니, 개성댁이 터무니없는 말을 할 사람은 아이지예, 그래도 너무 놀래 갖고……."

"무스기 사람들이 그렇게 마이도 모있는지, 거제 사람들 몽땅 그게 다 모있는가 싶습다."

선재 엄마 개성댁 말이 떨어지자, 그 말에 콩고물이라도 묻을 세라 대한민국 한포생 씨의 대단한 연설이 꼬리를 물기 시작한다.

"공사 기간이 한 6년 넘게 걸린다 카네요, 총 기릭시가 740이라 써 있는데 이 영어가 뭐라 카는 말이고, 아, 그건 놔 두삐고 아무튼 간에 아주 긴 다리라 캉께요. 폭이 여게 보몬 8이라고 씍어 있고 높이는 18

이라 카는데, 이봐라, 동새야 여 좀 와 봐라, 이기 암캐도 바깥말 같은데 뭐라 캄서 읽어야 하노?"

"아, 아부지 그기 메다라는 영업니다. 기릭시를 말하는."

"아, 그라모 이 메다라는 기릭시가 얼매쯤 되는 기고?"

"이렇게 한 발쯤 될 낍니다."

한포생 씨 둘째 아들 동새가 두 팔을 힘껏 벌려 아버지 연설을 도운다. 쉽게 알아들은 한포생 씨가 다시 정정 발표를 한다.

"기릭시는 총 740메다이고요, 그랑께 740발이라 생각하몬 되겠네. 옆에 기릭시가 8메다라 카이 참말로 엄청나게 큰 다리 맞는 갑십니다."

"대한민국 한포새이, 니 말 믿어도 되나?"

"요게 이렇게 써 있는 거 고대로 읽었응께, 안 믿을 거는 뭐 있노."

덕재 씨와 누이바꿈을 한 용구 씨의 핀잔을 한포생 씨는 넉넉한 넉살로 잘도 받아넘긴다.

통영에서 견내량을 잇는 이곳은 일찌감치 전하도(殿下渡)라 부른다. 옛날(1170년) 고려 18대 의종왕이 상장군 정중부의 숭문주의 반란에 거제도로 유수될 때 도래하였다는 뜻으로 불린 이름이다. 남해의 한산만과 내해 진해만 해수의 간만이 만만찮아서 공사는 쉽지 않을 게 뻔했다. 초청장까지 받고 다녀온 동네 이장 중길 씨는 퍼런 수건을 목에 두르고 고주망태가 되어 돌아왔다.

"정말 세상은 참 희한하고 희한하다. 우째 그 깊은 바다에 기둥을 세우고 다리 놓을 생각들을 다 했을까, 말이다."

"정말로 그 다리를 놓으면 영복호 타지 않아도 부산을 간다 말이지예?"

"그라모, 그렇고말고. 그뿐인가 베. 태풍이 불어도 부산 가는 거 이제 문제없다. 그놈의 바람이 치고 들어오몬 사흘 나흘 발이 묶여 꼼짝을 몬 했는데 인자, 그런 꼴 안 봐도 되지, 안 봐도 되고말고."

중길 씨 말은 사뭇 힘이 찼다. 마치 제가 다리를 놓는 것처럼.

사실 바람이 일면 바다가 뒤집어지고 기세등등한 허연 뉘가 산더미처럼 몰려와 섬을 삼킬 듯했다. 그런 때면 뭍을 향한 유일한 수단인 영복호는 맥을 추지 못하고 꼼짝없이 발이 묶였다. 섬사람들의 다급하고 중대한 일 같은 건 안중에도 없다는 듯이. 그럴 때면 섬사람들은 하늘을 보고, 바람과 뉘를 살피고, 라디오의 일기예보에 귀를 기울였다.

중길 씨는 기공식에 참석한 후 이장입네, 하며 기고만장, 어깨 힘을 실어 올린다. 동네일을 맡고 나서부터 전 같지 않다. 돼지 새끼 세 마리나 팔아서 시작한 주낙 일은 차츰 남의 손을 빌리는 횟수가 잦아졌다. 그만큼 수익은 줄어들었다. 산판을 칠 때도 그랬다. 당신이 직접 산을 오르내리며 세워 둘 나무, 베어 낼 나무 가름을 해 주어야 하는데 동네일 한답시고 모두 남의 손을 빌리니, 나무만 무참하게 대중없이 베어져 나갔다.

벌잇줄을 시들방귀 여기듯 하고 잡다한 집안일도 부스럭 일처럼 건성건성 넘긴다. 아양댁은 그런 중길 씨가 내심 못마땅하다. 우물로 향하는 돌다리가 해일에 휩쓸렸을 때였다. 공굴 다리로 교체한답시고 중길 씨는 뱃사람들에게 손을 내밀었다. 그것도 만만치 않았는지 시작한 공사가 흐지부지해졌다. 결국 중길 씨는 썰레를 놓는답시고, 제 주머니를 털고 말았다. 중길 씨가 시멘트 열 포 값을 내놓으면서 마침내 공굴 다리 공사는 염글리게 되었다.

아양댁에겐 한마디 상의도 없었다. 그것도 중길 씨에게 직접 들은 말이 아니었다. 이리저리 헤매 돌던 말이 갈 데 없는 골목에서 아양 댁 귓문에 걸리고 만 것이다. 이쯤 되니 아양댁 심기는 여간 불편한 게 아니었다. 그 돈이면 아이들 옷 몇 벌을 돌리고도 남을 액수이다. 그러니, 중길 씨를 향한 맘이 엇먹기 시작했다.

이장들 회의랍시고 중길 씨가 상률네 점방에서 한나절을 노닥거리 고 돌아온 저녁이었다. 이래저래 심기가 불편한 아양댁이 그예 불구 녕을 지르고 만다. 중길 씨 대문을 들어서는 그때를 맞추어 아이들 들볶는 걸로 트집을 잡는다. 아이들 핑계로 벌떡증을 풀어놓는 아양 댁을 눈치로 잡았지만 그 속내는 아직 알아채지 못한 중길 씨다.

"와 그라노?"

"너그들은 뭔 돈 많은 집 자석들이라고 잡기장을 함부도록 써 놓고 또 사 달라고 그라노!"

느닷없는 아양댁의 생야단에 아이들도 먼저 눈치를 챈다. 저들 들 으라는 말이 아니라는 것을, 그러면서 슬금슬금 방으로 숨어들었다. 결국 중길 씨와 담판 지을 일만 남고 말았다.

"집구석 살림은 우째 돌아가는지 까막눈이 돼 갖고 동네일에 돈만 갖다 바치몬 대수인가!"

아양댁 시악부리는 모양을 보니 시멘트 열 포 값이 피새난 게 틀림없다고 여긴 중길 씨가 한 수 접는다. 우선 목소리에 힘부터 뺀다.

"우짜겠노 일은 시작해 놓고."

"뭘 우짜겠다고요, 누가 장가갈 일 생겼소?"

"그기 아이고······."

"아무도 돈 내노컸다는 사람은 없제...."

"누가 뭐라 캅니까?"

"그라몬 와 입이 툭 불거져서 아이들을 잡노?"

이실직고를 한답시고 뒤늦게 수작을 부리는 중길 씨, 아양댁이 헤아리기엔 까마득한, 노송나무 밑과 진배없는 속이다. 아양댁 심기에 눈치를 보며 중길 씨는 세숫물을 떠서 얼굴을 씻고 그 물에 발을 담근다. 다른 날 같으면 물이며, 수건이며 모두가 아양댁 몫이었건만, 그녀는 본체만체한다.

"세상에 그놈의 이장하면서 날마다 돈이나 갖다 처넣고, 쬐끔만 더 있으몬 아이들 학비가 솔찬하게 들어갈 낀데, 물덤벙술덤벙 쓸 돈이 어딨노?"

아양댁의 솟증이 밥상 앞에서 또 터지고 만다. 2차전이다. 밥숟갈을 잡던 중길 씨 얼굴에 퍼진 노여움이 어스름 녘 피어나는 하늘빛처럼 불그스름해진다.

"또 이장 타령이요. 내가 이장을 하면서 집을 팔아먹었소, 논을 팔아먹었소?"

중길 씨 심사에도 불이 붙는다. 또박또박 표준말에다 높임말이다.

그녀 앞에 위험수위 표시가 분명하게 그려진다. 중길 씨 말투가 예의를 갖추기 시작하면 그쯤에서 물러나야 한다. 아이들이 숟가락에 뜬 밥을 입에 넣지 못하고 엉거주춤 망설인다. 아양댁은 암말 없이 밥숟갈만 퍼서 입안에 쑤셔 넣는다. 아랫배가 슬슬 술렁거리기 시작한다. 제대로 내뱉지 못한 속이 배 속에 기별을 보낸다. 숟가락을 놓고 뒷간으로 달려갔다. 부출에 두 발을 걸치고 웅크려 앉았지만 제대로 볼일을 보지 못한다.

논을 팔았나, 밭을 팔았나, 하던 중길 씨 말은 씨앗을 뿌리고 싹을 틔워서 그해를 넘기기 전에 땅이 걸찬 큰골 밭을 처분하고 만다. 그래도 다음 해에 또 이장을 떠맡는다. 잘한다 잘한다, 하니 깨춤 추는 꼴이다. 밭뙈기 날려 가며 마구다지 덤벼든 중길 씨 이장 짓은 결국 벌인춤이 되고 말았다. 입에 침을 발라 가며 칭송하는 사람들의 말수더구에 귀 여린 중길 씨는 혹해 떠넘기는 이장직을 내치지 못했던 것이다.

중길 씨가 말고기 자반이 되어 들어온 그날 밤, 아양댁은 처음으로 잠자리에서 성질을 부렸다. 얼씨구나 날아갈 듯한 기분으로 달려드는 중길 씨를 아양댁은 온 힘으로 떠밀어내고 만다. 벌거벗은 채 뒤로 나뒹구는 중길 씨를 내팽개치고 방문 밖으로 나온다. 이글이글 타오르는 속의 불 뭉치는 한참 동안이나 꺼지지 않는다.

아양댁은 마당귀에 붙어 앉은 감나무 밑에 웅크리고 앉는다. 제법 알새가 굵은 뾰주리감이 올해는 해거리를 했다. 이맘때쯤이면 아이들은 뿌덕뿌덕한 도사리를 주워 먹고 옷에 온통 감물을 들이곤 했다.

가을걷이가 끝날 때쯤, 중길 씨는 간짓대로 조심스레 감을 따 내렸다. 몸에 옳은 색깔이 붙은 감을 항아리에 쟁여 침을 담그면 떫은맛을 그럴싸하게 우려낼 수 있었다.

새끼도 품지 못한 감나무 잎은 벌써 불깃한 빛깔로 젖어 들었다. 무성한 이파리로 그늘이 무르녹으면 그 밑에 평상을 들여놓고 여름 한 철을 보내던 나무 밑이다. 겨울이면 잎을 버리고 푼푼한 햇살을 돌려주는 감나무, 그 가지 끝으로 가만한 바람이 찾아든다. 그 바람이 고약을 떤 아양댁 마음을 어루만진다. 아양댁은 어스레한 마당을 건너 베틀방 문 앞에 섰다. '우리 옴마 방' 순덕이가 써 놓은 글자를 더듬어 읽은 후 방문을 열어젖힌다.

유난히 춥고 긴 겨울

초가을을 알리는 색바람은 바닷물에 빠진 아이들을 죄다 건져 냈다. 언제냐는 듯, 아이들은 첨벙거리며 보내던 여름 한 철의 바다를 까마득히 잊어 갔다.

여름 방학을 마친 막내 명덕이 머리에 흰 천태를 불끈 두른 채 학교로 달려갔다. 운동회 연습이 시작된 것이다. 사라호를 겪은 후, 운동회는 한동안 하는 둥 마는 둥, 날짜도 제 맘대로 왔다 갔다, 하는가 싶었다. 세월이 약이란 말은 하나도 엄살이 아니었다. 세월은 건달처럼 하는 일 없이 무작정 놀며 가는 게 아니었다. 펑, 뚫린 구멍처럼 허전한 곳에 뭔가를 채워 놓았고, 영원히 아물지 않을 것 같은 상처에다 약을 바른 듯 치유해 주고 지나갔다.

그 지독한 태풍이 앗아간 목숨 대신 다시 새 생명을 잘 키워 바다로 보냈다. 지난날 아버지와 형을 잃었던 어린것들이 자라서 이제 형이 되었고 아버지가 되어 그들이 물려준 자리를 이어받았다. 모든 것들이 점점 제자리를 찾아갔다. 그러면서 한참 동안 시들했던 운동회는 마을의 큰잔치로 다시 돌아왔다.

여름 내내 물가에서 살을 태우던 명덕이 이젠 운동장에서 태울 참이다. 명덕이 얼굴은 오진 가을볕에 마치 흑인처럼 타들어 갔다. 까맣게 탄 살빛에 부허옇게 마른버짐까지 퍼졌다. 날마다 땀에 흠씬 젖은 머리칼에 서캐가 허옇게 일었다. 날을 새우면 가랑니가 되어 꼼지락거리는 그것들을 잡아낸다고 일요일이면 순덕은 DDT를 뿌려 대고 참빗으로 훑어 내느라 법석을 떨어 댄다. 그런 순덕이 손아귀에서 벗어나기 위해 대문 밖으로 달아나다가 다시 잡혀 온 명덕이 입은 불퉁 바위처럼 튀어나온다.

"가시나야, 니 때문에 부끄러바서 학교도 못 댕기겠다."

"와, 뭐 땜시로?"

"니 머리 가랑니가 나한테 자꾸 옮아 붙어서 안 그라나."

"그기 뭐시 부끄럽노. 우리 반 아들은 다 머리에다 키우고 다니는데."

"너그들하고 같나, 가시나야."

"이야(언니) 니는 선재 오빠 땜시로 그라제. 너그 둘이 연애한다고 소문났다 아이가."

"가스나가 씰데없이 뭐라고 종알거리노?"

"맞제? 정말이제? 너그 둘이 연애하제?"

명덕이 넉살에 얼굴이 빨깃해진 순덕은 제 동생 머리를 쥐어박는다. 붙임새가 좋은 명덕에 비하면 마음 섞는 걸 아무나 함부로 하지 않는 순덕은 선재와 변함없이 친했다. 그런 순덕이 앞에서 명덕은 변명이 궁해지면 선재를 들먹인다.

올해 읍내 고등학교에 입학한 순덕은 처녀티를 내면서 사뭇 의젓해졌다. 점덕은 큰골에 새로 지은 중학교에 들어가 벌써 2학년이 되었다. 점덕은 아무래도 사춘기를 치르는 모양인지 말수가 줄어들었다. 혼자 있는 것을 좋아했고, 뭔 책을 읽는지 밤새 불이 꺼지지 않았다. 두 아이는 아침마다 다리미를 껴안고 살았다. 저녁에 씻어 둔, 아침이면 꼽꼽해진 깃에다 다림질을 해댔다. 감색 교복에 덧대는 하얀 깃은 녹말로 강풀을 먹여 장작불 끝에 나온 숯을 다리미에 듬뿍 채워 꼴꼴하게 날을 세운다.

"야, 너그들 모가지가 그대로 붙어 있는 걸 보몬 희한타야. 칼날 겉은 걸 그렇게 달고 다님서."

"옴마는 참. 우리 반에서 나가 젤 후줄근하다."

"와, 니보다 뽄을 더 내는 아가 또 있나?"

"이리 세워 놓으몬 무슨 소용이 있노? 버스에서 내리몬 그냥 맥이 빠져 있는데."

허긴 그렇다. 아침마다 버스 타는 것도 전쟁이다. 첫차를 타야 학교 시간에 겨우 맞출 수 있다. 고무줄처럼 늘어날 줄 아는 버스도 아니다. 만원버스는 문도 닫지 못한다. 차장이 서커스 하듯 매달리면 내리막이나 오르막길에서 버스가 몇 번을 추슬러 주어야 겨우 문을 닫을 수가 있다. 그것도 하루걸러 들어오는 영복호가 없는 날에는 더 심하다. 부산이나 마산으로 나가는 사람들은 읍내에 잠을 잔 여객선을 타려면 그 첫 버스를 타야 한다. 날마다 전쟁을 치르듯 버스를 타던 순덕이 어느 날부터 아예 시오리 길을 걷기로 결심을 했다. 그 덕에 아양댁은 새벽같이 일어나게 되었다. 새벽동자로 순덕이 도시락까지 싸고 나면 샛비재 노송에 해가 걸릴 때쯤, 나머지 식구들 상을 또 차린다.

"옴마, 운동회 날 정해졌다."

대문을 밀치며 들어서던 명덕이 호들갑스런 소리와 함께 등사판에 민 가정 통신문을 내밀어 놓는다.

"나는 안 들어도 안다. 추석 다음 날이것제."

"옴마는 우째 알았는데? 정말로 귀신이네."

안 봐도 뻔한 날짜이다. 운동회는 언제나 월명시에 맞추어 정해진다. 뱃사람들이 잠깐 돌아오는 시기이다. 가난한 섬에 돈을 만질 수 있는 이는 대개 뱃사람들뿐이다. 보름사리에 맞추어 뭍으로 돌아올 때 안주머니에 넣어 오는 달삯이다. 일 년 열두 달 뼈 빠지게 농사지어 보았자 보릿고개 넘기기도 힘든 농사꾼이 감히 엄두도 못 낼 돈이다. 뭍에 발 들여놓을 날 기다리며 한 달을 바다에서 보낸 뱃사람들은 보상심리처럼 월명시 그 며칠간을 흥청거리며 즐긴다.

본부석 차일 앞에는 새끼줄에 걸린 기부금 종이가 깃발처럼 휘날린다. 기부금을 걸기 위해 본부석엔 뱃사람들로 장사진을 이룬다. 누구누구 씨 얼마, 하며 확성기에 담기는 이름의 임자는 잠깐이지만 어깨를 으쓱거릴 수 있다.

떠돌이 장사꾼들은 섬의 운동회 날만 꿰차고 다닌다. 어디서 주워듣고 왔는지 운동회 날이면 몰려든 장사꾼으로 학교 담 밑은 발 디딜 틈이 없다. 운동장 안을 차지하지 못한 이들은 교문 밖에까지 진을 친다. 교문 옆, 좋은 자리를 차지하기 위해 아예 밤을 새우는가 하면, 자리다툼으로 심심찮게 싸움질도 일어난다.

그런 날, 빠지지 않는 불청객도 있다. 다리가 휠 것 같은 맘보바지 차림의 건달들이다. 교문 앞에 진을 치고 선 맘보바지들은 지나가는 동강치마 아가씨들에게 휙휙 휘파람을 불어 대며 거탈수작을 부려 댄다. 어디에서 굴러왔는지, 운동회 날이면 단골손님 행세를 한다. 그런 건들멋도 그날만 용납된다. 운동회가 끝나면 철새처럼 날아가 버린 건달들의 모습은 볼 수 없다.

학교 담벼락 끝으로 늘어진 벚나무 이파리는 벌써 단풍이 들기 시작한다. 온몸에 발간빛을 담고 바람에 나부끼는 성질 급한 놈도 더러 보인다. 봄이면 꽃눈깨비를 떨어뜨리던 나무다. 그 나무 그늘을 안고 일찍 서둔 사람들 머리가 삐죽삐죽 담을 넘보고 있다. 운동장 아이들의 함성도 벌써 담 밖을 기웃거린다. 아양댁은 만국기가 하늘을 뒤덮은 운동장 안으로 들어섰다. 벌써 어린것들이 손가락에 목단만 한 꽃을 양쪽에 달고서 깡충깡충 춤을 추며 재롱부리는 중이다. 1학년들의 산토끼 춤이다.

학부형들 게임은 오후에 다 몰려 있는 편이다. 아양댁은 동네별로 내기를 하는 엿 먹기 게임에 참가할 생각이다. 작년에는 엿 하나 더 먹겠다고 버틴 아양댁 때문에 그녀 편이 지고 말았다. 그래도 유엔표 성냥을 한 통 탔다. 그뿐인가, 달음질이 빠른 중길 씨는 허연 빨래 비누를 세 장이나 들고 왔다. 이번에는 아예 치마도 불끈 묶었고, 그냥 먹는 시늉만으로 돌아올 참이다. 그까짓 엿 하나 사 먹지 뭐.

신이 난 명덕은 아양댁이 자리 잡은 몽당솔 밑을 몇 번이나 들락거린다. 사이다를 마시고 가기도, 찐 계란을 들고 가기도, 돈 몇 푼 받아 뽑기 앞에서 서성거리다간, 달리기로 탄 공책을 놓고 쪼르르 아이들 속으로 숨곤 한다.

달달 외우고도 남는 프로그램 그대로 오후엔 어른들 놀음으로 넘쳐난다. 중길 씨는 작년처럼 신부 신랑 꾸미기 놀음에 뽑혀 나갔다. 신랑 신부에게 먼저 첫날 옷을 다 차려입히는 쪽이 이기는 게임이다. 한 사람씩 달려 나가 활옷과 족두리, 사모관대 차림을 만들고 화장까지 했다. 그렇게 꾸민 신랑 신부를 가마에 태우고 운동장을 한 바퀴 돌았다. 사모관대를 두르고 가마에 앉은 중길 씨와 신부를 보기 위해 사람들은 운동장, 금 안을 기웃거린다. 가마에 앉아 트랙을 도는 생뚱맞은 신랑 신부를 보며 배를 잡고 깔깔대며 웃는다.

샛비재 노송에서 시작한 해도 느릿느릿한 걸음으로 종일 운동회 구경을 한다. 그런 후, 청백 계주를 준비할 즈음이면 옥여봉 산기슭에 털썩 주저앉는다. 지는 해는 앉은자리에 벌건 노을을 풀어놓고 운동회 마지막 프로그램인 계주를 흥미롭게 관전한다. 사람들은 발을 구르며 말뚝에 쳐 놓은 새끼줄 경계를 깔아뭉개고 열띤 응원을 하지만 아양댁은 소나무 그늘에서 가만가만 가슴을 쓸어내린다.

졸업생 달리기를 한답시고 순덕이 달음을 치기 시작했을 때부터다. 달음질이라면 어느 누구를 닮아도 잘할 터였지만 순덕은 유독 빨랐다. 그래서 마지막 주자였던 순덕이 패거리가 일등을 했다. 그 아이의 달리는 모양이라니.

언제 적부터 그랬을까. 왼손에 쥔 바통으로 자그마한 원을 만들어 대며 달리는 순덕을 멍하니 바라본다. 어쩌면 용을 그렇게 쓰고 났는지. 요동치는 가슴을 달래느라 물주전자 주둥이를 입에 넣고 벌컥벌컥 들이마신다.

용이 그랬다. 운동회 날이면 날쌘돌이 용은 유독 눈에 띄었다. 용은 그렇게 바통을 돌려 대며 운동장을 번개같이 달렸다. 그가 트랙을 밟으며 달릴 때면 운동장에 모인 사람들은 열광했다.

'순덕이 년은 언제 저 버릇을 훔쳐 온 겔까.'

눈을 감으면 벌건 얼굴로 바통을 돌리며 아양댁 앞으로 용이 마구 달려올 것 같다. 닮은 티를 우째 그리도 내고 싶어서⋯⋯. 아양댁은 나무 그늘 아래서 눈을 감고 가슴을 가만가만 두드린다.

몇 년 전이었다. 6학년인 순덕이 마지막 운동회 날이었다.

크게 공부 성적은 앞서지 못해도 운동회 날이면 순덕인 물 만난 물고기처럼 신이 났다. 달음질만큼은 절대 남의 뒤에 서진 않았다. 그날, 손님 찾기 달리기에서 순덕은 손에 거머쥔 쪽지에 쓰인 면장님을 목이 터져라 불러 댔다. 내빈석 앞을 서성이던 아이는 애가 타서 얼굴이 발개졌다. 다른 아이들은 벌써 짝을 찾아 운동장 바퀴를 반이나 돌아 나가던 참이었다.

울상이 된 아이 손을 잡기 위해 불쑥 튀어나온 사람은 중길 씨였다. 술기로 말고기 자반이 되어 버린 면장이 바지춤을 추스르며 변소에서 나온 건 아버지 손에 매달려 골인 지점에 도착한 한참 후였다. 사실 아이가 아버지를 끌고 달린 거나 마찬가지였다. 그렇게 열심히 달렸건만 순덕인 꼴찌에서 두 번째였다. 횟가루 뿌려 그은 결승점에 주저앉아 아이는 서럽게 울었다.

우는 아이를 데리고 나와 홍시 하나를 까서 먹이던 참이었다. 시퍼런 소나무를 위에서부터 촘촘하게 꽂아 내린 개선문 오른쪽이었다. 막바지에 오른 운동회는 이미 콩켸팥켸 엉망으로 헝클어진 대열이었다. 난리판으로 복대기는 아이들 틈으로 아주 낯익은 모습의 여자가 눈에 들어왔다. 추레했다. 입성은 낡고 초라해서 굴왕신같았다. 아양댁 시선은 고드름처럼 얼어붙고 말았다. 용의 엄마, 고현댁이었다. 풍문으로 들려온 소문은 많았다. 미쳐 죽었다느니, 끌려가 총살을 당했다느니, 길가에서 비명횡사했다느니, 소문의 모양은 구구했지만 한결 죽었다는 결말뿐이었다.

그런 소문에 빗장을 지르기라도 하듯, 용의 엄마가 나타났다. 앞이 캄캄했다. 아양댁은 반쯤이나 남은 홍시를 손에 쥔 줄도 모르고 멍하니 고현댁 걸음만 눈으로 쫓았다.

"옴마 뭐 보는데?"

아양댁 눈 둔 곳에 순덕도 눈을 맞추어 두리번거렸다. 아이의 눈에도 걸레부정처럼 누추한 할머니가 잡힌 모양이었다.

"옴마 저 할매 보나?"

"아이다. 아무것도 아이다."

"저 할매 참 불쌍하게 뵌다."

무서운 핏줄이 끌어낸 걸까. 순덕이 아양댁 손에서 홍시를 뺏어 들고 고현댁 앞으로 걸어가고 있었다. 아양댁은 순덕이 걸어가는 뒷모습만 멍히 보고 있었다.

'참, 피 땡기는 거는 아무도 못 말리는갑다.'

아양댁은 고현댁 손에 홍시를 쥐어 주는 순덕을 보며 혼자 중얼거렸다. 뭔가 고현댁과 몇 마디 말을 나누던 순덕이 언제 울었냐는 듯 팔짝팔짝 뛰며 돌아왔다. 순덕이 돌아와 다시 아이들 속으로 스며들 때까지 놓아 버린 정신을 다시 담아내지 못했다. 얼마를 지났을까. 정신을 추스르고 돌아보니 고현댁은 보이지 않았다.

헐레벌떡 운동장 밖으로 달려갔다. 텅 빈 신작로였다. 마을 사람들을 운동장 안에 죄다 가두어 버린 바깥세상은 적막했다. 그 속으로 고현댁이 걸어가고 있었다. 허연 햇살만 뒹구는 신작로였다. 늙고 지친 노인은 버거운 적막을 무겁게 헤쳐 나가고 있었다. 아양댁은 뒤쫓아 가지 못했다. 초라한 노인 앞에 제 모습을 들이밀 용기가 나지 않았다.

'아지매 저 여분이라예.'

그 말 한마디면 소통은 끝날 터였다. 그 한마디면 짓물러 형태도 뵈지 않는 고현댁 눈가에 생기가 돌아올지 몰랐다. 그렇지만 아양댁은 그러지 못했다. 터벅터벅 걸어가는 노인의 뒷모습을 젖은 눈가에 담아냈을 뿐……. 눈이 쓰라렸다. 눈을 다스리지 못하는 가슴에 통증이 왔다. 가슴만 자꾸 쓸어내렸다. 그 손길에도 아픔이 매달려 들었다.

아양댁은 학교 담벼락을 끼고 집으로 달려갔다. 가슴이 또 아랫배를 건드리고 만 것이었다. 뒷간으로 들어간 아양댁은 아랫배를 움켜쥐고 한참을 그렇게 앉아 있었다. 그래서 릴레이 선수인 순덕이 벌건 얼굴을 보지 못했다.

그날 밤은 베틀 방에 들어가 여름 내내 지어낸 삼베를 만졌다. 그러다간 벽에 등을 기대고 앉아만 있었다. 한참을 그러고 나니 살 것 같았다. 그 운동장에서, 신작로에서 그렇도록 눈을 쓰라리게 했던 고현댁 모습은 점점 멀어져 갔다. 마음에서도 슬그머니 물러갔다.

그해 겨울은 유난히 추웠다. 중길 씨가 친 산판은 비교적 순조로웠다. 마침 타지에서 몰려온 등거리꾼도 적당한 값으로 구했고, 척척 구색을 맞출 참인지 까다롭기로 소문난, 이와실이도 쉽게 손을 잡았다. 짐을 나르는 등거리꾼들의 등이 실해서 수월하게 산내림을 했다. 이와실이의 수레도 전과 달리 튼실한 쇠를 박은 바퀴인지라 예정보다 날이 줄어 품삯도 덜 먹혔다.

그런 덕에 집 안에 쟁여 놓은 나무무지를 쳐다만 봐도 겨울은 따뜻하게 날 수 있을 것 같았다. 제 배부르고 등이 따뜻하면 세상이 어떻게 돌아가든 별 걱정 없이 지내기 마련이었다.

겨울 동안 아양댁도 그렇게 소일했다. 베틀방에 숨어들어 초가을까지 지어낸 삼베를 추슬러 다듬잇살을 먹이고, 여름에 입을 중길 씨 잠방이를 마름질했다. 그러다 가만 불을 끄고 한동안 아무 생각 없이 앉았다간 나오곤 했다. 그 방에 앉으면 마음이 안정을 찾았다. 가만 드러누워 삿갓반자로 꾸민 천장을 멍히 바라보며 지나간 날들을 가끔 불러들이곤 했다. 세월에 묻혀 상막해질 줄 알았던 그날들은 베틀방에 누우면 아픔이 되어 명치끝에 걸려들곤 했다. 그런 아양댁을 식구들은 아무 의심 없이 봐 주었다. 아양댁이 즐겨 앉는 베틀이 있었으므로.

용의 엄마 소식을 들은 건, 그 겨울의 중심이었다. 동지를 지난 추위가 유달리 기성을 부렸다. 겨울 초입부터 일찌감치 쫓개 날을 세우고, 썰매판을 다듬어 둔 아이들이 구렁논 얼음판 위로 죄다 모여들었다. 얼음지치기에 신이 난 아이들 콧등은 홍시처럼 **빨개졌다.**

순덕이 중학생이 되었던 그다음 해였다. 물들인 사지 치마에 하얀 깃을 단 교복 차림의 순덕이 모습이 대견했다. 그런 순덕의 뒷모습을 대문에 기대서 지켜보곤 했다.

샛비재 서늘맞이 폭포에서 시체 한 구를 발견했다고 했다. 그 소식을 들었을 때 주검의 임자쯤이야 대번에 짐작이 갔다. 고현댁이었다. 아양댁 가슴을 뭔가가 매섭게 할퀴며 지나갔다. 예감했던 터였다. 용의 엄마, 고현댁 목숨은 사실 오래전 용과 함께 바다에 묻힌 거나 마찬가지였다. 살아 있다는 게 형벌이었을 그녀였다. 바위틈 외진 곳에 너무 오래되어 형체도 알아볼 수 없을 정도라고 했다. 순경들이 샛비재를 올랐다가 내려오고 장정들도 분주했다. 마을은 알 수 없는 시체 한 구로 발칵 뒤집혔다.

아양댁은 그 소문에 간여하지 않았다. 그 난리를 피해 돌아앉았지만 그날 밤 밤새 뒷간을 들락거렸다. 아랫배를 다스리지 못해 잠을 설쳤다. 베틀방에 틀어 박혀 **뼈마디**를 드러낸 천장의 서까래만 쳐다보았다. 그냥 그렇게 눈만 부릅뜨고 누워 있었다. 멍한 눈 속에 핏줄이 돋아나는 것 같았다. 그것들이 금방이라도 숨탄것이 되어 꿈지럭댈 것 같았다. 눈이 자꾸 쓰라렸다.

다음 날, 샛비재 늙은 소나무가 허연 보름달을 띄워 올렸다. 아양댁은 순덕을 불러 마루에서 큰절을 올리면서 달을 맞았다.

"옴마, 와 또 절을 하라쿠노? 명덕이 점덕이는 놔 놓고."

"아무 소리 말거라이. 니는 큰딸인께 절을 해야 한다카이."

마을로 내려오지 못한 시체는 행려병사로 인정되어 샛비재 구석진 곳에다 묻었다.

누군가가 미리 지시한 일 같았다. 용의 엄마, 고현댁의 염원을 하늘이 들어주었을까, 제 아들이 묻힌 바다를 늘 바라볼 수 있는, 더없이 좋을 수 없는 맞춤한 자리였다. 유난히 길고 추운 겨울은 그렇게 지나가고 있었다.

누가 그 시절을 다 데려갔을까

순덕이 읍내 고등학교를 졸업했다. 졸업식 날 식구 모두가 읍내 중국집에서 자장면과 탕수육도 먹었다. 그 중국집 앞에서 아양댁은 잠깐 나미코를 떠올렸다. 흐트러진 옛 이리사 마을은 점점 맥을 잃고 있었다. 목이 터져라 엿불림을 하던 엿장수의 터, 이리사촌 입구엔 진짜 중국 사람이 개업한 자장면 집이 들어섰다. 세월은 제 머물던 곳의 흔적을 지우며 떠나갔다. 흑목여관이 있던 자리에도 낯선 건물이 들어서 있었다.

순덕은 중길 씨가 힘을 써서 우체국 교환원으로 취직이 되었다. 마침 중길 씨 친구인 명국 씨가 우체국장으로 부임한 덕을 본 셈이었다. 그해가 가기 전에 시험도 쳐서 우체국 정식 직원이 되었다. 하루 두 번 교대였고 밤에 출근했다가 아침에 퇴근하기도 했다. 수동식 전화를 연결을 해 주는 교환원인지라 귀만 잘 기울이면 동네 비밀은 손바닥에 얹어 놓고 들을 수 있었다. 중길 씨는 첫 출근하는 순덕을 불러 앉혔다.

"널 대학도 못 보내고 우체국에 집어넣은 것은 아비로서 참 맘 아픈 일이다."

"제가 공부를 잘했으몬 아부지가 그냥 계시지 않았을 끼제예."

"그래, 그 말도 좀 맞는 것 같다. 대학 갈 만큼 열심히 했으면 이 아비가 논을 팔아서라도 한 번 밀어부쳐 볼 건데……. 그러나 공부, 그게 인생의 전부가 아니다. 더구나 여자아이들에게는 말이다. 착실하게 근무하다가 좋은 신랑 만나 시집 잘 가면 그게 너 복인 거라."

중길 씨가 섬 말을 버리고 대처말로 달렸다. 순덕은 꼼짝없이 꿇어앉아 제 아버지가 풀어놓는 말 한마디 놓치지 않고 겸손한 귀로 받아냈다.

"네, 아부지."

"그리고 말이다, 전화 교환이라는 게 남의 말을 쉽게 엿들을 수 있는 자리가 아니냐. 그러니 엔간하면 흘려듣고 어쩌다가 귀에 담더라도 절대 발설을 해서는 안 되는 거라. 지난번에 송 양 말이다, 그때 남의 말을 함부로 밖에 돌려 갖고 얼마나 시끄러웠냐. 그때 머구리마을 김 서방이 고소를 한다는 말까지 나왔다. 남의 개인 생활을 노출시켰다고 말이다. 그러면 안 된다는 거 너도 잘 알제? 그러니까 단단히 조심을 해야 한다. 이 아비 말 알아들었나?"

"예, 아부지. 지도 그런 거쯤 압니다."

"남의 돈 먹기가 그렇게 쉬운 일이 아니다. 뭐든 눈치차림으로 행동을 잘해야 한다. 그럼 되었다, 출근하거라. 국장님은 내 오랜 친구라서 널 그리 괄시는 안 할 거다. 그렇다고 넘치는 행동하면 안 된다."

"예. 아부지 다녀오겠십니더."

"오냐."

순덕은 아버지 말을 여겨듣고 첫 출근을 했다. 중길 씨가 순덕이

다짐을 야무지게 받아 낸 이유는 있었다. 머구리 마을 김 서방 전화 내용이 발설되어 까딱하다간 이혼당할 뻔한 사건이 생겼다. 사업차 뭍으로 행차가 잦은 김 서방이 돈지랄을 한답시고 다방 종업원과 가깝게 지내며 전화로 야한 말을 주고받은 게 화근이었다. 소문이 옷을 입고 신발까지 신더니 살림을 차리고 애를 뱄다느니 낳았다느니, 요상하게 발전이 되었다.

그러더니 망측한 그 소문은 결국 김 서방댁에게까지 당도하고 말았다. 동네가 뒤집어져 여간 시끄럽지 않았다. 셔츠 몇 벌이 제 마누라 손에 찢겨 나가고, 그래 억울한 김 서방이 말의 근원을 파고들었다. 결국 교환원 송 양이 흘린 말이었다는 게 탄로 났다. 그때 우체국장까지 나서서 손이 발이 되도록 빌었다. 송 양은 먼 데로 쫓겨 가는 걸로 마무리 지었다. 그것을 염두에 두고 중길 씨가 순덕을 불러 앉힌 것이었다.

갈색 점퍼스커트에 흰 셔츠를 받쳐 입은 순덕이 제법 처녀티가 물씬 흘렀다. 얼굴 가운데 빳빳하게 세워 둔 콧날이며, 약간 고적해 뵈는 옆모습 또한 용이었다.

순덕이 우체국을 다니면서 개성댁 유복자 선재와 더 가깝게 지내는 기미였다. 물론 둘은 어렸을 적부터 한 반이었고 지내는 게 남달랐다. 공부를 잘한 선재는 진주 교육대학에 들어갔고 순덕은 섬에 남았다. 붙어 다닐 때는 같은 반이고, 같은 동네고, 너무 어렸을 적부터 보아 온지라 달리 보일 것도 없었다. 나이 들고, 떨어져 있으면서 둘은 서로를 마음 깊게 새겨 두는 모양이었다. 그 깊은 내막은 명덕이 편지 한 장을 들고 쏘개질을 하는 바람에 사달이 나고 말았다.

"옴마, 순덕이 이야 연애하는 갑다."

"니 무슨 소리를 함부로 하노?"

"선재 오빠가 이야한테 사랑한다고 했는데, 옴마 나가 크게 한 번 읽어 보까?"

"가스나가 뭔 말을 그렇게 지어내노?"

"엄마 참말이랑께, 참말로 선재 오빠가 여게다 써 놓았다 말이다."

"니 입 못 닫겠나? 빌어묵을 가시나가 되도 않는 말을 해 대노."

편지를 흔들며 여들없이 굴던 명덕인 아양댁 닦달에 각다귀 입을 만든 채로 방문을 닫았다. 감나무 밑 그늘 자락을 쓸어안고 낫을 갈던 중길 씨 귀도 그 말을 어김없이 받아 내고 말았다. 중길 씨는 아무 반응이 없었다. 눈 빗질로 살펴만 봐도 중길 씨 심사가 심히 편치 않다는 것은 금방 알 수 있었다. 중길 씨는 선재 엄마인 개성댁을 마뜩찮게 생각했다.

선재 엄마는 인삼 도매상을 하던 서울 사람인 남편을 따라 개성에서 살다 혼자 피난을 왔다. 의지가지없는 피난민 수용소에서 빨리 벗어날 수 있었던 건 허닥하지 않은 개성댁 억척 때문이었다. 찐빵 장수로 시작한 개성댁은 돈이 조금 모이자 일수놀이를 시작했다. 영세 상인이며, 없는 사람들에게 돈을 빌려주고, 대돈변을 받았는데 사실 시골 인심에는 상당한 길미였다. 손해 보지 않으려면 자연 악착스러울 수밖에 없었다. 그러니 동네 안 소문이 후할 리 만무했다. 그런 개성댁을 중길 씨가 못마땅해하는 건 당연했다. 명덕이 짓까부는 말에 주먹까지 쥐어박으며 입단속을 시킨 것도 중길 씨 때문이었다.

선재는 나무랄 데가 없었다. 공부 잘해서 교육대학에 입학했고, 선생으로 나선다면 거염진 삶은 아닐지라도 신작로 평지를 달리는 버스처럼, 그렁저렁 남만큼은 살 듯싶었다. 그러나 중길 씨는 그런 것보다 바탕을 더 중히 여겼다. 피난민에다, 북바리 좆 죄듯 제 것만 부르쥐고 약빠르게 사는 일수쟁이 아들에다, 그 아비의 신분조차 파악할 길이 없는, 선재는 뜨내기에 불과할 뿐이었다. 그런 잣대에 걸린 선재가 중길 씨 눈에 마땅할 리 없었다.

사변이 나자마자 입대한 개성댁 남편은 사창리 전투에서 전사했다. 그리고 서울 국립묘지에 묻혔다. 그러나 개성댁은 차를 타지 못하는 고질병이 있었다. 원래 기름과 상극인 오장육부라고 너스레를 떨었지만 피난 오면서도 부대낀 고생 탓도 있었다. 그 특이한 증상 때문에 진즉, 남편이 묻힌 묘지를 찾아가 본 적이 없었다. 선재가 묘지를 찾아 찍어 온 사진으로 만나 봤을 뿐.

대처에서 몰려온 피난민들의 생각은 언제나 앞서갔다. 학문을 돈팔이로 이용해야만 윤택한 삶을 보장받을 수 있다 주장했으며 그런 그들의 깨우침에 힘입어 학교가 일구어졌다. 섬 주민들 생각도 그들과 더불어 진보한 셈이었다. 피난민들의 생각은 역시 옳았다. 농사를 짓지 않아도, 배를 타고 고생하지 않아도 살아가는 방법은 많았다. 배움을 잘 닦은 사람들은 대처 편한 밥벌이에 눈을 돌리기 시작했다.

피난민이라며 개성댁을 혐오하던 중길 씨와 달리 아양댁은 개성댁의 돈놀이를 장사꾼에 비유했다. 없는 사람 돈 빌려주고 길미를 받고,

장사하는 사람들과 다를 게 없다고 여겼다. 아양댁은 개성댁과 가깝게 지냈다. 사내 반지기처럼 그 괄괄한 성격부터 시원해서 좋았다.

비 오는 날이면 막걸리 한 사발과 파전을 부쳐 놓고 개성 난봉가를 부르는 개성댁 눈에 고이는 눈물도 보았다. 본디 개성댁은 부잣집 막내딸이었다. 지주였던 아버지와 두 오빠가 죽임을 당했다. 개성댁 노랫가락 속에 간간이 묻혀 나오는 얘기를 들으면 아양댁 눈도 전염을 탄 듯, 젖어 들곤 했다.

그렇게 개성댁과 함께한 세월이 자꾸 흘러갔다. 우체국에 다니는 순덕은 월급을 꼬박꼬박 아버지 중길 씨에게 갖다 바쳤다. 그리고 방학이 되어 돌아오는 선재와 변함없이 잘 지냈다. 선재도 무던한 아이였다. 그렇게 뛰어난 외모도 아닌, 섬 것에 불과한 촌뜨기 순덕을 놓치지 않고 맘에 붙들어 두는 것을 보면.

그렇게 2년의 세월이 흐르더니 선재가 드디어 교사 발령을 받았다. 김해 땅의 국민학교라 했다. 그러니 선재 엄마는 별러 왔던 혼사 문제를 조심스레 들고 나왔다. 중길 씨 못마땅한 마음이 그때에야말로 소리가 되어 튀어나왔다.

"무슨 소리요? 머리카락에 홈을 파고 남을 고리대금업자다, 그것이면 다행이요. 아비도 없어 근본도 모르는 피난민 주제에다, 여자가 어쩌면 술주정뱅이 짓까지……. 그 피가 어디 다른 데로 흐를까."

엄청 화가 났다는 걸 증명하는 말이다. 중길 씨는 한마디도 섬 말을 섞지 않은 채 제 입장을 표현한다.

중길 씨 말이 틀리다고 할 수는 없다. 그러나 사람이 어찌 옳은 틀에만 맞추어 살 수 있는가. 선재와 순덕이 서로 좋아 하는 마음이 우선이다. 그리고 선생이라는 선재의 직업도 그만하면 순덕에겐 과분할 정도로 맘에 든다. 어떻게 벌었든 개성댁 사는 게 바닥은 아닌지라 고생할 살림도 아니다. 선재의 좋은 점을 묵살하는 중길 씨, 좋은점만 생각하는 아양댁, 그게 두 사람의 차이일 뿐.

중간에서 순덕이만 주눅이 들었다. 아버지 반대에 부딪치자 순덕은 기가 죽고 밥 먹는 것도 시원찮다. 거칠거칠해진 얼굴에 수심이 내려앉는다. 그러더니 얼굴은 윤기를 잃고 입치리까지 번졌다. 어느 밤, 순덕을 불러 앉혀 놓고 존조리 타이르기도 했다. 그렇지만 많은 세월 주고받은 맘을 접는다는 게 그렇게 쉬운 일인가. 결국 직수긋해 진 중길 씨가 백기를 들고 만다. 순덕과 담합한 아양댁 시위가 직방에 먹혀 들어간 셈이다.

"날 받아 보시요."

아직 성이 안 풀린 중길 씨의 최후통첩이다. 그렇게 어렵사리 순덕이 결혼 날을 받았다. 시월 열엿샛날. 참 좋은 날이다.

혼사 비용은 중길 씨가 순덕이 월급 모아 놓은 것으로 충당했다. 선재네 식구가 단출한지라 별로 돈 들어갈 것도 없지만, 개성댁 만류도 한몫한다. 대처 사람인 개성댁은 생각하는 것도 시원시원하다.

"순덕이 오마이, 딸 키워 주는 것도 고마운데 무시게 예단이 필요 함네? 우린 그런 거 필요 없슴다. 나 보오, 닐리리기와집에서 호강하던 지집아가 족두리하님꺼정 거느리고 가당찮게 시집가지 않았음둥? 내 사는 꼬라지 보오다. 그거 아무 소용없슴다. 그냥 순덕이만 보내

주기요."

개성댁 맘이다. 낯선 곳, 안면 없는 사돈 만나 이바지 짐이 어쩌니, 서로 끌고 당기고 염탐하는, 그런 마음 싸움 안 하는 것만 해도 수월하다. 잘해도 못해도 그냥 너그럽게 받아 줄 개성댁이다.

"돈 모자라지 않더나, 산판 친 거 여투어 둔 게 있는데."

이제 맘이 가라앉은 모양이다. 중길 씨 말투가 본래 제자리로 돌아온다. 술기 담은 얼굴로 들어선 중길 씨가 혼사 비용이 모자라면 산판 친 돈을 내놓겠다고 한다. 한동안 깍듯이 예를 갖추어 아양댁을 불편하게 하던 중길 씨였다.

"그 돈으로도 남겠소. 개성댁이 아무것도 필요한 기 없다카이."

"그래도 남 되도록은 해야 안 되겠나. 순덕이 살림살이도 넘 못지 않커로 해 주거라이."

살림방은 선재 학교 옆에다 개성댁이 얻어 놓은 터였다. 이것저것 기본 살림살이도 다 들여놓았더라고 순덕이 그랬다. 아양댁은 이바지 짐으로 무자이불 두 채와 삼베 홑이불 몇 채를 준비한다. 개성댁과 순덕, 선재 몫이다. 햇솜을 놓아 폭신하게 꾸민 이부자리와 아양댁이 직접 지은 베 이불이다. 다른 것들은 순덕과 선재가 부산에서 다 마련해 놓아 아양댁은 잔치할 음식만 준비하면 되었다. 개성댁이 순덕을 싸데려가는 셈이다.

식은 공회당에서 신식으로 했다. 중길 씨는 마당에서 차일 쳐 놓고 사모관대 족두리 쓰고 하자 했지만 순덕이 꼭 너울을 쓰고 싶다고 했다. 잔치잡이는 순덕이 다니던 우체국장 명국 씨가 맡았다. 처음 해

보는 잔치잡이의 잦은 실수는 공회당 결혼식에 모인 하객들을 박장 대소하게 했다.

결혼식 전날부터 시작된 잔치는 성황을 이루었다. 신골 치듯 방 마루를 다 메우고 마당의 널방석까지 빽빽한 손님들은 밤이 되어도 일어날 줄 모른다. 남새밭에 키운 돼지 두 마리가 눈 깜짝할 사이에 작살이 났다. 술도가 막걸리는 모두 실어 날랐다. 아무튼 잔치는 부족함이 없었다.

가까운 거리인데도 순덕은 트럭을 타고 시댁을 갔다. 트럭 짐칸에는 예단 대신 친구들만 가득 올라탔다. 약속이나 한 듯 차에 올라타더니 마치 시위하듯 주먹을 쥐어흔들며 노래를 불러 댄다. 모두들 순덕이 선재 학교 친구들이다.

"전우의 시체를 넘고 넘어……."

노랫소리가 터져 나오자, 얼굴에 외꽃을 피운 중길 씨가 삿대질을 해댔다. 혼사 날에 노래가 뭔 그 모양이냐고.

중길 씨의 호통에 눈치를 챈 우인 대표들이 얼른 노래를 바꾸어 부른다. 순덕과 선재를 운전석에 태운 트럭은 저들이 다니던 국민학교와 중학교, 고등학교를 한 바퀴 돌았다. 또 섬의 신작로를 횡하니 돌아서 엎어지면 코 닿을 데인 시가로 갔다. 그리고 며칠 후, 선재가 근무하는 김해로 갔다. 그러더니 결혼한 지 8달 만에 순덕은 아들을 낳았다. 아양댁은 삼 바라지를 개성댁에게 맡기고 섬으로 돌아왔다. 중길 씨가 또 선거바람을 탔기 때문이다.

지난번에도 출마한 중길 씨는 아슬아슬하게 낙선을 한 터였다. 네 사람 뽑는 면의원에 등수가 다섯 번째였다. 끝에서 두 번째이니, 허긴 뒤에서 헤아려 들어오는 게 빠르다. 중길 씨는 초꼬슴에 잡지 못한 탓에 아슬아슬 떨어진 게라고 술자리에서 타령처럼 중얼거린다. 그때도 논 서 마지기를 팔아 댔다. 돌박들 옥답이다. 제법 좋게 받은 논 값 모두가 선거 비용으로 들어갔다. 술판을 벌여 놓으면 김지이지 숱한 사람들이 들끓었다. 술이 들어갈 땐 모두 중길 씨 표인가 싶었다. 술 먹인 사람들만 세어 보아도 선거 꼭두머리엔 일등은 당당하게 하겠다 싶더니, 그러나 막상 깨고 보니 모두 검정새치들에게 헛돈만 쓴 꼴이다. 본디 검측측한 사람들이 두 길마보기에 안성맞춤인 게 선거판이다.

이번에는 아양댁이 말렸다. 그것 해 봤자 월급 나오는 것도 아니고, 논마지기만 작살날 게 뻔했기 때문이다. 나이 차 오르는 점덕이 시집도 보내야 하고, 그 논마지기 처분하고 나면 해마다 곡식을 내어 조금씩 만지던 안돈마저 구경하기 어려울 것 같았다. 그러나 중길 씨 뱃속에 들어간 늦바람은 도무지 잡을 길이 없다. 다 늦게 왜 군눈을 뜨고 벼슬 욕심에 정신을 잃었는지.

헐수할수없다. 이왕 시작한 거, 나 몰라라 할 판도 못 된다. 중길 씨는 선거판에다 묵은 장 쓰듯 돈을 써 댔다. 아양댁은 순덕이 혼사 비용 나머지를 여투어 둔 것으로 고무신을 사서 돌렸다. 고무신 받아먹은 숫자만 해도 능히 둘째는 서고도 남을 것 같다. 삼 바라지를 하던 틈을 내어 사돈인 개성댁도 첫고등에 꽉 잡아야 한다며 수건을 사서 돌렸다. 단체 연설을 하는 날에는 사위 선재까지 내려와 중길 씨

어깨에 힘을 실어 주었다. 그랬던 날, 반 마음이나 풀렸는지 사돈인 개성댁에게 깍듯이 예우를 갖추어 대했다. 그리고 선재 손을 잡고 사위 자랑을 해댔다. 아양댁은 그런 중길 씨를 위해 밤낮으로 선거 운동에 발품을 팔았다.

그러나 막상 선거 결과는 또 5등이었다. 중길 씨 벼슬 입문은 안팎 곱사등이었다. '만년 5등'에다 '될뻔댁'이라는 훌륭한 별명 두 개를 한꺼번에 얻게 되었다. 이번에 날아간 논배미는 채봉골 천수답네 마지기다. 팥죽땀을 흘려 가며 민둥산을 개간한 밭 끄트머리에 풀어놓은 논배미다. 아양댁과 중길 씨 땀이 논물만큼 스며 있는 땅이다.

허탈한 것은 중길 씨뿐 아니다. 점방집 상률네가 내민 청구서만도 엄청났다. 공짜 술이듯 무조건 들이밀더니 말짱 헛지랄이었다. 청구서에 적혀 온 액수는 터무니없었다. 그러나 시시비비를 가릴 처지가 못 되었다. 그렇게 먹었다고 누구누구 이름까지 적혀 있는데 추접스럽게 따질 수도 없다. 울며 겨자 먹기로 그 외상값을 다 갚았다. 곗술에 낯낸 인간은 점방집 상률네였고 선거판 동안 살판난 것도 그 여편네뿐이었다.

중길 씨 선거는 먹지도 못한 제사에 죽어라 절만 한 꼴이다. 누구 탓을 할 수 없건만 아양댁 속엔 천불이 났다. 매사에 염량이 빠른 중길 씨다. 그러나 어찌 된 셈인지 선거철만 다가오면 봄바람에 더펄거리는 계집 엉덩이처럼 맘을 잡지 못했다. 결국 검둥개 멱 감기는 꼴이 되고 만 선거판은 막을 내리고 만다.

별 보짱도 없는 중길 씨다. 그러니 맘을 추스르지 못하고 들엎드려 용고뚜리처럼 담배만 빨아 대며 바깥출입을 삼갔다.

겨울이 왔다. 스산한 바람이 마당을 휩쓸고 지났다. 마루에 앉아 문득 눈을 돌리니, 샛비재가 멍히 아양댁을 바라보고 있다. 어느 날 은 의뭉스런 얼굴색이다가 또, 한없이 애운해 보이다가……. 그러다 가 등 돌린 정인처럼 이름 못할 애발스러운 샛비재다. 그게 샛비재의 속마음인 줄 알았다. 엔간한 세월을 버린 어느 날, 아양댁 눈에 비치 는 샛비재는 달라져 있다. 주눅바치처럼 샛비재에 제 마음이 미리 부 림당하고 있었다는 것을, 아주 늦게 아양댁은 깨닫게 된다. 샛비재 는, 늙은 소나무 한 그루를 세워 둔 이렁저렁한 새녘의 애두름일 뿐 이었다.

아양댁은 다릿목을 건너 왼쪽 초가집이 숨겨 둔, 곁골목 앞에 당도 한다. 샛비재 길이다. 아이들 소풍을 다 보냈고, 용이 엄마가 묻힌 후 한 번도 발걸음 하지 않았던 샛비재다. 아양댁은 그 샛비재를 톺아 오른다. 성큼 다가온 산 버덩의 노송은 변함없이 바람을 매달고 융융 거린다.

먼 바다에 용이 우리 것이라 힘주어 말하던 대마도가 떠 있다. 가 까운 곳엔 왜정시대 일본군 기지였던 지심도가 길게 누워 있다. 그 섬이 손에 잡힐 듯 눈앞에 다가온다.

용이 엄마가 묻혔다는 곳을 눈 더듬질로 찾아본다. 미조라골 가는 길 왼쪽 비탈진 곳에……. 맘속에 외워 두었던 말이다. 아양댁은 왼 쪽 바다를 접한 길목을 따라 한참을 걸어간다. 용이 엄마, 고현댁 자 리는 낮은 둔덕이듯 표시 없는 묵무덤으로 변해 있다. 한 번도 성묘라는 호사를 누려 본 흔적이 없는, 그래서 갈참나무 씨앗이 제집인 듯, 뿌리를 틀어 내리고 있다. 말라비틀어진 풀을 뽑아내고 제법 자란 갈참나무 뿌리를 뽑아낸다. 손바닥에 피가 스며 나온다. 맨손으로 뜯어 낸 풀이 묘지 가에 수북이 쌓인다.

불쌍한 사람. 술이나 한 병 들고 올 걸.

용이 묻힌 바다 앞에서 아슴하게 밀려간 옛날이 가슴을 찾아든다.

공비 소탕작전.

용의 목숨을 탐내던 작전이었다. 군인들이 몰려온다는 소문이 파다했다. 마을은 흉흉한 기운에 휩싸이기 시작했다. 여분은 내내 옥여봉만 바라보고 있었다.

아버진 용을 떼어 놓기 위한 수단이 그뿐이라는 듯, 혼인 날짜를 받아 놓았다. 이제 얼마 남지 않으면 용은 함부로 맘에 떠올리는 것도 삼가야 할 이름이었다. 아버지는 용과 마음의 인연도 끝내라고 했다.

용이 보낸 사람을 따라 산속으로 숨어들었을 때 용은 이미 세상에 대한 미련을 버린 후였다. 여린 달빛에 용의 얼굴은 그림자이듯, 수심이듯 일그러져 있었다. 구원받을 수 없는, 어쩌면 투쟁의 마지막 지점이 될지 모르는 용의 절망이었을지 몰랐다.

"내려가자. 자수하자."

"괘안타. 나는 이왕 죽을 몸이다."

용의 움막에서 바라보면 사방, 섬의 바다가 눈에 들어왔다.

"이순신 장군이 저 앞바다에서 제일 첨 이긴 기라."

옥포 만이었다. 용의 유일한 영웅이었던 이순신 장군이었다. 용은
그 장군처럼 세상을 구하고 싶었던 것이었을까. 해진 모자를 둘러쓴,
그의 동무들을 밖으로 내몰고 여분은 용과 사흘 동안 몸을 섞었다.
용은 지쳐 있었고, 그에게 남은 건 절망뿐이었다. 그 사흘 동안 여분
은 용과 그렇게 산속에서 서로의 절망을 나누었다.

어깨에 걸려 있던, 그 누구도 함부로 간여할 수 없었던 그의 이념
은 어디로 사라지고 만 것일까. 거늑하던 용의 소유는 초라했다. 그
는 이미 모든 것을 잃고 난 후였다. 용이 울었던가. 달빛 사이로 비추
어진 용의 얼굴에 언뜻 물빛이 어른거렸다.

'보소, 당신을 너무 많이 닮았다 카이. 당신 딸이 벌써 시집을 가서
새끼꺼정 쳤다 아이요. 당신 딸 순덕이 다복 눈썹을 매달고 세상에
나왔을 때, 운동회 날 바통을 빙빙 돌림서 달릴 때 기함을 했다 아입
니까. 정말 씨도둑질은 사람 피를 말리는 일입다. 지금 당신은 어
디 있는 기요? 저세상에서나 만날 수가 있을까예? 나도 참 많이 살
았네요. 이래도 번듯하게 목숨 부지하고 있는 거 보몬 하늘에는 정말
아무도 없는갑습니다.'

샛비재 버덩에서 옥여봉을 맞바라본다. 한 번도 제대로 당당하게
바라볼 수 없었던 옥여봉이었다. 아양댁은 오랜만에 그 산을 맘 놓고
바라보았다.

순덕을 낳았을 때의 그 황당함.

무섭고 또 무서웠다. 세상에 손 내밀어 그것들과 친숙해지며 자라

나는 순덕은 용을 너무 많이 닮아 갔다. 순하게 끝을 맺는 잠잠한 눈매며, 오른쪽 입술을 차고 나온 덧니며, 용을 기억하고 있는 사람들이 순덕을 볼까, 두려웠다. 유하면서 속엔 질기고 곧은 심지 하나를 키우는 것까지도 용과 빼어 박았다. 피는 정말 무서운 내림바탕이었다. 두렵고 가슴 졸이던 세월은 아슬아슬하게 그녀 옆을 지나가고 있었다.

생의 끝갈망

코 큰 소리로 출마하여 또 낙선하고 만 중길 씨는 맘 잡지 못하고 한동안 퉁퉁증을 앓았다. 뒤웅박 차고 바람 잡는 꼴이 된 선거였다. 술자리에 붙인 엉덩이를 쉬이 떼지 못하고 늦은 밤 마루 밟는 소리가 잦았다.

이제 아양댁은 남편 중길 씨의 발길질로 삐걱거리는 마루 소리만 들어도 마신 술 가늠쯤이야 어렵지 않다. 몽글몽글 지어 올리는 담배 연기 모양을 보고도 중길 씨 기분을 재고도 남는다. 눈빛의 방향이나 깊이로 마음을 읽을 수도, 하루를 끝내고 잠자리에 든 자세만 보아도 오늘 밤 몸을 원하는가, 그냥 눈을 붙이려는가, 그런 것도 눈빨리 잡아낼 수 있다.

중길 씨는 아양댁을 탐하는 횟수가 점점 줄어 갔다. 희고 곱던 그의 얼굴에는 골이 패고, 근심처럼 그 주름 속에 나이가 주저앉기 시작한다. 그 주름살 속으로 젊은 혈기가 지어낸 모난 것들이 스며들어 와해되고 말았다. 중길 씨 눈에 비치는 아양댁도 바람씨로 바닷길을 점치는 어부처럼 뻔할 것이다. 젊음은 침잠하고, 거스르지 못하는 그 세월로 알맞게 늙어 갈 뿐이다.

점덕이 시집간 지도 제법 되었다. 둘째 사위는 읍사무소에서 서기

노릇을 하는 읍내 사람이다. 두 번째 치르는 일은 항상 감동이 덜했다. 그러면서 착오도 없이 순조롭고 깔끔하다. 결혼식뿐 아니다. 학교 소풍이나 운동회, 입학이나 졸업 때도 그렇다. 처음 맞는 순덕이 행사 때엔 설렘으로 밤잠을 설치곤 했지만 점덕이 때는 너무 잘 아는 게 탈이었다. 덤덤하게 잠도 잘 왔다. 그러면서 매끄럽게 잘도 치러냈다. 그런 게 점덕에게 늘 미안했다. 명덕은 막내라 제가 먼저 난리를 쳐서 고분고분 넘길 수 없었다.

순덕이 낳은 둘째는 딸이었다. 가을에 낳았다고 '가을'이라, 이름지었다. 가을이 되면 순덕인 외로움을 많이 탔다. 그것도 핏줄의 내림바탕이었다. 용을 만나 생명이 형성되던 때도, 그 생명을 물려준 용이 세상을 떠난 것도 가을이었다.

그런 세상을 맞고 보내면서 왕성해진 건 아양댁 배탈뿐이다. 설사가 좀 길다 싶으면 불풍나게 쫓아다니는 곳은 뒷간이다. 징건하게 앉은 아랫배의 그 기분 나쁜 느낌은 날이 갈수록 심해 갔다. 그렇잖아도 아양댁 뒷일 보는 습관은 별쫑나기로 소문났다. 남의 뒷간은 물론, 뒷간 앞에 고양이 기척만 나도 볼일을 제대로 보지 못했다. 퍽 가탈졌다. 그냥 맘만 상해도 사르르 기별이 오던 아랫배의 통증은 아양댁 보낸 세월에 껴묻혀 함께 살아왔다. 과민성 대장염이라 했다.

한참의 세월을 보냈다. 변이 가늘어지고 혈변도 비치었다. 그래도별로 신경 쓰지 않았다. 늘 그랬고 그랬어도 별 탈 없이 잘 살아왔으니까.

"병원 한 번 가 보거라이, 너그 옴마도 여권이 낳고 세상 버렸지만 사실은 배가 많이 아팠디라. 병원엘 가 보지 않아서 그냥 얼라 놓고 죽은 거라 했지만 내가 암만 생각해 봐도 그 피똥 땜이 아인가 싶다."

능포골 큰엄마는 지나가는 소리처럼 말했다. 그 말조차 흘려들었다. 늘 그랬던 습관에 면역이 들어 있다. 속초댁이 수지를 데리고 집 안으로 들어섰을 때도, 모녀가 아랫방을 차지하고 그 방에 붙은 베틀방 출입을 금지당했을 때도 염치없이 통증은 잦았다. 어느 밤, 그 베틀 앞에 앉고 싶은 맘이 간절했을 때, 그 간절함을 견뎌 내지 못하던 밤, 샛비재에 올라 모기에게 뜯겼던 밤에도 그랬다.

더부룩한 게 그저 기분 나쁜 징후쯤으로 생각했던 배앓이였다. 배앓이는 친밀한 동거인쯤으로 여겼다. 늘 설사는 잦았고, 가스가 찬 듯 배 속은 묵직했고, 무기력한 몸을 게으르다 꾸짖으며 그 몸을 핑계 삼아 드러누우면 마치 이승잠에 빠져들 듯 정신을 차리지 못했다. 그럴 때가 많았다. 기신기신 운신하는 몸을 측은하다 생각해 본 적이 없었다. 늘 그랬으므로. 그렇게 혼자 끙끙 앓은 중에 불쑥 순덕이 대문 안으로 들어섰다. 아양댁 몰골에 기함을 하는 순덕을 보며 되레 놀란 가슴이 되고 만다.

"옴마, 왜 이렇노?"

"나가 와?"

"살은 어디로 다 도망가고 남은 거는 철골뿐이고?"

"야가 무신 소리를 하노? 철골이 뭐신데?"

"뭐 했는데, 뭐 땜시 이리 뼛조가리만 남았노? 아부지는 어데 가셨는데?"

그런 순덕이 바람에 결국 아양댁 혈변은 피새가 나고 만다.

"아부지, 옴마가 이렇게 피똥을 쌌는데도 그냥 구경만 했십니까?"

"내가 뒷간을 따라들어 갈 수도 없고, 말을 안 하니⋯⋯. 너그 엄마 배앓이가 어제, 오늘 시작한 일이 아니라서."

"아부지도 참, 우째 그래 미련하십니꺼. 피똥이 예삿병인 줄 아십니까?"

결국 순덕의 수선으로 아양댁은 부산의 대학병원으로 실려 갔다. 피를 뽑고 사진을 찍고, 그런 번거로운 방법으로 정밀검사를 받았다. 순덕이와 선재가 소곤소곤 낮은 소리로 주고받았다. 결장암 말기라며 순덕이 흐느꼈다. 엄마는 몰라, 지금 푹 잠자는 주사를 맞혔어. 그러나 잠에서 이미 깬 아양댁은 못들은 척 눈을 감고 엿듣고 만다. 수술을 하느냐 마느냐, 줄다리기가 벌어졌다.

그러나 병원에서 마지막 남았던 기력을 더 잃을 것 같았다. 제 나이갓수는 아양댁 자신이 더 잘 알았다. 수술이 필요 없는 짓이라는 것도.

결국 아양댁 원대로 수술은 피했다. 다 되어 가는 몸에 칼을 대고, 그런 험한 일은 벌이고 싶지 않았다. 오롯한 몸으로 돌아가고 싶었다. 세상 태어날 때 받은 그 몸으로 돌아간다면 먼저 가서 자리 잡은 사람들이 아양댁, 아니 여분을 쉬이 알아봐 줄 것 같다. 기억도 흐리마리한 엄마의 얼굴, 평생을 자식들에 다 바치고 빈 몸으로 돌아간 아버지, 그리고 용이다. 그들이 여분을 알아볼 수 있는 온전한 몸으로 돌아가고 싶었다.

수술해도 이미 늦은 시기였다. 어떻게 뭐든 해 보려 하는 순덕의 억지는 허사로 돌아가고 말았다.

순덕이 눈가가 벌겋게 부어올랐다. 결국 영복호로 섬에 되돌아왔다. 집으로 돌아오니 금방 병이 나을 듯 가벼웠다. 지독한 약 냄새에 시달린 병원을 벗어난 것만 해도 다행이다. 뭐 별 병 아니라느니, 번드레하게 듣기 좋은 말로 위로하려들 하지만 아양댁은 속으로 웃는다. 자신의 병을 훤히 꿰고 있기에. 간호를 한답시고 애들을 개성댁에게 맡긴 순덕이 심심하면 눈물을 짜낸다. 정지간에서, 감나무 밑에서, 장독간에서 염치없는 순덕이 눈물은 시도 때도 없다.

"와 그라노, 내가 금방 죽나? 죽을라 카몬 아직 멀었다. 사람 목숨이 그렇게 쉽나."

순덕을 나무랐지만 사람 목숨이 우습다는 건 이미 알고 있다. 용이 그렇게 쉽게 갔고 아버지도 그랬다. 용과 아버지, 그 두 사람은 그녀가 이 세상에서 맨 처음으로 정을 주고받은 남자였다. 그러나 죽음은 그들을 너무나 매정하게 갈라놓았다. 죽음이 살아가는 사람들의 마지막 목표라지만 그곳을 원하는 사람은 아무도 없을 것이다. 아양댁도 그랬다.

마당엔 처맛기슭에서 빠져 내린 햇살이 뒹굴고 있다. 아양댁은 마루에 앉아 사위어 가는 햇살로 가두어진 마당을 내려다본다. 그 마당 너머엔 옥련네와 경계이듯 잎을 떨군 미루나무가 서 있다.

옥련네가 그렇게 간 후 한참 뒤, 대처 사람이 새 주인으로 들었다. 그러나 어찌된 셈인지, 그 집 안주인도 목숨을 스스로 끊었다. 사람들은 옥련네 원혼 때문이라 했다. 거나하게 성주굿을 해야 한다는 등, 뒷말이 많았지만 대처 사람은 또 떠나고 말았다. 그 후, 옥련네 집은 점점 폐가가 되어 갔다. 미루나무에 찾아든 까치들만 아침저녁으로 슬피 울었다.

옥련네와 담 너머로 눈을 맞추며 아침을 맞던 절구질이었다. 그 절구통이 이제 소용없는 물건인 양 죽담 밑에 방치되어 있다. 수천네 방앗간이 엄청난 돈을 들여 보리 깎는 기계를 앉히면서부터다. 하룻머리에 보리쌀 대끼는 일이 중대사였는데, 보리 깎는 기계는 동네 여자들의 데바쁜 시간을 구해 주었다. 기계 속에 쏟아진 시커먼 꽁보리가 천장에 매달린 통로를 몇 번이나 오르락내리락하더니, 분칠 둘러쓴 상륜네 낯짝처럼 멀겋게 쏟아져 나오곤 했다. 그 방앗간에 손님이 들끓으면서 수천네 기상도 그 우람한 기계처럼 기고만장 옥여봉 높은 줄 몰랐는데, 무슨 생각 끝에 꼬리가 잡히자 피식 웃음이 미어져 나온다.

돈이 좀 붙는 티를 낼 데가 없어 수천네가 그냥, 춤바람이 나고 만 것이다. 결국 수천네 아범에게 들켜 머리끄덩이를 붙잡힌 채 끌려오던 날, 동네 우물가엔 온통 그 이야기로 들끓었다. 말 물어 낼 게 없어 안달이던 수원댁 입에 발동이 걸려 앉은자리마다 떠들어 댔다. 가관이었다. 아예 진을 치고 앉아 아침머리 우물가 손님을 다 대적했다. 그러니 수천네 고 기상이 가만있었겠나.

드잡이로 둘이 싸우는 통에 수천네 머릿수건은 힘없이 벗겨지고 아뿔사, 그 머리통이라니. 맨대가리였다. 수천네 아범이 그냥 머리카락을 싹쓸이로 밀어 버리고 만 것이었다. 잡아 뜯을 머리카락이 하나도 없으니 수원댁 입이 바가지만큼 벌어지더니 킥킥 웃음을 쏟아 내고 말았다. 그 통에 싸움은 결국 짜드라웃는 걸로 흐지부지 끝이 났다.

뭐니 뭐니 해도 수천네 방앗간 덕은 많이 봤다. 그 덕에 참 편한 세월 보냈다. 그러나 절구질 대신 남아돌 줄 알았던 시간은 손에 잡히지 않았다. 시곗바늘은 뭐가 그렇게 급한지 잠시도 쉬지 않고 째깍대며 바삐 돌았다. 세상이 좋아질수록 여유는 쌈을 싸 먹으려도 귀해 갔다.

"안 춥나. 방에 들어가 좀 눕제."

대문을 들어서는 중길 씨 손에 지푸라기에 눈알이 꿰인 도다리 두 마리가 들려 있다. 후릿그물에 걸려든 모양이다.

"명덕아! 명덕아! 야가 오데로 갔노?"

"순지한테 간다 캅디다."

"거는 뭐하로?"

"뭔 책을 빌리로 간다 카더만은."

"가스나가 책은 뭐하는 데 쓸긴데. 밥이나 잘하몬 되제."

살림이 궁핍해지면 사람 맘도 피폐해지는 모양이다. 딸아이들 교육이라면 대강대강 넘기지 않았던 중길 씨였다. 순덕은 부산의 그 유명한 중학교에 시험도 쳤다. 한무릎공부로 기대를 주는가 싶더니, 결국 떨어지고 말았다. 면의원 낙방하고 마을 이장하면서 이것저것 팔아먹고 중길 씨 마음도 함께 궁색해져 갔다. 명덕은 공부를 곧잘 했는데 대학 시험은 꿈도 못 꾸었다. 물론 아양댁 몸이 부실해진 탓도 한몫했다.

부산에서 대학 다니는 순지가 방학이 되어 내려오면 쪼르르 그 집으로 달려간다. 제법 책술 두꺼운 걸 빌려 와 읽어 내느라 밤늦도록 명덕이 방문엔 불빛이 매달려 있다. 아양댁은 저 철없는 꼬두람이를 두고 갈 일이 제일 걱정이다. 중길 씨는 도마와 칼을 꺼내어 생선을 손질해서 그릇에 담아 놓는다.

"순덕이 저거 아부지!"

"와?"

손숫물에서 건져 낸 손을 수건으로 훔치던 중길 씨가 고개를 돌린다.

"정말로 아양골에 조선소가 들어오는 기 맞소?"

"그거 볼세 결정 난 거 아이가."

"그라몬 몽돌 바다가 다 묻힌다 카는 말도 맞는 긴가?"

"인자 사람들도 다 이주를 하고 곧 공사 들어간다 카는갑던데."

"그 찬새미는 우잘낀고?"

"그쪽은 암캐도 산 밑인께 손을 안 될 끼다."

"정말 그랄까예?"

아양댁 눈에 생기가 돌아 나간다. 그 찬새미 물은 한데우물처럼 물맛이 달았다. 겨울이면 따뜻했고 여름이면 얼음처럼 차가웠다.

아양댁 살아 있는 동안, 세상은 많은 소용돌이에 휘말리곤 했다. 해방이 되었고, 전쟁이 일어났고, 4·19, 그리고 5·16도 겪었다. 그런 것들은 다 세상에 휩쓸려 흘러가는 일이었다. 그러나 아양골이 거대한 조선소에 파묻히게 된다는 건 그냥, 세상의 일이 아니었다. 아양댁에겐 살을 도려내는 듯한 아픔이고, 절망이다.

"와, 한번 보러 갈래?"

"아이요, 됐소 마. 그거 봐 가지고 뭐 할라꼬!"

왈칵 뼛성을 내고 만다. 뭔가 와르르 무너지는 소리들이 가슴을 요란하게 치고 돌아 나간다. 아양댁 삶을 버티게 해 준 버팀목들이 무너져 내리는 아우성이다.

바닷물에 말갛게 씻긴 몽돌, 당목장터에서 실골목을 빠져 당산으로 올라가면 박 바가지가 둥둥 떠 있는 찬새미가 있었다. 어린 수양버들 잔가지가 내린 그늘이 늘 찬새미 물위를 둥둥 떠다녔다. 찬새미 물은 모든 아양골 사람들의 생명이었다. 가만 샘고를 더듬어 가면 우물할미가 도사리고 있을 것 같았다. 그 우물할미가 샘물을 퍼 올려주는 줄 알았다. 찬새미 물로 여분도 용도, 몸을 키웠고 나이를 먹어갔다.

"정말 찬새미는 온전할 긴가?"

"별시런 걱정도 다 한다."

비스듬하게 누운 바지랑대를 바로 세운 후 빨랫줄에 수건을 걸쳐 둔 중길 씨가 방으로 들어간다. 중길 씨가 닫아부친 문을 쳐다본다. 그런 중길 씨와는 27년을 함께 살았다. 한 번도 곰살궂게 군 적이 없는 남편, 그렇다고 아양댁을 크게 구박한 적도 없었다. 물론 아들을 낳는답시고 허구한 날 날바람만 잡고 다니긴 했다. 남들은 무 빼듯 잘도 낳던, 그런 아들 하나 배에 실어 본 적 없는, 생각하니 제 탓이 없다고는 할 수 없다. 더구나 살갑게 남편을 맞아들일 온기도 없는 여자라는 걸 자신이 더 잘 알았다.

그때 막내동서가 대문을 밀고 들어선다.

"행님 일어나 앉았네. 이거 한번 잡사 보라고요."

"뭐신데?"

"민수 아부지가 전복을 어데서 구해 왔네요."

전복죽이 식을까 봐 스웨터 속에 품고 온 양은 냄비를 꺼낸다. 입도, 손도 함께 부지런을 떨어 수고한 값을 제대로 받지 못하지만 그래도 인정은 많다. 실컷 손이 잘해 놓은 일을 그놈의 입이 방정을 떨어 허수하게 날려 버리는 일을 빼고 보면 속내는 따뜻한 수원댁이다.

"집에 돌아왔응게 인자 많이 좋아졌지예?"

"그라몬. 뭐라 캐도 내 집이 좋다카이."

"의사 선생이 집에서 요양만 잘하몬 된다 캤응게, 행님 인자 걱정 안 하시도 될 낍니다."

동서의 말을 따뜻하게 받고 싶다. 쉬쉬하는 식구들에 암말 않고 장단을 맞추지만 병명은 자신이 더 잘 안다. 암이란 게 뭘까, 가만 생각해 보면 아양댁이 평생 견뎌 왔던 죄밑의 결과이다. 중길 씨에 대한 미안함이고, 또 자신에 대한 죄책감이 몸에 박혀 암이란 씨앗을 만들어 내었는지 모른다. 그것들이 참다못해 몸을 갉아먹었을 게 틀림없을 거라고 생각한다. 모든 게 자신의 탓이다. 이 죽음을 가탈없이 맞아들여야겠다고 마음이야 잡는다.

얼마쯤 더 살까.

순덕이 우는 꼴로 봐서, 남편 중길 씨가 무조건 관대해진 행동으로 봐서, 먹을 걸 품고 애써 웃음 지어 보이는 이웃들 눈치만 갖고라도 얼마 남지 않은 생을 짐작할 수 있다. 이제 슬슬 마음으로 마무리 지어야 할 때다. 들어왔다 하면 속은 남의 것 받아먹은 양, 뱉어 내라 재촉을 한다. 마치 꾀똥 누는 아이처럼 머리맡의 요강에 단골처럼 주저앉는다. 통증도 옛 같지 않다. 점점 잦아지면서 고통도 심하다. 이를 악물고 참아 내지만 전보다 훨씬 질기고 힘들다. 아이 셋을 낳을 때도 아야, 소리 한 번 안 했다. 이놈의 병은 인생을 다 걸어 버티어 온 참을성에 종지부를 찍자고 덤벼든다.

점덕이까지 치웠으니 걱정은 반으로 줄었다. 그러나 제일 어린 명덕이 목에 가시처럼 아프게 걸린다. 남편도 예전 같지 않게 곤두기침으로 고생한다. 그러면서 철록어미처럼 담배를 끊지 못하는 걸 보면 중독이란 것은 예사로 무서운 것이 아니다. 술자리라도 좀 줄여야 할 텐데, 그것도 맘대로 되지 않는다. 그런 두 사람을 세상에 남겨 두고 혼자 가려니 맘에 걸려 저승길이나 쉬울는지.

수원댁이 차려 주는 죽을 두엇 숟갈 입에 넣다가 상을 물린다. 언제 들어왔는지 명덕이 부엌에서 불 때는 소리가 들린다.

정지간으로 난 뙤창에 손을 대던 아양댁은 그 문을 넌지시 쳐다본다. 손끝이 매운 중길 씨가 어느 날 부엌으로 난 방의 벽을 헐기 시작했다. 무슨 병이 또 도졌나 보다, 하고 중길 씨 하는 양에 모른 척했다. 흙을 치우고 문짝을 맞추어 끼우더니 멀건 벽에다 문 두 짝을 달아냈다.

문짝을 달아낸 후, 중길 씨는 아예 잔소리꾼으로 나서고 말았다.

정말 문짝 때문이라 생각했다. 문짝에 맞춤한 듯, 코만 덩그마니 붙은 남자가 얼굴을 내밀고 잔소리를 해댔다. 중길 씨 얼굴에 남은 게 코뿐이라는 걸 그때 알았다. 벼슬 욕심에 그 많던 전답 팔아치우면서 남겨 둔 건 뿌장귀 같은 코뿐이다. 자긴들, 뭔 속이 편했겠나. 마음고생에 그 푼푼한 볼살이 다 빠져 내린 거겠지.

문을 밀어 부엌을 들여다본다. 남편, 중길 씨가 그랬던 것처럼 얼굴을 문짝에 알맞게 맞추어 놓고.

아궁이에 나뭇가지를 꺾어 넣던 명덕은 얼굴에다 놀란 눈을 만들어 담아낸다. 아버진 줄 알았던 모양이다. 명덕이 아양댁 얼굴에 안심한 듯 싱긋 웃는다.

"밥물은 잘 잡았나? 아부지 밥알 야물면 짜증 낼 낀데."

"옴마는 아부지 숭내는 거 겉다."

아양댁은 씨익 웃고 만다.

불을 지피자 아궁이 밖으로 내굴린 희부연 연기가 명덕이 치맛자락에 왈칵 안긴다.

샛바람인가.

아궁이는 유난히 샛바람을 탔다. 연기가 잦아들자, 명덕이 또 책을 펴 들고 앉았다. 책 속에 뭔 재미가 숨었는지, 눈은 온통 그 속에 빠졌다. 제 아버지가 봤더라면 또 잔소리 감이다. 공부를 시켜야 하는 건데, 명덕은 세 딸 중에 제일 머리가 좋았다. 그렇게 내다 놓은 망아지처럼 돼도 공부는 늘 일등을 놓치지 않았다. 저런 애를 집 안에 잡아 뒀으니……. 맘 깊은 곳에서 한숨이 툭, 튀어나온다.

감당도 못할 만큼, 통증이 슬슬 몰려온다. 문을 닫아붙이고 몸을 웅크린다. 해거름 녘이다. 개성댁이 약밥을 지어 들고 들어섰다. 까만 찰밥 속에 깎은 밤이며 대추가 듬성듬성 박혀 있는 게 기름이 자르르 흐른다. 맛깔손으로 소문난 개성댁 솜씨이니 어련할까 싶다.

"무르게 했슴다. 묵을 만할 것임메."

"내가 묵어도 될라나."

"찰밥은 괜찮슴다. 나가 특별히 야물지 않게 했으니 괜찮을 것임메. 쬐끔씩 씹어 보시라요."

들믄들믄한 아랫목에 손을 찔러 넣으며 앉는 얼굴을 자세히 보니 개성댁도 많이 늙었다. 고왔던 얼굴에 이젠 나잇살이 주름골마다 스며 있다. 참 억척스러운 개성댁이다. 그런 개성댁을 중길 씨는 약삭빠르게 이익을 챙기는 감발저뀌라느니, 낚시걸이로 등을 쳐 먹는 난밖사람이라느니, 별 흉을 다 들이밀며 순덕이 혼사를 막으려 했다. 그러나 선재는 남들이 일수쟁이라 업신여겨도 제 엄마 대하는 게 공손했다. 중길 씨가 그렇게 말리는 것을 밀어붙인 것은 선재의 든직한 됨됨이를 보아 왔기 때문이다.

"순덕이 오마이, 자식 얼굴 봐서 나 그만뒀음메. 깔린 것들이나 받아 내몬 이제 깨끗이 손을 털겠소. 손자나 보고 살아야 하지 아이 하겠슴?"

"아, 잘했심더. 이제 살 만하고 선재도 자리를 잡아 가니께 그렇게 힘들게 살 필요가 있을라고요."

"잘했다는 거 보이, 순덕 오마이도 날 못마땅하게 보았음둥?"

"아이, 무신 말씀을요. 나는 우짜든지 개성댁, 우리 사돈 편이었는데."

"나도 그게 고마웠슴다. 넘들은 피난민이네, 일수쟁이네, 함서 깔을 보는데 순덕이 오마이만은 그러지 아이 했거든. 나는 그게 고마워스리 우리 순덕이 딸처럼 여기지 않겠슴."

"지가 고맙지예, 변변찮은 우리 순덕이 거둬 준 것만도."

"아니 무시게 소리요. 어디미 가서 우리 순덕이만 한 며눌 아기 구하겠슴메."

"말씀만 들어도 고맙십니더."

"순덕이 오마이!"

갑자기 개성댁 표정이 비장해진다. 침을 한 번 꿀꺽 삼킨 개성댁이 말을 꺼낸다.

"나 큰맘 먹고 죽기 전에 국립묘지나 한번 다녀와야 쓰겠슴메."

"우떠케?"

"와 걱정이 되기유?"

"그라몬 차는 탈 수 있는가베?"

"아이지라우. 다리 만들었잖슴메."

"그래서예? 다리는 와예?"

"걸어서 가지비요."

버스는커녕, 기차도 탈 줄 모르는 개성댁이 서울을 걸어서 갈 엄두를 내다니, 그 엉뚱한 말에 말문이 막힌다. 살아온 날보다 살아갈 날이 줄어든 나이를 살고 있는 개성댁이다. 남편에 대해 맺힌 한이었다. 걸어서 서울을 가겠다는 생각은.

"서울이 어데 읍내 길이던가예?"

"그까짓 거 맘먹으몬 왜 못 하것습메? 맨들어 둔 다리가 있지 아이 비요."

"사돈! 말이 되는 소리를 하소. 그 서울 길이 한 발 두 발이요? 김 해 아아들이 들었다 카몬 까무라지겠네요."

"사돈 나 한 번 모른 척해 주면 아이 될까?"

개성댁 말은 단호하다. 개성댁 강단이 남다르다는 건 알지만 그래 도 서울 길이다. 아양댁은 그냥, 개성댁을 멍히 쳐다만 본다.

"그라몬 눈 딱 감고, 기차를 한번 타몬 안 되겠십니꺼?"

"내가 여게서 벗어나지 못했던 거는 그놈의 기름 냄새 때문이 아이 겠소. 그걸 탈 수 있다믄야 이 섬 구석에 왜 눌어붙었겠습메? 벌어먹 고 살기엔 한바닥이 훨씬 낫는데 말이지비요. 그놈의 동네 살라믄 차 를 타지 않고설랑 아니 됭 껴, 바닥나기들에게 피난민이라는 괄시를 받으면설랑 내가 이 섬에 주저앉지 아이 했겠습메."

그 말은 맞았다. 대처 가면 훨씬 벌어먹기가 수월했을 텐데 개성댁 은 섬에 눌러앉아 고생도 많이 했다. 그녀는 원래 기름 냄새만 맡아 도 심한 구토를 하는 멀미증을 앓았다고 했다. 나중엔 피까지 토해 내곤 했다. 전쟁에 대한 진저리였고 악몽이었을 것이다. 그런 그녀가 걸어서 생전에 남편이 묻힌 곳에 한번 다녀오고 싶다 했다. 개성댁의 낙낙찮은 결심이다.

"그런데 가는 날은 언제로 잡았십니꺼?"

"순덕이 오마이 안 아푸몬 봄에 떠나야지비."

"그라소 꼭 나가 다 낫거든 떠나시이소."

"알았시오, 그라니 꼭 빨리 낫아야 되지비."

개성댁과 그렇게 약속을 했지만 아양댁 속바람은 잦아졌다. 대학 병원에 타 온 약은 물론, 신 의사가 날마다 놓고 가는 진통제도 별로 효험이 없다. 그러던 어느 날, 무슨 바람에 소문이 실려 갔는지 속초 댁이 섬으로 왔다.

속초댁도 제가 먹은 나이에 맥을 추지 못하는 듯 보인다. 허긴 아 양댁보다 2살이나 위이니, 그 나이로 사람이 늙어 간다면 속초댁도 만만찮은 연륜을 짊어지고 있는 셈이다.

"형님, 와 이러십니까?"

속초댁은 대문을 들어서자 말자 아양댁을 끌어안는다. 하염없이 눈물을 흘리는 속초댁, 정이 많으면 몸이 이렇게 따뜻한 걸까? 속초 댁 가슴에 안겨 살아온 나날들을 슬쩍 되돌아보았다. 등을 돌려 맘 놓고 돌아보면 너무 많은 것들이 악을 쓰며 달려올 것만 같다. 죄의 값으로 자라나는 순덕에게 평생을 다 바쳐 빌어도 사죄가 될 일이 아 니다. 두려움 때문에 맘 놓고 세상과 눈 한번 맞추지 못했다. 그런 가 슴을 지니고 살아서일까, 남편은 늘 피가 찬 여자라며 군눈만 뜨고 다녔다.

속초댁 몸은 그렇게 많은 세월을 보냈어도 변함없이 따뜻했다. 아 양댁은 그런 여자 앞에서 처음으로 눈물을 들키고 만다.

한데우물

개성댁이 설사에 별로 해되지 않는다며 곶감을 구해 왔다. 잘폭하
면서 달콤한 게 뭐랄까, 마치 한데우물 같은 깊은 맛이 배어 나온다.

한데우물.

되새김질하듯 씹던 곶감 끝에 매달린 그 말에 가슴이 먹먹해 온다.
그래, 한데우물이다. 아양댁은 잊고 있던 그 우물을 맘속에 담아 그
려 본다. 눈가가 미음 돌듯, 젖어 나간다.

갓 시집와서, 마음잡지 못하던 스무 살을 위로해 주던 우물이었다.
가만히 들여다보면 우물 속엔 자신의 수심도 함께 빠져 있곤 했다.
한없이 속이 깊은…… 허수한 맘을 쓰다듬어 주던 웅숭깊은 우물이
었다.

집집마다 민출한 수도에 꼭지를 달아내던 날, 마을 장정들은 우물
에다 무겁고 투박한 나무뚜껑을 만들어 덮었다. 그러면서 서서히 생
명을 잃어 갔고 누렁우물로 변했다. 돌박들 길목에 앉아 온 동네 아
낙을 다 불러들이던, 오랫동안 마을의 생명을 지켜 주던 우물이었다.
그 우물물로 아이들은 자랐고, 어른들은 힘을 부릴 수 있었다.

더러는 말 주먹질로, 드잡이로 싸움질을 해대던 아낙들을 묵묵히
포용해 주곤 했다. 그 우물에 뚜껑을 덮던 날, 마음에 빗장을 지르듯

가슴이 답답했다. 그런 아양댁 맘과는 달리 중길 씨는 죽담 밑에 앉힌 수돗가에 노상 붙어 있었다. 괜스레 꼭지를 비틀어 물을 쏟아 내는가 하면 호수를 꽂아 길게 물총을 쏘곤 했다.

"뭐에 미련을 못 버려서 병줄을 이렇게 놓지 못하냐 말임메."

개성댁이 마실 나간 아양댁 생각을 다시 불러들인다. 개성댁은 올 때마다 연신 젖은 눈을 닦아 댄다.

그런 개성댁이 피난 시절 아양댁 아래채에 두어 달 살림을 푼 건 퍽 다행한 인연이다. 개성댁과 함께 '뜨더국때기' 장사를 했던 것도 전혀 다른 삶을 경험하게 해 주었다. 생전 처음 판 발품으로 남의 돈을 만져 본 기회였다.

그 후 개성댁은 수용소 살림을 시작했다. 보릿동을 잘 넘기면 어김없이 보리누름은 다가왔다. 개성댁은 선재를 거느리고 찐빵을 팔러 논밭으로 돌아다녔다. 그러나 피난민인 개성댁 소쿠리 안의 빵은 줄지 않았다. 논둑에 앉아 젖을 먹이는 개성댁 남은 빵은 언제나 아양댁 몫이었다. 그까짓 보리 말쯤 퍼낸다고 살림 망할까 싶었다. 타작을 한 후, 개성댁 자루에 빵 값 넉넉하게 보리를 퍼 담아 주었다.

선재며 그런 개성댁이 든든해서 순덕은 걱정은 없다. 그러나 점덕은 조금 신경이 쓰인다. 짓마다 대추씨 같이 야무지고 심지가 깊어 말 허물을 함부로 드러내지 않는 점덕이다. 그렇지만, 위로 둘 있는 시누이가 한결같이 말소두래기다. 그러니 그 틈에 끼인 점덕이 요지부동 가만있는 것도 흠이 되었다. 윤 서방은 속이 깊어 함부로 제 누이들한테 휘둘리지는 않았다. 그것만도 다행이다.

맘속으로 대강대강 끝갈망을 해 나간다. 명덕이 남았지만 순덕이 그랬다. 내년쯤 김해로 데리고 가 대학을 보내겠다고.

아이들 아버지, 중길 씨가 문제다. 다 떠나면 혼자인데⋯⋯그러나, 곧 그 생각을 지운다. 아무렴, 이제 50줄에 들어선 남정네가 혼자 버틸 리 만무했다.

개성댁이 돌아간 후, 한바탕 통증에 시달렸다. 잠시 넋을 놓았는지, 정신을 차려 보니 중길 씨가 따뜻한 물수건으로 아양댁 손을 닦고 있다. 그냥 감은 눈 그대로 누워 있다. 꺼져 가는 제 목숨보다 남아 있는 사람들 챙기느라 더 애운하기만 하다. 그러나 산 사람은 살기 마련이라는 그 냉정한 삶의 법칙을 잘 안다. 그러면서도 자꾸 돌아보려는 이 마음이 어쩌면 세상에 대한 자신의 미련이 아닌가, 싶기도 하다.

"보소."

"와?"

"언젠가 당신이 나한테 경대 사 준 거 기억이 나요?"

"그거 안 보이데, 우쨌노?"

"벽장 안에 보믄 있을 끼요."

"왜 넣어 놨더노?"

"순덕이 줄라고⋯⋯."

수밀도 문양을 꺼내려고 시작한 말이다. 왜 그걸 내게 주지 않았냐고 묻고 싶었다. 그러나 아양댁 말은 허방을 짚어 나갈 뿐이다. 수밀도 문양의 들쇠가 달린 경대가 속초댁 것이었다는 이야기를 듣던 날이었다. 신작로 부역을 마치고 돌아온 그날 밤 경대는 벽장 속에다 치워 버렸다. 그런 후 다시는 그 경대 안에 얼굴을 담지 않았다. 아양댁 맘을 왜 그렇게 건드렸는지 몰랐다. 속초댁 것으로 돌아간 그 경대에 왜 실없는 탐욕을 부렸는지. 벌거벗은 남녀가 기거하는 아랫방을 향한 투기였는지 몰랐다.

"보소, 그 경대 꼭 순덕이한테 주이소."

순덕에겐 평생 빌어도 사죄 받지 못할 죄를 지었다. 그 죄밑을 다 털지 못하고 가야 한다는 게 늘 맘을 짓눌렀다.

대보름날이 돌아왔다. 애 터지게 기다리던 대보름이다. 한가위니, 까치설이니, 그런 명절 중에서 아양댁은 대보름날을 유난히 좋아했다.

"명덕아 배울 버릇으로 해 봐야 한다. 나물은 말이다 눈물맛으로 간을 해야 한다이. 너그 옴마 묵기 좋거로, 말이다."

"작은 옴마, 눈물맛이 뭐신데요."

"말로 하자몬 쬐끔 간이 들 듯 말 듯, 그렇다는 기다."

나물 한 자밤 입에 넣어 맛을 보던 수원댁이 온 얼굴에 웃음살을 퍼뜨린다.

"그만 하몬 나도 묵을 만하겠다."

아양댁이 한마디 던진다. 그냥, 소리로 살아 있는 흉내라도 내고 싶었다.

"옴마는 맛도 안 봤심서 우찌 아는데?"

"눈 맛이라는 기 있다."

"눈이 우찌 맛을 보노?"

"니도 오래해 봐라, 옴마처럼 눈으로도 맛 알고 간을 짐작도 할 줄 알게 될 끼다."

유난히 잔손불림이 많은 나물을 무치며 명덕과 수원댁이 주거니 받거니 하며 보름 준비를 알맞춤하게 한다. 오곡밥에 갖가지 나물 간새도 잘 맞추었다. 동서가 바위너설을 타 내리며 긁어 발라 말린 쏙대기랑, 중길 씨 주낙에 걸린 잡어를 간짓대에 걸어 빛깔 좋은 햇살과 맑은 바람으로 말려 놓았다. 그 태깔 좋은 생선을 간삶이로 내놓으면 대보름 음식으로 제법 구색을 맞추었다. 순덕과 선재가 식구들을 거느리고 내려와 아양댁은 제법 호사스런 대보름을 맞이한다. 무엇보다, 달이 뜨기 전에 순덕이 들어선 것이다.

"와? 선재는 우짜고?"

"아부지 메구 치는 데 포수 차림으로 따라붙었다."

"장인하고 사우가 메구패 다 쓸어 잡겄다."

"그렇잖아도 두 사람 행색이 웃기지도 않더라."

"얼라들은?"

"저거 할매가 데불고 메구판에 온다 캤다. 나는 옴마랑 같이 갈라고."

"니 온 김에……."

"안다, 절하고 같이 나가자. 그랄라고 살쩌기 왔다 아이가. 참 그라고 점덕이 출발했다고 하더라."

"배가 불러 힘이 들 낀데, 뭐하로 온다고. 가깝게 사니 날마다 오다시피 하는데."

"우리도 왔다캉께. 그런데 약은 묵었나?"

"점심나절에 신 의사가 주사를 두 대나 놓고 갔다. 저녁꺼정 버틸 끼람서. 아푸몬 울지 뭐."

"잘 울었다. 옴마는 제발 아프몬 좀 아프다 캐라."

순덕은 엄마를 손수레에 태우고 끌기 시작한다. 옛날 상길 씨가 타던 손수레다. 마치 상길 씨에게 그랬던 것처럼 아양댁도 순덕이 다독거려 주는 처네를 감고 앉았다. 순덕이 익숙하게 수레를 운전한다.

우물길을 들어섰다. 덮어 두었던 나무뚜껑도 삭아, 언제 그게 우물이었던가, 싶다. 그 길을 순덕이 끄는 수레를 타고 지났다. 우물의 흥망이 가슴 아팠던지, 무성하던 고수버들 몸은 구새가 먹어 흉측스러워졌다. 그래도 목숨부지는 해 보겠다고 비틀어진 가지 몇 개로 안간힘을 쓰는 듯하다. 치목을 심었던 게 사변 후였고, 손가락까지 헤아려 보지 않아도 스무 해는 훨씬 더 살았지 싶은 버드나무다. 우물이 살아 있었더라면 나무는 휘영청 꼬부라진 가지에 흥을 매달고 해마다 봄이면 노랗고 여린 잎을 틔워 냈으련만……. 그러면서 온갖 동네 소문 귀로 받아 넣곤 눈돌림질로 능청을 부릴 텐데, 이젠 마치 아양댁처럼 시난고난 앓으며 제 삶을 마감하려 한다.

"요 잠깐 세워 봐라이."

"와?"

"옆으로 가겄나, 새미 있는 데 말이다."

순덕은 대답도 없이 한데우물 옆으로 수레 머리를 틀기 시작한다. 울퉁불퉁한 돌다리를 건너는 데 힘이 부치는지 순덕이 내색 없이 끙끙거린다. 아양댁은 그런 순덕이 힘을 덜어 준답시고 엉덩이를 들며 용을 쓴다.

"옴마, 그란다고 그 안에 무게가 날라 가나? 가만있는 게 도와주는 기제."

가만히 엉덩이를 내려놓던 아양댁도, 순덕도 함께 피식 웃음을 터뜨린다.

우물가 공굴 바닥은 퍼석거린다. 낡삭아 여기저기 패인 뚜껑 속에 비치는 건 수두룩하게 몰린 너겁뿐, 영락없는 누렁우물이다. 우물 안쪽, 한 줄 햇살로 청태를 둘러쓴 벽이 푸릇푸릇 슬퍼 보인다.

이 물에서 입을 뗀 지가 얼마인가, 아양댁은 수도가 들어오던 날을 헤아려 본다. 모두들 집 안으로 물을 끌어들여 편해졌다고 잔칫날처럼 흥청거렸다. 물론 편했다. 낮새껏 바쁜 중에 물동이질이 잡아먹는 시간은 여간 아니었으니까. 그러나 아양댁은 그날 밤 이 우물 벽을 쓰다듬고 또 쓰다듬어 주었다. 손길 끝으로 우물의 마음이 아르르하게 전해져 오는 듯했다.

속초댁이 수지를 데리고 들어오던 때를 맞추어 구촌댁이 춘자네와 이 우물에서 남잡이나잡이로 싸웠다. 상률네와 중길 씨가 구들막농사로 정신을 못 차릴 때도 아양댁은 맘을 안추르기 위해 우물가를 찾았다.

아양댁은 우물 벽을 어루만져 본다. 아양댁 앙상한 손처럼 우물 벽도 지치고 병들어 있다. 쓰다듬는 그 벽에 투영된 자신의 젊은 시절이 걸려 있는 것 같다. 손잡이를 뒤에 돌리고 밀어 대는 순덕의 수레는 돌박들이 훤히 보이는 들판으로 향한다. 돌박들이 세워 둔 당산나무가 헐벗은 채 벌벌 떨고 있다.

여름 그늘에 새참을 먹은 일꾼들이 새호루기 하듯 잠깐 잠을 취하던 나무 밑이다. 나무는 들판과 마을을 변함없이 지켜 주었다. 오랜 가뭄 끝의 기우제나, 장마철의 기청제는 언제나 그 나무 앞에서 빌고 행했다.

달집은 이미 불길에 휩싸여 있다. 솔가지가 내두르는 허연 연기는 돌박들 당산목 가지를 휘감다간 하늘로 치솟는다. 샛비재를 차고 올라온 보름달은 달집의 불머리를 핥아 대며 점점 붉은 낯빛으로 변해간다.

순덕이 달집 앞에 수레를 세운다. 마을에서 올라오는 메구패들의 꽹과리 소리가 점점 가까워진다. 샅샅이 마을돌이를 마친 후, 달집 타오르는 당산목을 향해 올라오는 중이다.

꽹과리를 두드리던 중길 씨가 저만치 모습을 드러낸다.

"옴마, 아부지 올라오시는 갑다. 선재 좀 봐라. 옴마 사우 참 웃긴다. 연방 포수 차림이네. 저 뒤에 오는 사람은 유서방이네. 아 점덕이도 뵌다."

"니는 새끼가 둘이나 되는 아범을 보고 선재가 뭐꼬?"

"버릇이 돼서 그렇제. 인유 할매한테서도 한마디 들었는데."

"한마디만 하고 말더냐, 나 겉으몬야 따끔하게 뭐라 하겠다. 니 걱정은 안 해도 되겠거만은……"

"옴마는 또 씰데없이, 봐라. 오래오래 살아서 명덕이 점덕이 걱정 많이 해야제. 인유, 가을이 다 커서 학교 가는 것도 보고, 시집 장가 가는 것도 보고…….”

순덕이 하던 말을 끝도 못 맺고 삼킨다. 제가 뱉은 말이 허망하다는 것도 안 모양이다. 손자들 커 가는 거 보고……. 그렇게 욕심을 부리는 삶도 아닐 진데.

울먹이는 순덕을 구제해 줄 요량인지 어느새 메구패들이 당산나무를 돌고 훨훨 타는 달집 둘레를 빙빙 돈다. 메구패의 찬란한 꽃은 단연 덕재 씨의 고개 놀이다. 꽹과리 장단에 맞추어 상모를 돌리는 덕재 씨의 발장단은 누구도 흉내 낼 수 없는, 묘기에 가깝다. 오른쪽 고개를 돌림과 동시에 깡충, 발을 차고 올랐다가 땅에 사뿐히 내리는 자태라니. 사람들은 덕재 씨가 돌리는 상모에 넋을 빼앗겼다.

“아, 저 봐라 옴마. 저거 공령등에 만식이 아이가?”

“어데? 누가 만식이란 말이고?”

“저 봐라. 선재 뒤에 서 있는 사람 말이다.”

“아, 맞네. 공령등에 만식이가 맞네. 어데 있다가 인자 나타났을꼬.”

틀림없는 공령등에 만식이다. 어느 세상을 헤매다가 얻어 온 주름살일까, 턱이 달아난, 그래서 어른 주먹에도 못 미치던 그 얼굴이 이제 고비늙어 더 형편없는 모양으로 쪼그라져 있다.

사라호 태풍이 오던 전날, 심하게 하늘 병을 치르고 자취를 감춘 공령등에 만식이다. 그 후 제 엄마는 움막에서 행방이 묘연한 만식이를 목메어 부르다가 숨을 거두었다. 엿장수 만식이 엄마는 공령등에 사람들이 정성 들여 양지바른 곳에 묻어 주었다.

게지레한 그 공령등에 만식이가 돌아온 것이다. 달집 가에 둘러서 있던 아이들이 메구패 쪽으로 몰려간다. 덩실덩실 춤을 추며 걸어오는 공령등에 만식이 앞에는 아이들의 환한 얼굴이 진을 쳤다.

"마, 만식아 니 지, 지금도 고, 고치 아, 안 달고 나왔나?"

누군가 떠듬떠듬 말을 입에 물고 공령등에 만식이 앞으로 쫓아갈 것 같다.

"미, 미숙이만 보, 보몬 자꾸 커, 커 올라 캐서 지, 집에 수, 숨카 놓고 와, 왔다."

"미, 미숙이만 보, 보몬, 어느 마, 만큼 커지는데?"

"노, 논에 바, 박은 마, 말뚝 맹크로."

"만식이 니 자지가 그리 크나, 나 좀 뵈 도라."

"어, 없다 카이."

바지 단추 속의 코랑코랑한 제 부자지를 움켜쥐고 달아날 궁리부터 하던 공영등에 만식이, 한동안 하지 못해 입이 궁금했던 마을 사람들의 하나객담이다. 혀짤배기에 할개눈, 만식이의 그런 뻔한 대답을 알면서 사람들은 자고 나면 똑같은 말로 다시 묻곤 한다. 그건 마을이 키운 바보, 공령등에 만식이에 대한 사람들의 애틋한 관심이기도 하다. 어느 잔칫날이건 첫 손님이 되어 널방석을 깔고 주인인 듯 반갑게 손님을 맞던 공령등에 만식이다. 그렇게 만식이도 없는 심심한 잔치를 마을은 수도 없이 치러 냈다.

장구 소리 앞에서 곱사위 춤을 추며 다시 등을 돌려 쫓아오는 공령등에 만식이도 메구패들 속에 묻혀 왔다.

달집을 한 바퀴 돌고 난 중길 씨의 꽹과리가 아양댁 앞으로 다가온다. 아양댁 정면에서 메구패들이 신떨음을 시작한다. 중길 씨의 꽹과리에 맞추어 마치 신들린 듯, 달집에 부림당하듯 죽을힘으로 메구를 쳐 댄다. 중길 씨 얼굴에 땀이 주르르 흘러내린다. 아니, 어쩌면 가슴에 맺혀 있던 눈물인지 모른다. 한참을 소란 떨던 꽹과리 소리가 딱 멈춘다. 중길 씨 꽹과리에 맞추어 메구패들은 마치 칼로 무를 자른 듯, 한꺼번에 모든 소리를 끝낸다. 벙거지를 둘러쓰고 털조끼를 껴입은 선재도 사냥총을 바로 세운다. 적막한 기운이 그 잠깐의 시간에 머물렀다.

생의 마지막 들판이다. 다시는 볼 수 없을 달집 휘어잡는 불꽃을 보면서 아양댁은 마치 소임을 다한 것처럼 마음이 홀가분해진다.

옷을 벗고 있는 당산목, 달을 올려 보낸 샛비재, 그 앞에서 과녁빼기로 버티고 앉은 옥여봉.

눈을 돌려 옥여봉을 맞바라본다. 그렇게 당당하던 옥여봉이었다. 그런 옥여봉이 발가벗은 몸을 드러낸 채 허구프게 앉아 있다.

용을 만나기 위해 그 험한 밤, 제멋대로 길을 만들며 올랐던 산. 용은 저 산에서 뭘 얻으려고 몸부림을 쳤던 겔까. 용은 저 산이 제 몸을 안전하게 숨겨 줄 거라 믿었던 겔까.

목에 걸린 수건으로 얼굴을 닦은 중길 씨는 손에 쥐고 있던 꽹과리를 판용 씨에게 넘겨준다. 그리곤 순덕이 잡고 있던 수레를 건네받는다.

달집은 불길에 휩싸이고 메구패들은 달집을 등 뒤에 몰아붙이고 마을로 향해 내려간다. 익살스런 포수 소매를 잡고 뭔가 말을 건네는 순덕이 뒷모습도 멀어져 간다. 배를 불쑥 내밀고 걸음질이 힘든 점덕을 부축하며 붙어 걷는 명덕이 눈에 잡힌다. 메구패 끝에 공령등에 만식이는 헐렁이 차림으로 덩실덩실 춤을 추며 뒤질세라 걸음을 재우친다. 가을이를 업고 인유 손을 잡은 개성댁 뒷모습도 아슴하게 멀어져 간다. 모두들 떠나가고 있다. 이제 아양댁이 맘 놓고 놓아주어야 할 정인들이다. 그것들은 소멸점을 향해 아양댁 거적눈을 벗어나고 있다. 아양댁이 몸을 다 바쳐 관여했던 삶의 실체다. 그리고 아낌없이 바친 아양댁 마음이다. 그렇게 소용된 삶이 지금 부끄럽지 않다. 평생을 웅크리며 맘 졸였던 시간들이 다림질에 펴진 주름살처럼 말끔하게 물러간다.

"순덕이 저거 아부지."

"와?"

"아양골 찬새미 그대로 있을까예?"

"또 그 소리가?"

"몽돌해변은 조선소가 깔아뭉갠다 했지예?"

"그라겄제."

"그라몬 영영 없어지는 깁니까?"

"보고 짚나?"

"아이라예, 그거 봐서 뭐할라꼬."

"인자 그것들 다 잊어삐라. 없어지는 거 갖고 애태우면 맘만 아푸다."

없어지는 거 갖고 애태우면 맘만 아프다고, 중길 씨가 말한다. 아양댁 속을 환히 들여다보는 듯.

숨이 차오른다. 아양댁은 게슴츠레 눈을 뜬다. 남편 중길 씨 눈빛은 벌겋게 타오르는 달집에 붙박여 있다. 중길 씨 눈 속에 실바람이 인다. 그 바람으로 뉘를 만난 바다처럼 아양댁 세월이 함께 일렁인다. 그렇다. 살걸음으로 달려온 아양댁 세월이다. 그것들이 중길 씨 눈 속에서 너울너울 춤을 추고 있다.

"순덕이 저거 아부지."

"와?"

"내가 당신한테 말 몬한 게 있는데……."

"말 몬했으몬 그럴 만한 사정이 있었것제."

"지금 말해도 괘안을까예?"

선바람쐬듯, 그렇게 바깥을 돌던 남편, 지금 그는 아양댁 곁에 거늑하게 간수한 맘을 지니고 서 있다. 이제 해도 괜찮을 것 같다. 마음 깊은 곳, 그 음지 속에 평생 가두어 두었던, 어쩌면 곰팡내로 찌들었을지 모르는 곯마른 말들이다.

언제나 미안했다. 그 말에게 미안했다. 그 말을 숨기고 살아온 세월에게 미안했고, 숨겨야만 했던 남편 중길 씨에게 미안했다. 어쩌면 아양댁 자신을 향한 미안함인지도 모른다. 어쩌면, 정말 어쩌면 그 말을 가슴에 품게 해 준 용에게 더 미안했는지 모른다. 이제 그 말의 미안함에서 벗어나고 싶다. 벗어 버리고 훨훨 가벼운 차림으로 날아가고 싶다.

"저, 순덕이는……."

"다 안다. 힘 빠진다, 고만해라."

"……. 당신이 우째?"

"그기 뭐시 그리 중요하노?"

중길 씨 그 깊은 눈빛 속에는 다시 달집에서 옮아 온 불길이 타오른다. 그 눈빛 속에 붉은 불길이 물결처럼 어른거린다.

"당신이 우째 알고 있었는지는 몰라도 지는 말을 해야겠십니더."

단호하게 시작하는 아양댁 말투가 버거운 듯 중길 씨는 주머니를 뒤지기 시작한다. 물부리 담배를 빼내어 라이터 불을 켠다. 선재가 선물한 작은 성냥갑만 한 은색 라이터다. 라이터로 불을 붙여 담배쉼을 한 후, 중길 씨가 한마디 툭 던진다.

"순덕이는 뭐라 캐도 내 딸이다. 니 배에서 품었으몬 내 딸이 맞제. 아무 소리 말거라이."

"우째 알았는데요? 그라몬 알고도 그렇게 시치미를 뗌서 평생을 살았십니꺼?"

아양댁 말에 노여움이 맥도 없이 묻혀 나왔다.

"재차 말하지만 그기 뭐 그리 중요하노?"

"……."

"그래 알았다. 내 말을 할 꺼마."

뭐 낀 놈이 먼저 성낸다고 아양댁이 생각해도 제가 되려 되술래를 잡고 있다. 아양댁은 노여움을 다스리지 못하는 눈을 내립떠본다.

"용이란 사람 말이요. 벌써부터 아는 사람이었소. 해방되고 잠깐, 정말 잠깐 치안대에 발을 담근 적이 있었소. 이게 아니다 싶어 얼른 빼내고 말았지만……. 그때부터 안면을 좀 터고 산 사이였소. 더 발을 담그고 있었다면 용이 그 사람, 나보다 나이는 어리지만 그 곧은 인품에 반해 어쩌면 벗을 트고 지냈을지 모르오. 그때 내가 당신을 봤제. 언젠가 밤, 경찰서로 찾아온 적이 있었지. 참 음전해 뵈고, 말을 하자면 한눈에 맘을 뺏기고 말았소. 그때 당신이 얼마나 고왔는지, 자그마한 몸집에 선하게 맺힌 눈이며, 조심스럽게 다문 두 입술이며……. 당신을 만나고 난 후 그냥 귀신 씌운 것처럼 눈을 감으나 뜨나 당신 생각밖에 없습디다. 그리고 용이 그 사람이 그렇게 되는 걸 보고 사람을 시켜 인연의 줄을 슬며시 던져 보았소. 당신을 만난 것도 내 계략이었고, 용을 만나러 옥여봉 올라간 것도, 사흘 만에 내려온 것도 다 알고 있었소. 당신이 그때 내려올 수 없는 상황이라는 것도 알았고, 길잡이를 보낸 사람도 사실은 나였소. 소탕작전은 눈앞에 다가왔지, 당신은 그 틈을 비집고 내려올 수는 없지, 내 맘이 얼마나 탔는지……."

중길 씨 말은 진지했고 더 길었다. 그리고 그 말들은 모두 진심이었다. 아양댁이 옥여봉을 벗어나지 못했을 때 난데없이 한 남자가 올라왔다. 그는 산돌이처럼 자욱길을 택해 순조롭게 아양댁을 안내했다.

남편 중길 씨의 말을 믿기 위해 한마디도 놓치지 않는다. 그는 꼬박꼬박 대처 말에다 예우까지 갖추었다. 애써 그런 말을 썼기 때문은 아니다. 그가 존댓말을 쓰지 않아도, 표준말을 쓰지 않았더라도 믿었을 것이다. 그냥, 믿고 싶다. 남편 중길 씨의 모든 것을 믿고 싶다. 참으로 오랜만이다. 남편의 그런 말투에 편안함을 느낀 것이.

그의 말소리에도 달집에서 비껴 나온 불빛이 스며든다. 울고 있는 겔까, 남편의 눈빛에서 반짝 물기가 비친다. 중길 씨의 그 물빛 속에 눈부처 하나가 어린다. 왜소한 여자다. 스러져 가는, 제 몫으로 남은 마지막 생을 붙잡고 앉은…… 그 여자가 눈어리게처럼 중길 씨 눈 속에 숨어 있다.

그런 남편을 바라볼 수가 없어 눈을 감는다. 감은 눈 속에 따라온 불망울이 일렁인다. 그 속으로 꿈처럼, 아버지가 그리고 용이 다가온다. 평생 아양댁 꿈만 좇던 얼굴이다. 그것들이 다시 헛것불처럼 흩어진다.

온 생에 칭칭 감겨 있던 꿈, 생각해 보니 그 꿈이 자신을 붙잡은 게 아니다. 그 꿈이 목숨이듯 부여잡고 놓지 않은 것은 아양댁 자신이다.

그때, 허구리 밑으로 밍그적밍그적 뭔가 꿈틀거렸다. 피댓줄이다. 그것들이 남편 중길 씨의 말소리로 슬슬 풀려나기 시작한다.

아양댁, 몸을 평생 감고 돌던 한이었다. 눈을 감고도 훤히 알 수 있다. 구렁이처럼 감고 있던 그것들은 생명이었으며 자신이 살아온 세월의 흔적이었음을……. 그 세월의 걸음으로 풀려 나가는 아양댁 몸은 정신을 떠나보낸다.

몸을 떠난 그것들은 달집의 불덩이로 피어나 점점 높이 날아간다. 세상의 경계를 긋는 아주 먼 곳에 앉아 아양댁은 제가 버리고 온 육신을 안고 흐느끼는 한 남자를 내려다본다.

중길 씨다.
발동선과 여자를 섬세하게 다룰 줄 알던,
동공이 까만 눈을 지닌 남자.
섬사람에게 지나치게 호사스러운,
희고 긴 손가락을 거느린 섬약한 손,
한데우물처럼 가늠할 수 없는 깊은 속을 지닌,
스무 일곱 해나 살 섞어 살았던 그 남자
중길 씨가,
불꽃 이는 달집 앞에서 그렇게 울고 있다.

신말수 소설에 나타난 중요 어휘

— 「누가 그 시절을 다 데려갔을까」를 중심으로

민충환 엮음

문학평론가 고려대 국어국문학과, 인하대학교 수료.

전 부천대학교수.

주요 저서: 『이태준 연구』, 『임꺽정 우리말 용례사전』, 『이문구 소설어 사전』, 『송기숙 소설어 사전』, 『박완서 소설어 사전』, 『어휘풀이로 읽는 오영수 소설 사전』 외 다수.

ㄱ

가납사니: 쓸데없는 말을 하는 사람.

가는 베 낳겠다 : 가늘고 고운 베를 잘도 짜겠다는 뜻으로, 솜씨가 없고 무딤을 이르는 말.

가닥스럽다: 한 군데에서 풀어지거나 갈라져 나와서 낱낱이 많은 느낌이 있다.

가랑머리: 두 가랑이로 갈라땋아 늘인 머리.

간살: 간사스럽게 아양을 떠는 정도.

간새: 반찬이나 반찬거리.

갈개잠: 몸을 바르게 가지지 않고 이리저리 구르며 자는 잠.

갈쌍하다: 눈에 넘칠 듯이 자꾸 가득하게 고이게 하다.

갈치잠: 비좁은 방에서 여럿이 모로 끼어 자는 잠.

감발저뀌: '감바리(잇속을 노리어 남보다 먼저 약빠르게 달라붙는 사람을 얕잡아 이르는 말)'의 원말.

감잡이: 남녀가 잠자리를 같이 할 때 사용하는 수건.

감투거리: 여자가 남자의 위에 올라가 하는 성행위.

개미장: 장마 전에 개미들이 줄지어 먹이를 나르거나 집을 옮기는 일.

개승냥이: '늑대'를 개를 닮은 승냥이라는 뜻으로 이르는 말.

개어귀: 강물이나 냇물이 바다나 호수로 들어가는 어귀.

개흘레: 집의 벽 밖으로 조그맣게 달아낸 칸살.

갬상추: 잎이 다 자라서 쌈을 싸 먹을 수 있을 만큼 큰 상추.

거염지다: 엄청나고 굉장하다.

거위영장: 여위고 목이 긴 사람을 놀림조로 이르는 말.

거적눈: 윗눈시울이 축 처진 눈.

거탈수작(–酬酌): 실속 없이 겉으로 주고받는 말.

건넛산 꾸짖기: 〈속〉 꾸짖고 싶은 대상을 직접 꾸짖을 수 없을 때 다른 사람을 간접적으로 꾸짖는 것을 이르는 말.

건다짐: 속뜻 없이 겉으로만 하는 다짐.

걸레부정(–不淨): 걸레처럼 너절하고 허름한 사람을 비유적으로 이르는 말.

걸음발타다: 걸음을 익혀 비틀거리며 걷기 시작하다

검기울다: 검은 구름이 차츰 퍼져서 날이 깜깜해지다.

검둥개 멱 감기듯: 〈속〉 어떤 일을 해도 별로 효과가 나타나지 않음을 비유적으로 이르는 말.

검뜯다: 거머잡고 쥐어뜯다.

검정새치: 같은 편인 체하면서 남의 염탐꾼 노릇을 하는 사람을 비유적으로 이르는 말.

겅그레: 솥에 무엇을 찔 때, 찌는 것이 솥 안에 물에 잠기지 않도록 받침으로 놓은 물건.

겨울붙임: 늦가을이나 이른 봄에 씨를 뿌리는 일.

겹사라지: 종이를 겹쳐 만들어서 기름에 결은 담배쌈지의 하나.

계면떡: 굿 끝에 무당이 구경꾼에게 돌라주는 떡.

곗술에 낯내기: 〈속〉 곗집 잔치에 낯을 낸다. 제 물건을 쓰지 않고 남

의 것을 가지고 생색을 낸다는 말.

고비늙다: 지나치게 늙다.

고수버들: 가지가 고수머리처럼 고불고불한 버들.

고팡: 식량이나 물건 따위를 간직해 보관하는 곳.

곤두기침: 소리가 높고 날카롭게 하는 기침.

골골샅샅이: 한 군데도 빼놓지 않고 모든 곳마다.

곯마르다: 속으로 썩어 가면서 마르다.

곱삶이: 두 번 삶아서 짓는 꽁보리밥.

과녁빼기: 곧장 건너다보이는 곳.

구들막공사: 남녀가 함께 이불 속에서 성적으로 희롱함을 비유적으로 이르는 말.

구석바치: '집 안에만 들어박혀 있는 사람'을 일컫는 지역말.

군눈을 뜨다: 외도에 눈을 뜨다(군눈 – 쓸데없는 것에 정신을 파는 눈).

군빗질: 자고 일어나서 머리의 윗부분만 대강 빗는 일.

굴타리먹다: 오이, 수박, 호박 따위가 흙에 닿아 썩은 자리를 벌레가 파먹다.

굼깊다: 골이 깊다.

굼뉘: 바람이 안 불 때 치는 파도.

굼벵이대롱: 굼벵이 몸처럼 늘였다 줄였다 할 수 있는 대롱.

기껍다: 마음속으로 은근히 기쁘다.

기승밥: 모를 내거나 김을 매어 주고 얻어먹는 밥.

기신기신: 기운이 없어 자꾸 느릿느릿 힘없이 행동하는 모양.

기왓개미: 기와의 부스러진 가루.

길미: 채무자가 금권을 꾸어 쓴 대가로 채권자에게 지급하는 금전.

김 안 나는 숭늉이 더 뜨겁다: 〈속〉 공연히 떠벌리는 사람보다 가만히 침묵을 지키고 있는 사람이 더 무섭고 야무지다는 말.

김지이지: 성명이 분명하지 않은 여러 사람을 두루 이르는 말.

깍두기판: 여러 사람이 함부로 떠들거나 덤벼 뒤죽박죽이 된 판.

깐깐오월: 해가 길어서 일하기 지루한 달이라는 뜻으로, '음력 오월'을 이르는 말.

깜부기숯: 줄거리 나무로 만든 뜬숯.

깨단하다: 오래 생각이 나지 않던 것이 어떤 실마리로 환하게 깨닫다.

깨춤: 체구가 작은 사람이 방정맞게 까부는 모양을 비유적으로 이르는 말.

꼬두람이: 맨 꼬리.

꾀똥: 거짓으로 누는 체하는 똥.

꾸미: 국, 찌개에 넣는 고기붙이.

ㄴ

나무무지: '나뭇더미(나무를 많이 쌓아서 가려 놓은 큰 덩어리)'의 북한어.

낙낙하다: 크기 따위가 조금 크거나 남음이 있다.

난바다: 육지에서 멀리 떨어진 바다.

난밖사람: 다른 고장 사람.

난쟁이 교자꾼 참여하듯: 〈속〉 분수에 맞지 않은 일에 주제넘게 나서는 모양을 비유적으로 이르는 말.

날매: 공중에서 날고 있는 매.

낡삭다: 오래되어 낡고 삭다.

남새: 채소.

낮새껏: 낮이 다 지나도록.

내림바탕: 유전자의 본체.

내헤치다: 마구 꺼내어 헤치다.

냇내: 연기의 냄새.

너울가지: 남과 잘 사귀는 솜씨.

너울춤: 흥에 겨워 팔다리를 율동 있게 내저으며 추는 춤.

넉셈: '사칙(四則, 덧셈 · 뺄셈 · 곱셈 · 나눗셈의 네 가지 계산 방법)'의 북한어.

널빈지: 널문으로 한 짝씩 끼웠다 떼었다 하게 만들어진 널문.

노랑북새: 어떤 일로 말미암아 빚어진 소란과 불화.

녹물: 녹색(綠色).

논다니: 웃음과 몸을 파는 계집. 또는, 함부로 노는계집.

뇐돈: 맞돈. 현금.

누임: 피륙 따위를 잿물에 담갔다가 솥에 찜.

눈돌림질: 짐짓 아닌 체하며 딴전을 부리는 일.

눈딱총을 놓다: 마음에 들지 않거나 미워서 쏘아보다.

눈먼 말 워낭소리에 따라간다: 〈속〉 무식한 사람이 남의 행동에 맹목적으로 따름을 이르는 말.

눈부처: 눈동자에 비쳐 나타난 사람의 형상.

눈빗질: 눈으로 샅샅이 살피거나 찾는 일을 비유적으로 이르는 말.

눈썹노리: 베틀에서, 눈썹줄이 달려 있는 눈썹대의 끝 부분.

눈어리게: 눈이 홀리어 보이는 헛것.

눈치차림: '눈치놀음(진심으로가 아니라 남의 눈치를 보아가며 그 눈치에 맞추어 취하는 행동)'의 북한어.

늑놀다: '능놀다(쉬어 가며 일을 천천히 하다)'의 잘못.

늑줄을 주다: 엄한 감독을 느슨하게 하여 조금 자유롭게 하다.

닐리리기와집: 엄한 감독을 느슨하게 하여 조금 자유롭게 하다.

ㄷ

단솥에 물 붓기: 〈속〉 형편이 이미 기울어 아무리 도와주어도 보람이 없음을 이르는 말.

단지곰: 무고한 사람을 일정한 곳에 가두어 놓고 쉼 없이 엇갈아 들면서 핍박하여 자백을 받아 내는 것.

달구치다: 무엇을 알아내거나 어떤 일을 재촉하려고 꼼짝 못하게 몰아치다.

닷곱장님: 반쯤 장님이라는 뜻으로, 시력이 아주 약한 사람을 놀림조

로 이르는 말.

대끼다: 애벌 찧은 보리 따위를 물을 쳐 가면서 마지막으로 깨끗하게 찧다.

대처네: 이불을 쌓고 그 위에 덮는 보.

대판거리: 크게 벌어진 형국.

덤불김치: 무의 잎과 줄기 또는 배추의 지스러기로 담근 김치.

덤짜: 원래의 것 외에 덧붙여 들어온 것.

데시기다: 당기지 않은 음식을 억지로 먹다.

도끼모태: '모탕(나무를 패거나 자를 때 받쳐 놓는 나무토막)'의 방언.

도나캐나: 하찮은 아무나, 또는 무엇이나.

도리깨침: 몹시 먹고 싶어서 저절로 삼키어지는 침.

도붓장수: 이리저리 떠돌아다니며 물건을 팔던 사람.

도시다: 연장으로 곱게 깎아서 다듬어 내다.

돌곪다: 돌곰기다. (종기가) 겉으로는 딴딴하고 속으로는 심하게 고름이 들다.

돌껫: 실을 감거니 푸는 데 쓰는 기구.

돌껫잠: 누운 자리에 그대로 있지 않고 빙빙 돌면서 자는 잠.

돌쩌귀: 문짝을 문설주에 달아 여닫는 데 쓰는 두 개의 쇠붙이.

돌쩍스럽다: 능청스럽고 엉너리를 부리는 데가 있다.

돌쪼시: 석수장이.

되깎이: 환속하였다가 다시 되는 중.

되모시: 이혼하고 처녀 행세를 하는 여자.

되술래를 잡다: 사과해야 할 사람이 도리어 남을 나무라다.

되트집: 남의 요구나 충고를 받아들이기는커녕 도리어 남의 흠을 잡거나 불평을 늘어놓는 일.

두 길마를 보다: 어느 한쪽이 잘못되더라도 자기에게 불리하게 되지 아니하도록 두 쪽에 다 관계를 가지고 살펴보다.

두렁감기: 모내기 전에 무너진 두렁을 손보거나 뚫어진 구멍을 메우면서 논두렁을 고르게 다듬는 일.

뒤듬바리: 어리석고 둔하며 거친 사람.

뒷질: 물에 뜬 배가 앞뒤로 흔들리는 일.

드팀전: 지난 날, 온갖 피륙을 팔던 가게.

든바다: 바닷가에 잇닿아 있는, 뭍에서 멀지 않은 바다.

든버릇: 태어난 뒤에 든 버릇.

들놓다: 논밭에서 식사 때가 되어 일손을 멈추다.

들마루: 방문 앞에 잇달아 들인 쪽마루.

들믄들믄: 후텁지근한 느낌이 자주 드는 모양.

들사리: 고기 떼가 알을 낳기 위하여 육지 쪽으로 가까이 들어오는 일. 또는 그때.

들쇠: 세간의 서랍이나 문짝 따위에 다는 반달 모양의 손잡이.

들엎드리다: 밖에 나가 활동하지 않고 안에만 머물다.

딱장받다: 도둑에게 온갖 형벌을 주어 가며 죄를 자백하게 하다.

땀질: 조각이나 목수 일에서 끌이나 칼로 쓸데없는 부분을 파내는 일.

땅보탬: '사람이 죽은 뒤에 땅에 묻힘'을 에둘러 이르는 말.

뜨게부부: 정식으로 결혼하지 않고 우연히 만나서 어울려 사는 남녀.

뜨더국: 가루반죽을 끓는 장국에 조금씩 뜯어 넣어서 익힌 음식.

뜬벌이: 일정치 않은 돈벌이.

ㅁ

마구발방: 함부로 하는 말이나 행동.

마늘각시: 껍질을 깐 마늘처럼 빛이 하얗고 피부가 반반한 색시.

마음고름: 속을 드러내지 않으려고 단단히 매어 둔 다짐.

마음다툼: '갈등'의 북한어.

말새: 말하는 태도와 모양새.

말소두래기: 시비하거나 말전주하는 일.

말주벅: 이것저것 경위를 따지고 남을 공박하거나 자기 이론을 주장할 만한 말주변.

말중동: 말의 중간 부분.

말코지: 벽에 달아서 물건을 거는 나무 갈고리.

말타박: 말로 타박하는 일.

맛깔손: 음식을 매우 먹음직스럽고 맛있게 만드는 손.

맥장꾼: 일없이 장터에 나오는 장꾼.

맨드리: 물건이 이루어진 모양새.

머구리: 해녀. 또는, 잠수부의 지역말.

메숲: 산에 나무가 우거진 숲.

멧발: '산줄기'의 잘못.

명지바람: 부드럽고 화창한 바람.

모숨: 가늘고 긴 물건이 줌 안에 들 만한 분량.

모오리돌: 모나지 않고 동글동글한 돌.

목데기: 자른 통나무의 자그마한 토막.

몸태질: 제 몸을 부딪거나 내어던지거나 하는 짓.

몸피: 몸통의 굵기.

무논: 물이 있는 논.

무럼생선: 근육이 튼튼하지 못하여 비실거리는 사람을 놀림조로 이르는 말.

무룡태: 능력은 없고 그저 착하기만 한 사람.

무릎노리: 다리에서 무릎마디가 있는 자리.

무리죽음: 한꺼번에 많이 죽음.

무자이불: 결혼할 때 혼수로 준비하는 폭신하고 부드러운 이불.

묵무덤: 오랫동안 돌보지 않아 거칠게 된 무덤. 묵뫼.

물둘레: 잔잔한 물에 돌 따위를 던졌을 때, 그곳을 중심으로 둥근 원을 그리며 일어나는 물결.

물레걸음: 천천히 뒤로 돌려서 뒷걸음치는 걸음.

물마: 비가 많이 와서 사람이 다니기 어려울 만큼 땅 위에 넘쳐흐르는 물.

물미씨개: 장마 때 물에 쓸려 떠내려온 나뭇가지나 검불 따위.

물손받다: 밭곡식이나 푸성귀 따위가 물의 해를 입다.

밀컷: 밀가루로 만든 음식.

밑깔이짚: 소나 돼지의 우리에 깔아 주는 짚.

밑정: 젖먹이의 똥오줌을 누는 횟수.

ㅂ

바깥바람 : 바깥에서 부는 바람.

바늘겨레: 헝겊 속에 솜을 넣어 바늘을 꽂아 두게 만든 작은 물건.

반기: 제사를 지내고 이웃에 나누어 주려고 몫몫이 담아 놓은 음식.

버꾸: 농악기의 하나.

번거하다: 조용하지 못하고 어수선하다.

번새: 경사지지 않고 거의 평면으로 된 기와.

벌바람: 벌판에 부는 바람.

벌잇줄: 벌이를 할 수 있는 방도.

벌창: 물이 넘쳐흐름.

법석구니: 법석거리는 짓.

벗바리: 겉으로 드러나지 않고 뒤에서 보살펴 주는 사람.

보리저녁: 해가 지기 전의 이른 저녁.

보잇하다: 빛깔이 좀 보유스름하다.

보자기: 바닷물 속에 들어가서 조개, 미역 같은 해물을 채취하는 사람.

부다듯이: 몸에 열이 나는 것이 마치 볼이 달아오르는 듯하게.

부룻동 : 상추의 줄기.

부앗가심: 부아가 가시게 하는 일. 곧 화를 누그러뜨리는 일.

부출: 뒷간 바닥의 좌우에 깔아 놓은 널빤지.

부티: 베를 짤 때, 베틀의 말코 두 끝에 끈을 매어 허리에 두르는 넓은 띠.

불거지: '놀'의 방언.

불콰하다: 얼굴빛이 술기운을 띠거나 혈기가 좋아 불그레하다.

빌밋하다: 어지간히 비슷하다.

빗접: 빗을 넣어 두는 도구.

빗치개: 가르마를 타는 도구.

뻿성: 갑자기 발칵 일어나는 짜증.

뽀주리감: 모양이 조금 갸름하고 끝이 뾰족한 감.

뿌무질: 입이나 분무기 따위로 뿜어내는 일.

뿌장귀: 나뭇가지에 뿔처럼 길쭉하게 내민 가장귀.

사늑하다: 포근하고 부드러운 느낌이 있다.

산꼬대: 밤중에 산 위에서 바람이 불어 몹시 추워짐.

산돌이: 산에 익숙한 사람.

산발: 큰 산에서 여러 갈래로 길게 뻗어 나간 산의 줄기.

살천스럽다: 쌀쌀하고 매섭다.

샅걸레: 기저귀.

새근발딱: 숨이 차서 숨소리가 고르지 아니하고 급하게 나는 모양.

새끼달이: 새끼를 달고 다니는 어미 짐승.

새녘: 동쪽.

새호루기: 새처럼 얼른 하는 성교.

생게망게하다: 이리저리 생각하고, 태도를 정하지 못해 머뭇거리다.

선소리: 이치에 맞지 않는 말.

설마흔: 서른과 마흔을 아울러 이르는 말.

소래기: '소리'를 속되게 이르는 말.

속뜨물: 곡식을 여러 번 씻은 다음에 나오는 깨끗한 뜨물.

송곳자리: 매우 불편하고 불안한 자리를 비유적으로 이르는 말.

송낙뿔: 둘 다 앞으로 꼬부라진 쇠뿔.

수월내기: 다루기 쉬운 사람을 놀림조로 이르는 말.

수치레: 좋은 운수를 만나 행운을 누림.

숨탄 것: 숨을 받은 것이라는 뜻으로, 여러 가지 동물을 통틀어 이르는 말.

숫돌이마: 숫돌처럼 넓적하고 번들거리는 이마.

시왕을 가르다: 무당이 죽은 사람의 명복을 빌기 위하여 굿을 하다.

신골 치듯: 방 안에 사람이 빽빽하게 들어앉은 모양의 비유적인 말.

신떨음: 신명떨음. 신명나게 한바탕 하는 짓.

신걱질:'곡식 따위를 실어 들이는 일'을 뜻하는 중국 동포들의 말.

실톳: 방추형으로 감아 놓은 실뭉당이. 피륙을 짤 때 북에 넣어 짠다.

실퇴(–退): 좁게 놓은 툇마루.

싸개통: 여러 사람에게 둘러싸여 억울하게 욕먹는 일.

싸락별: 싸라기처럼 아주 잘게 보이는 별.

씻은 듯 부신 듯: 아무것도 남지 아니하고 아주 깨끗하게 없어진 모양을 이르는 말.

ㅇ

아금바르다: 알뜰하고 다부지다.

아람치: 자기가 차지하는 몫.

아랫녘장수: '몸 파는 여인'을 속되게 이르는 말.

아시: '애벌'의 방언.

안팎곱사둥이: 안팎으로 하는 일이 잘 안 되어 답답한 경우를 비유적으로 이르는 말.

안팎장사: 이곳에서 물건을 사서 다른 곳에 갖다 팔고, 그 돈으로 싼 물건 을 사서 이곳에 갖다 파는 일.

알살: 아무것도 입거나 가리지 않은 채로 드러난 몸의 살.

암구다: 교미를 붙이다.

암샘: 동물의 암컷이 일정한 시기에 교미를 하려는 욕망을 일으키

는 것.

애잇머리: 맨 첫 번.

앵두를 따다: '눈물을 뚝뚝 떨어뜨리며 울다'의 속된말.

어거리풍년: 매우 드물게 농사가 잘된 해.

어깨너멋글: 남이 배우는 옆에서 보거나 듣거나 하여 배운 글.

어떡치다: 얼른 해치우다.

어른싸하다: 어른스럽거나 어른보다 못하지 않다.

여낙낙하다: 부드럽고 상냥하다.

염알이꾼: 염탐꾼.

오구작작: 어린 아이들이 한곳에 모여 떠드는 모양.

옭매듭: 고를 내지 않고 마구 옭아맨 매듭.

왜지숟가락: 끝이 닳아서 모지라진 숟가락.

외 붓듯 가지 붓듯: 사람이나 생물이 매우 잘 자라는 모습.

외꽃: 노랗게 기가 질린 얼굴빛을 비유적으로 이르는 말.

요분질: 성교할 때 여자가 남자에게 쾌감을 주려고 몸을 움직여 놀리는 짓.

용고뚜리: 지나치게 담배를 많이 피우는 사람을 놀림조로 이르는 말.

우수리: 일정한 수량에 차고 남은 수.

우케: 찧기 위해서 말리는 벼.

웁쌀: 잡곡으로 짓는 밥에 조금 얹어 안치는 쌀.

은짬: 은밀한 대목.

을모지다: 책상의 귀처럼 세모지다.

음아증: 말을 하지 못하는 증세.

이승잠: 병중에 정신없이 계속해서 자는 잠을 이르는 말.

이토질: 흙으로 벽을 치는 일.

인숭무레기: 어리석어 사리를 분간할 능력이 없는 사람.

일바람: 이른 나이 때부터 하는 외도.

ㅈ

자개바람: 쥐가 나서 근육이 곧아지는 증세.

잔널다: 음식을 이로 깨물어 잘게 만들다.

잡살전: 여러 가지 씨앗을 파는 가게.

장주릅: 장에서 흥정을 붙이는 사람.

쟁명하다: 날씨가 깨끗하고 맑게 개어 있다.

종주먹: 쥐어지르며 을러댈 때의 주먹을 이르는 말.

종짓굽이 떨어지다: 젖먹이가 처음으로 걷게 되다.

주낙: 낚싯줄에 여러 개의 낚시를 띄엄띄엄 달아 자새에 감아서 물살
을 따라 감았다 풀었다 하여 물고기를 잡는 제구의 한 가지.

집안닦달: 집 안을 깨끗이 치우는 일.

집주름: 집을 사고파는 사람들 사이에 흥정을 붙이는 직업을 가진
사람.

징건하다: 먹을 것이 잘 소화되지 아니하여 더부룩하고 그득한 느낌

이다.

짜드라웃다: 여럿이 한꺼번에 야단스럽게 웃다.

짜발량이: 찌그러져서 못 쓰게 된 물건.

짝짜그르하다: 소문이 세상에 널리 퍼져 떠들썩하다.

짬질: 꼭 짜서 물기를 빼는 일.

짯짯이: 빈틈없이 세밀하게.

쩸빛: 옅은 빛깔 위에 덧칠하는 짙은 빛깔

쪼로니: 비교적 작은 것들이 가지런하게 줄지어 선 모양.

쪽소매책상: 한쪽만 밑까지 서랍이 달린 책상.

쫒개: 쫒개. 끝이 뾰족하고 꼬부라진 쇠로 만든 도구.

찌물쿠다: 날씨가 물체를 푹푹 쪄서 무르게 할 만큼 매우 덥다.

찔레꽃머리: 찔레꽃이 필 무렵. 즉 초여름을 이르는 말.

ㅊ

찬바람머리: 가을철에 싸늘한 바람이 불기 시작할 무렵.

처녑집: 집의 짜임새가 알뜰하고 있게 된 집.

철골(鐵骨): 몸이 바싹 야위어 뼈만 남은 상태.

초꼬슴: 어떤 일을 하는 데서 맨 처음.

추깃물: 송장이 썩어서 흐르는 물.

추렴젖: 이 사람 저 사람에게서 조금씩 얻어 먹이는 젖.

ㅋ

켯속: 일의 갈피.

코숭이: '산코숭이(산줄기의 불쑥 나온 끝자리)'의 준말.

콩켸팥켸: 사물이 뒤섞여서 뒤죽박죽된 것을 이르는 말.

키질: 감정을 부추기어 더욱 커지게 하는 일.

ㅌ

터앝: 집의 울안에 있는 작은 밭.

통새끼: 나무로 만든 작은 통.

투그리다: 싸우려고 으르대며 잔뜩 벼르다.

퉁퉁증: 일이 뜻대로 되지 아니하여 갑갑해하며 골을 내는 증세.

ㅍ

팔초하다 : 얼굴이 좁고 아래턱이 뾰족하다.

포만무례(暴慢無禮): 하는 짓이 사납고 거만하고 무례함.

푸렁이: 푸른 빛깔을 띤 물건.

풋바심: 곡식이 완전히 여물기 전에 베어서 떨거나 훑음.

풍혈(風穴): 나무그릇 따위에 가장 자리로 돌아가며 잘게 새겨 꾸민 것.

피새나다: 숨기던 일이 뜻밖에 발각되다.

피천: 매우 적은 액수의 돈.

핑계모: 핑계로 내세우는 의견.

핑구: 위에 꼭지가 달린 팽이.

ㅎ

하나객담: 실없고 하찮은 이야기.

하룻머리: 하루가 시작되는 아침 무렵.

한무릎공부: 한동안 착실히 하는 공부(한무릎 - 한 차례의 무릎걸음을 하는 것).

할개눈: 눈동자가 삐뚤어지게 옆으로 할겨 보는 눈.

함초롬하다: 담뿍 젖거나 서리어 있는 모양이 차분하다.

해포이웃: 오랫동안 가까이 지내 온 이웃.

허닥하다.: 모아 둔 돈을 헐어서 쓰기 시작하다.

허드재비: 허드레로 쓰는 물건이나 허드레로 하는 일.

허벅지다: 모자람이 없이 아주 넉넉하다.

허줏굿: 무당이 되려고 할 때에 처음에 신을 맞아들이려고 하는 굿.

허투루: 아무렇게나 되는 대로.

헌해: 남을 좋지 않게 이야기하는 것. 험담.

헐렝이: 헐렁이 옷의 품이 넉넉하여 헐렁한 것.

헛가게: 때때로 벌였다가 걷었다 하는 가게.

헤살부리다: 함부로 헤살을 놓다(헤살 – 짓궂게 훼방을 놓는 짓).

헤푸러지다: 지저분하고 느슨하게 풀리다.

화치하다(華侈–): 매우 화려하고 사치스럽다.

후더침: 아이를 낳은 뒤 일어나는 잡병.

후림불: 갑작스럽게 정신 차릴 사이조차 없이 휩쓸리는 기세.

훌닦다: 휘몰아 대강 닦다.

횅댕그렁하다: 텅 비어 휑하거나 넓다.

흘게눈: 흘겨보는 눈.

흘미죽죽: 일을 야무지게 끝맺지 못하고 흐리멍덩하게 끄는 모양.

흙매질: 흙을 이겨서 바르는 일.

흙주접: 한 가지 농작물만 이어 지어서 땅이 메말라지는 것.

희붐하다: 날이 새려고 빛이 희미하게 감돌아 밝은 듯하다.

당선 소감

●

심사평

예쁜 우리말과 그리움으로 빚어낸
부모님 시대의 이야기

내가 제일 쉽게 할 수 있는 게 글쓰기인 줄만 알았다. 이제 보니 그게 만만한 일이 아니었나 보다.

자판 앞에 한참이나 앉아 내 말들을 기다렸다. 그냥 앉아 있기만 해도 와자그르 모여 떠들어 대던 친밀한 말들이었다. 그런데 그들이 돌아오지 않는다. 어디로 다 숨어 버린 겔까.

가만히 창 너머 하늘만 하릴 없이 힐끔거린다. 길고 지루한 무더위를 밀어낸 하늘은 솜구름을 거느리고 여유롭기만 하다.

이제 가을이 오겠지, 가을은 올여름 내내 간직해 두었던 내 꿈이었다. 그 꿈이 있어 기다림을 견뎌 낼 수 있었다.

읽을거리가 빈약해 한없이 슬펐던 열여덟 적이나, 할머니로 살아가는 적잖은 이 나이에도 가을은 처음인 듯 나를 설레게 한다. 그렇게 나는 일흔 개가 넘는 가을을 맞아들이곤 했다. 올해도 그 가을을 투정 없이 또 보내 주련다.

가을, 그리고 여름, 꿈, 기다림, 길, 하늘……. 나는 이런 말들을 사랑한다.

이렇도록 예쁜 우리말로 부모님이 힘겹게 살아 냈던 시대를 꼭 쓰고 싶었다. 거대한 문명이 우리들 섬의 순수를 덮치려던 즈음 그들은 눈 돌림질이나 하는 듯 떠났다. 춥고, 배고프고, 남루한 유년이었지만 그 시절은 내 그리움의 주제들이다. K, Y란 이니셜로 내 일기장 속에 숨어 살던 개구쟁이 사내아이들, 그리고 겨우 스무 살 남짓만 살다간 책상 짝꿍 순돌이, 일흔 살이 넘도록 아직 철들 생각 없는 만년 문학소녀 복선이……. 내 이야기의 샘고는 언제나 그들과 함께한 시간이었다. 별을 헤는 어느 시인처럼 그 시절 속에 숨은 이름들을 불러 본다.

이제 감사의 말로 마무리해야겠다. 민충환 교수님, 20여 년 동안 변함없이 보잘것없는 제 문학을 지지해 주시고 신뢰해 주심에 먼저 감사드립니다. 오직 학문을 위한 삶이었음에도 변변치 못한 제 소설의 어휘 풀이는 당신께서 꼭 하고 싶다 하시던, 그 바람을 미약하게나마 이루어 드린 것 같아 퍽 다행한 맘입니다.

그리고 이화 소설모임 강석조, 장정민 선생님, 유니, 명숙이, 성희 모두 사랑합니다. 아, 또 있구나. 수완이, 지완이, 시연이, 너희들 할머니인 것이 참 좋다. 엄마 글을 정리해 송고해 주는 울 막내며느리 홍정아도 역시.

그리고 심사위원님들! 부족한 글 읽어 주시고 선택해 주셔서 고맙습니다.

감동을 주는 생생한 현장감,
작품을 이끌어 나가는 필력

　올해 소설 부문에는 140명 213편의 작품이 응모되었다. 이를 세 심사위원이 나눠 예심을 보았고, 모두 여섯 편의 작품이 본심에 올랐다. 지난해보다 응모작도 늘었지만, 작품 수준 역시 평년을 넘어서지 못했다는 것이 심사위원들의 중론이었다. 앞으로도 기량 있는 작가들의 응모가 이어지기를 기대하면서 심사평을 올린다.

　본심에 오른 작품은 여섯 편으로, 「새들의 눈물」, 「물 그리고 돌과 신화」, 「누가 그 시절을 다 데려갔을까」, 「악어」, 「것」, 「윤애」가 그 제목이다. 심사위원들은 금상 수상작으로 「누가 그 시절을 다 데려갔을까」를 선정하는 데 이견 없이 동의하였다. 한 여성이 전쟁을 겪으면서 인내하고 포용하는 과정을 생생한 현장감으로 되살려 감동을 준 작품으로, 수상작으로 전혀 손색이 없었다. 제법 긴 시간대에 걸쳐 사건이 전개되었음에도 작품을 무리 없이 이끌어 나가는 필력도 상당했다.

그러나 은상을 차지한 「새들의 눈물」에 대해서는 심사위원의 이견이 없던 것은 아니었다. 요즘 사회적인 이슈가 되어 세상을 떠들썩하게 한 '성폭력'을 다룬 작품으로, 가해자는 본능적인 성 충동에 의한 폭력일 뿐이지만, 피해자에게는 한 인간의 정체성을 파괴시키고, 종래에는 파멸에 이르게 한다는 충격적인 이야기다.

본선에 오른 여섯 편의 작품 모두 장점과 단점을 가지고 있어 심사위원들의 고민도 깊어질 수밖에 없었다. 또 예심에서 떨어진 작품들 가운데도 외면하기 아쉬운 작품들이 많이 보였다. 그래서 문학상 심사는 영광스럽지만 부담스러운 소임이 아닐까 싶다. 입선한 작가에게는 축하의 인사를 건네고 더욱 정진하시기를 당부 드린다. 아울러 선정되지 못한 작가들도 실망하지 말고 역량과 가능성은 넘치니 분연히 분발해서 내일의 성취가 있기를 기대한다.

심사위원 : 백시종, 홍성암, 임종욱

제9회 김만중문학상 소설 부문 금상 수상작

누가 그 시절을 다 데려갔을까

초판 1쇄 인쇄일 2018년 10월 26일
초판 1쇄 발행일 2018년 10월 31일

지은이 신말수
저작권자 남해군·김만중문학상운영위원회
펴낸이 양옥매
디자인 표지혜
교　정 조준경

펴낸곳 도서출판 책과나무
출판등록 제2012-000376
주소 서울특별시 마포구 방울내로 79 이노빌딩 302호
대표전화 02.372.1537　**팩스** 02.372.1538
이메일 booknamu2007@naver.com
홈페이지 www.booknamu.com

ISBN 979-11-5776-634-5(03800)

이 도서의 국립중앙도서관 출판시도서목록(CIP)은 서지정보유통지원 시스템
홈페이지(http://seoji.nl.go.kr)와 국가자료공동목록시스템
(http://www.nl.go.kr/kolisnet)에서 이용하실 수 있습니다.
(CIP제어번호 : CIP2018033630)